Sebastian 23

Die Sonnenseite des Schneemanns

My Unfair Lady

Erste Auflage 2017

Lektora GmbH
Karlstraße 56
33098 Paderborn
Tel.: 05251 6886809
Fax: 05251 6886815
www.lektora.de

Druck: Standartu spaustuve, Vilnius
Covermotiv: Simon Höfer
Covermontage: Simon Höfer
Lektorat: Lektora GmbH
Layout Inhalt: Lektora GmbH, Denise Bretz
Printed in Lithuania

ISBN: 978-3-95461-101-0

Inhalt

1. Der Himmel unter Berlin 7
2. Der letzte Schrei 25
3. Kaffee Schwarz-Weiß 38
4. Modern Stalking 53
5. Wie ab er geht 66
6. Papageien 85
7. Raben 96
8. Das Bild 105
9. Mutter Natur 116
10. Heimkehr 129
11. Das Wissen der Narzissen 146
12. Paradiesvogel im Sinkflug 161
13. Date mit Gerät 172
14. Gatecrash 182
15. Der Name der Rose 203
16. Offenbarungsneid 212
17. Die Dornen der Rose 229
18. Annahmen und Festnahmen 240
19. Sorry, not sorry 254

1. Der Himmel unter Berlin

Um exakt sechs Uhr morgens passierte etwas direkt neben seinem Kopf.

Eine kalt glänzende Zylinderfeder drehte sich gerade so weit, dass ein winziger Metallstift in die Kerbe einer Krone rutschte und eine Blattfeder nach oben schob. Auf diese Weise kam der Klöppel frei und schlug wie ein Berserker auf zwei kleine Glocken ein. Um nicht zu sagen: Ein Wecker klingelte.

Ruckartig schreckte Ian Günter aus seinem Schlaf hoch und mit derselben Handbewegung wie jeden Morgen schaltete er den Wecker aus, der sich sofort wieder beruhigte. Sieben Stunden Schlaf, so hatte Ian gelesen, sind ein guter Durchschnittswert für einen Erwachsenen. Also schlief er fortan immer sieben Stunden, jede Nacht.

Außer heute.

Heute waren es nicht mal drei geworden.

Am Vorabend war das Finale der Dartweltmeisterschaft übertragen worden und Ian hatte sich mithilfe eines Energydrinks in neonheller Dose bis ganz zum Schluss um kurz nach Mitternacht wachhalten können. Bis dahin war er aber so voller Zucker, Koffein und Adrenalin, dass er danach noch stundenlang wach lag und in seinem Bett steckte wie ein Pfeil in der Wand neben der Dartscheibe.

Jetzt war es plötzlich schon Morgen, behauptete der Wecker zumindest.

Vor dem Fenster hing ganz reguläres Wetter für diese Jahreszeit, in einer für diesen Stadtteil Berlins derart normalen Straße, dass die Spatzen vor Langeweile scharenweise von den Regenrinnen fielen.

Ian streckte sich unter der Bettdecke ein letztes Mal, bis er die Form seines Anfangsbuchstabens erreicht hatte. Das »I« in seinem Vornamen wurde allerdings wie ein »J« gesprochen und dieses »J« war der Haken an der Sache.

Ian hatte nie den Moment gefunden, seine Mutter zu fragen, warum man ihn nicht gleich Jan genannt hat. Es war fast, als hätten seine Namensgeber gewollt, dass er sich sein Leben lang für seinen seltsamen Namen rechtfertigen musste.

Ian schüttelte den Gedanken ab und gähnte, wobei er sich die Hand vor den Mund hielt, obwohl er alleine lebte. Sein Gesicht war glatt wie frisch rasiert; er war die Sorte Mann, die drei Wochen brauchte, um sich einen Dreitagebart wachsen zu lassen. In der Schule war er deswegen gehänselt worden, besonders von Martin Hüser aus der Parallelklasse. Der hatte sich auch gerne einen Spaß daraus gemacht, auf dem Pausenhof Ians Namen falsch auszusprechen.

»Iiiih-Aaaaan! Iiiih-Aaaaan!«, hatte er gerufen und es wie das Geräusch eines Esels klingen lassen.

Dann hatte Martin Hüser immer lauthals über seinen eigenen Witz gelacht. Und ein paar der anderen Kinder auch. Im Prinzip viele der anderen Kinder. Also im Grunde die meisten der anderen Kinder. Genauer gesagt: alle, bis auf Ian.

Das war lange her. Jetzt kam es Ian eher praktisch vor, sich nicht wie sein Großvater zweimal am Tag rasieren zu müssen. Und Martin Hüser hatte er schon hundert Jahre nicht mehr gesehen.

Zu den Dingen, die Ian Günter nicht mit Klassentreffen machte, zählten: Einladungen kriegen und hingehen.

Ian riss sich aus seinen verschlafenen Gedanken, setzte sich auf und ließ die Füße in die Hausschuhe aus Loden gleiten. Sein eierschalenweißer Pyjama mit blauen Knöpfen saß gerade und glatt. Nur an seinem leicht verstrubbelten Kurzhaarschnitt konnte man erahnen, dass er vor einer Minute noch geschlafen hatte.

Müde sah er sich um.

Sein gesamtes Schlafzimmer sah aus, als habe man es für das Fotoshooting eines Möbelhauses präpariert. Alle Möbel schienen mit dem Geodreieck ausgerichtet worden zu sein, selbst die Gesamtausgabe von Kishons Kurzgeschichten lag parallel zu den Kanten des Nachttischs.

Ian hatte das Buch von seinem besten Freund Mario geschenkt bekommen, der, wenn man es denn präziser sagen wollte, auch sein einziger Freund war.

Gelesen hatte er darin noch nicht, obwohl Mario ihm sehr ausführlich vom speziellen Humor des Autors berichtet hatte. Aber Mario wirkte auf Ian ohnehin immer sehr begeisterungsfähig. Von sich selbst sagte Ian, dass er keine Stimmungskanone sei, sondern eher eine Stimmungskartoffel.

Er stand auf, darauf achtend, den ersten Schritt mit dem rechten Fuß zu machen, und lief in die Küche. Wie jeden Tag hatte er Wasser, Filter und Kaffeepulver schon am Abend eingefüllt, so dass ein Knopfdruck reichte, um die Maschine zu starten.

Bis sein Kaffee fertig wäre, würden ziemlich genau sechs Minuten vergehen. Zeit genug, seine Morgentoilette zu verrichten und in den bereithängenden Nadelstreifenanzug zu schlüpfen. Geduscht wurde jeweils schon abends, um morgens Zeit zu sparen.

Beim letzten Zischen der Maschine stand er plangemäß wieder in der Küche, um sich den herb duftenden Kaffee in die schon wartende Tasse zu füllen. Zeit für das erste Lächeln des Tages. Zumindest bis er bemerkte, dass der Kaffee heute ziemlich dünn schmeckte. Die Mundwinkel rutschten vom Haken und glitten zu Boden.

Ein Blick in die Tasse bestätigte seinen Verdacht: heißes, klares Wasser.

Er musste gestern im Zuckerrausch das Kaffeepulver vergessen haben. Nach einem kurzen ratlosen Moment hängte Ian einen Beutel Kamillentee in die Tasse. Den mochte er eigentlich überhaupt nicht, sondern trank ihn nur, wenn er Bauchschmerzen hatte. Aber ein bisschen Strafe musste sein, befand er.

Ein ungetoastetes Toastbrot mit zuckerreduzierter Himbeermarmelade später war Ian im Wirtschaftsteil der FAZ versunken. Allein das Rascheln der Seiten erfüllte den schmalen Raum, ansonsten hing Stille neben den hellblauen Gardinen und über dem schwarz gerahmten Kindheitsfoto seiner Mutter.

Auch hier im Wohnzimmer war alles geometrisch angeordnet und nicht ein einziges Staubkorn zu finden. Da achtete Ian sehr genau drauf, seit er gelesen hatte, dass

Hausstaub zu etwa 80 Prozent aus winzigen Hautparti-keln besteht, von denen ein Mensch pro Tag etwa zwei Gramm verliert. Menschliche Haut erneuert sich ständig und die abgestorbenen Zellen lösen sich und tanzen noch eine Weile im gelben Licht, das durch die Fenster fällt, be-vor sie sich auf die Möbel und den Boden legen. Mit Feu-deln, einem Handfeger und einem Kehrblech ging Ian je-den Abend gegen seine Haut vor und achtet tunlichst dar-auf, sich dabei nicht einzuatmen.

Um 6:37 Uhr fiel ihm das Brot aus der Hand, als er ge-rade einen interessanten Artikel über die schrumpfenden Exportzahlen Kanadas las. Wie es die ehernen Gesetze der Gravitation und des Pechs vorschreiben, drehte sich die Marmeladenseite nach unten und landete mit einem lei-sen Schmatzen auf Ians linkem Hosenbein.

Ian starrte einen Moment lang stumm auf das Unglück.

»Toll gemacht, Ian«, murmelte er schließlich und klopf-te sich sarkastisch auf die Schulter. Privat duzte er sich, auch wenn er ein bisschen sauer auf sich war.

Ian legte die FAZ entgegen seinen Gewohnheiten un-gefaltet in den Papiermüll und eilte ins Schlafzimmer, um den Zeitplan einzuhalten. Der Wechsel von Hose und pas-sendem Jackett dauerte wenige Minuten, dafür wurde das Zähneputzen eingespart. Lieber als Ersatz ein Kaugummi auf dem Weg als Unpünktlichkeit, dachte Ian und merkte, wie sein Herzschlag sich beschleunigte.

Um 6:47 Uhr stieg er in seine schwarzen Lederschuhe mit den dünnen Schnürsenkeln und dem milden, rauen Geruch, den er so mochte.

Zu den Dingen, die Ian Günter machte, wenn er allei-ne war, zählten: an seinen Schuhen riechen und sich hinterher dafür schämen. Wobei er nicht sagen konnte, vor wem.

Um 6:49 Uhr schloss Ian die Tür hinter sich, vier Minuten später als geplant. Die Zinken des Schlüssels griffen trotzdem perfekt in die Zylinder des Schlosses, zwei Umdrehungen des kalten Metalls zwischen seinen Fingern und die Wohnungstür war gesichert. Er atmete noch einmal tief ein und ging dann mit eiligen, aber vorsichtigen Schritten die Treppe runter.

Pro Jahr sterben in Deutschland über tausend Menschen bei Stürzen auf Treppen, hatte Ian gelesen. Das sind fast drei pro Tag. Und am unteren Ende der Treppe wartete ja auch noch die Außenwelt. Und sein Chef.

Seinem Chef Herrn Hagens traute Ian locker zu, dass er für vier Minuten Verspätung noch einmal die eigentlich seit dem Mittelalter eingemottete Streckbank aus dem Keller holte. Herr Hagens hätte sich sicher fantastisch mit Martin Hüser verstanden.

**

Luise trug eine halbvolle Bierdose der Marke Oettinger in der rechten Hand wie einen Staffelstab. Sie dachte gerade nicht so viel nach, sondern schwitzte lieber ein bisschen an den Oberschenkeln und unter den Achseln.

Zu den Dingen, die Luise nicht mit Alkohol machte, zählten: den Rausch bereuen und Desinfektionsmittel herstellen.

Auf der Rolltreppe griff Caro nach der Bierdose in Luises Hand und nahm einen großen Schluck. Caros Wollmütze fiel bei der schnellen Bewegung fast von ihrem Kopf, blieb aber an der sperrigen Fensterglasbrille hängen.

Aus ihrer Handtasche war der halblaute Refrain eines Elektro-Tracks zu hören. Caro hatte immer eine Bluetooth-Box dabei und reichlich Musik auf ihrem Smartphone, damit die Party nicht endet, wenn man den Club verlässt.

Zu den Dingen, die Caro nicht mit ihrem Smartphone machte, zählten: die Uhrzeit ablesen und ihrer Großmutter auf SMS antworten.

»Wohin gehen wir eigentlich?«, fragte Caro Zwo, die hinter den beiden lief, da sie mit Jeans und Kapuzenpulli eher unauffällig gekleidet war.

»Stabil abwärts«, grinste Luise und zeigte die Rolltreppe hinab.

»Abwärts in den Arsch der Stadt.«

»Ich hab Hunger«, erwiderte Caro Zwo.

»Du hast immer Hunger, Chica.«

Das stimmte. Ansonsten hatte Caro Zwo nicht besonders viele Eigenschaften und obendrein hieß sie wie eine der beiden Frauen, die sie gerade auf der Tanzfläche kennengelernt hatte. Das passte ihr alles nicht so gut, was aber auch am Hunger und der nachlassenden Wirkung des MDMA liegen konnte. Insofern stellte sie sich auch nicht die Frage, woher Luise wissen wollte, dass sie immer Hunger hatte.

In der U-Bahn-Station roch es nach Rost und muffiger Feuchtigkeit von Wänden und Menschen. An den Wänden hingen großflächig und gut ausgeleuchtet Werbeplakate mit Fotos von schönen Menschen in glücklichen Situationen. In nüchternem Zustand kam es Luise immer zynisch vor, diese Bilder ausgerechnet in einer so runtergekommenen Umgebung auszuhängen. Und sie dann auch noch besser auszuleuchten als die Gehwege. Deutlicher konnte man kaum zeigen, dass hier die Produkte den Vorrang vor den Menschen hatten.

In betrunkenem Zustand war ihr das allerdings eher alles egal und sie fand die Plakate mit den unnatürlich grinsenden Models einfach nur auf eine absurde Weise witzig.

Caro griff tief in ihre Handtasche und holte nach einigem Suchen eine Papiertüte mit einer halben Bretzel hervor. Als sie diese ihrer Namensvetterin hinhielt, ließ sich Caro Zwo nicht zweimal bitten.

Zu den Dingen, die Caro Zwo beim Essen nicht machte, zählten: den Mund schließen und aufhören, wenn es genug war.

Inzwischen waren die drei am Gleis zwei zum Stillstand gekommen. Eine ältere Dame in einem Filzmantel und mit einer Handtasche aus Schlangenlederimitiat zog ihren Chihuahua näher zu sich. Luise streckte ihr die Zunge raus und klaute sich dann die Bierdose von Caro zurück. Die Dame schnalzte entrüstet mit der Zunge.

Luise hielt inne, mit Augen wie ein Ganzkörperscanner.

»Unverschämtheit, mich so anzustarren«, sagte die Dame, als ihr das Ganze nach einer Weile zu unangenehm wurde.

Luise nickte und schwenkte die Bierdose in Richtung der Frau.

»Du bist 61 Jahre alt, kommst gebürtig aus Stuttgart und bist verwitwet. Der Hund hat einen Frauennamen, vermutlich benannt nach einer Freundin, zu der du keinen Kontakt mehr hast.«

»Wie bitte?«

»Ich habe einen siebten Sinn für Spießer, weißte? Ich bin unter abgefuckten Spießern aufgewachsen, in Arnsberg, stabiles Sauerland. Ein Einschussloch am Arsch der Einöde. Da ist man spießig oder tot.«

Zu den Dingen, die Luise nicht machte, solange die Wirkung der Amphetamine vorhielt, zählten: Schlafen und Schweigen.

Die Dame wollte etwas erwidern, beschloss dann aber, ihren Schoßhund zu satteln und in den Sonnenaufgang zu reiten.

Luise nahm den letzten Schluck aus der Dose und wandte sich an die beiden Caros.

»Ich bin lange aus diesem Scheißsumpf raus, aber ich erkenne auf hundert Meter gegen den Wind, welche Sorte Spießer ich vor mir habe. Ich bin der Spießerflüsterer.«

Caro Zwo grinste kauend, sah sich mit einer schnellen Kopfbewegung um und fixierte dann einen Mann mit Föhnfrisur und akkurat gestutztem Bart im schmalen Gesicht. Er stand gut zwanzig Meter weiter und starrte auf sein Blackberry.

»Was ist mit dem?«, fragte sie mit vollem Mund.

Luise sah sich um.

»Der da? Der ist so langweilig, dass der Kakao zur Milch wird. Und die Milch dann zu Wasser. Vermutlich Buchhalter oder so. Hobby Fußball. Guckt er aber nur alleine, weil ihm die anderen Fans zu aufregend sind. Gegenüber seinen Kollegen behauptet er, sich für Golf zu interessieren, damit er seine Ruhe hat.«

Caro Zwo nickte anerkennend, Caro hingegen schüttelte den Kopf. Kombiniert man beides, ergibt sich eine Kreisbewegung. Doch Luise war mit ihrer Aufmerksamkeit schon wieder woanders und warf einen Blick auf die Uhr schräg über ihnen.

»Schon fast sieben, gleich.«

»Scheißegal«, mümmelte Caro Zwo an der Bretzel vorbei.

»Jetzt kann es weitergehen.«

Die anderen hörten sie nicht richtig, weil gerade die dunkelgelbe U-Bahn einrauschte wie eine metallische Mischung aus Lindwurm und Postauto. Luise trat einen Schritt zurück, weniger aus Angst, sondern um den Winkel zu verbessern, aus dem sie die einfahrende Bahn sehen konnte.

Als sie tatsächlich auf dem zweiten Wagen ein frisches Graffiti aus chromstrahlenden Buchstaben entdeckte, stieß sie Caro an. Sie hatte es allerdings schon selbst entdeckt und nickte ihr lächelnd zu.

***

Dass der Aktenkoffer auf der Sitzfläche neben ihm eine Grenzüberschreitung darstellte, war Ian durchaus bewusst. Es war ihm auch unangenehm, auf diese Art und Weise gegen die Konventionen des öffentlichen Nahverkehrs zu verstoßen. Allerdings verstieß der öffentliche Nahverkehr auch gegen seine Konventionen.

Das bestätigte sich beim Blick in die Runde der Mitreisenden. Sein Anzug musste sauber und seine Laune intakt bleiben und diese beiden Dinge waren eng miteinander verzahnt.

Da waren Kinder mit frechem Grinsen und schmutzigen Fingern. Mütter mit noch schmutzigeren Fingern. Geschäftsleute mit Kaffeebechern. Ein Straßenmusiker, bei dem die Finger noch das Sauberste waren. Touristen, die glücklich in ihre aufgefalteten Stadtpläne sabberten. Ein junger Mann mit einem kaum von seinem Kopf zu unterscheidenden Döner vorm Gesicht. Menschen auf halbem Weg zum Kompost.

Als die U-Bahn zum Halten kam, schob Ian den Ärmel seines Jacketts ein wenig hoch und sah auf seine Uhr.

6:55 Uhr.

Unmöglich, es noch rechtzeitig ins Büro zu schaffen. Vor allem, wenn die U-Bahn dauernd anhielt. Er sah aus dem Fenster gegen die rissige Wand des U-Bahn-Tunnels, vor der er sich transparent spiegelte, als läge sein Gesicht wie ein Seidentuch auf dem Schmutz.

Immer noch 6:55 Uhr.

Vielleicht war die Zeit ja stehengeblieben, dachte er. Und fragte sich sofort danach zwei Dinge gleichzeitig: Hatte er überhaupt eine Fahrkarte dabei und hatte er vorm Verlassen der Wohnung die Kaffeemaschine ausgemacht?

Ein Griff in die Innentasche des Jacketts beantwortete zumindest eine der beiden Fragen. Das weiche, glatte Plastik der Fahrkarte zwischen Zeigefinger und Daumen beruhigte Ian ein bisschen. Und dann fuhr die U-Bahn auch schon wieder los.

»So ein Unsinn«, tadelte er sich leise selbst für seine Ungeduld.

»Ich muss Mutter noch anrufen!«

Bevor er das Smartphone aus seinem Aktenkoffer holte, sah er noch einmal kurz auf seine Armbanduhr.

Und immer noch zeigte diese 6:55 Uhr.

Wenn die Zeit noch zehn Minuten stehenblieb, würde er es doch noch pünktlich ins Büro schaffen.

***

»... und da grapscht der mir voll an den Arsch!« schimpf-
te Luise zu Ende, nachdem sich die drei auf die nach alten
Körpern muffelnden Polster eines freien Vierers in der U-
Bahn geworfen hatten.

»Krass! Hast du dem Opfer eine geknallt?«, wollte Caro
wissen.

Luise schüttelte den Kopf.

»Ich hab ihn geküsst.«

»Was?«

»Klar! Jetzt denkt er, er kann es sich erlauben. Die
Nächste nietet ihn um. Kann ich mir noch eine drehen?«

Caro Zwo hatte die halbe Bretzel inzwischen aufgegessen und konnte sich wieder klarer äußern.

»Wir sind in der U-Bahn.«

»Na klar, Captain Obvious.«

»Ich meine nur ... äh ...«, zögerte Caro Zwo einen Moment, »wegen Rauchverbot.«

»Ist mir egal«, gab Luise zurück, »ich bin eine Prinzessin, ich darf alles, was bockt!«

»Bist du mit 24 nicht ein bisschen zu alt, um Prinzessin
zu spielen?«, mischte sich die erste Caro ein.

»Bist du mit 22 nicht alt genug, die Fresse zu halten?«,
gab Luise zurück und grinste breit. »Ich spiele keine Prinzessin, ich bin eine Prinzessin.«

Caro Zwo rümpfte die Nase, aber sie wusste, dass sie
hier nichts ausrichten konnte, spätestens als Caro ihre
selbstgestrickte Tabakhülle an Luise reichte.

»Hier, Eure Hoheit.«

»Pralle Party gerade«, schob sie nach.

»Gut, dass die Prinzessin dafür aus dem verwunschenen Schloss abgehauen ist.«

Luise sprach mit feierlichem Ton von sich selbst in der dritten Person.

»Und wenn eure Hütte ein verwunschenes Schloss ist, was ist denn dann dein Vater? Der fette König Baltasar?«

»Niemals! Der Typ ist ein psychopathisches Krokodil. Oder andersrum. Kannst du dir aussuchen.«

»Du bist auch so ein psychopathisches Krokodil.«

Luise grinste und drehte ihre Zigarette fertig, ohne Filter und wie immer in der Mitte etwas dicker als an den Enden. Aber Rauchen war ja kein Schönheitswettbewerb, wie sie zu sagen pflegte.

Sie wollte Caro den Tabak zurückreichen, aber Caro Zwo hob schüchtern die Hand, ein bisschen wie in der Schule. Luise reichte ihr den Tabak rüber. Caro Zwo fühlte, wie es von innen an das Gitter des Vogelkäfigs ihrer Rippen pochte, als sie sich mitten in der U-Bahn eine drehte. Wenn sie das beim nächsten Besuch ihren Eltern erzählen würde, fiele ihr Vater in Ohnmacht und ihre Mutter würde sich in eine Blumenvase verwandeln und vom Küchentisch fallen.

Luise schüttelte den Kopf.

»Ich gehe jedenfalls nicht zurück, da können die mich lange suchen, die Opfer.«

***

»Mutter? Ja, Mutter, ich bin's. Was? Natürlich weiß ich, wie spät es ist.«

Ians Stimme überschlug sich ein bisschen, als wäre er mit 29 Jahren noch einmal in den Stimmbruch gekommen. An das Telefonieren in der Öffentlichkeit hat er sich nie gewöhnt und das hatte er auch nicht mehr vor. Er schaute auf seine Armbanduhr und gab dann seiner Mutter die Zeit durch.

»6:55 Uhr.«

Er erschrak vor seinen eigenen Worten, sah erneut auf die Uhr, aber die Worte seiner Mutter rissen ihn zurück ins Gespräch.

»Nein, nein!«, rief er, »ich wollte dich nicht wecken. Ja. Nein. Ich wollte fragen, ob ich heute Nachmittag einen Kuchen mitbringen soll?«

Ihre Antwort konnte er kaum verstehen, der Empfang hier in der U-Bahn war denkbar schlecht und so kamen ihre Worte nur abgehackt bei ihm an.

Zwei Sitzreihen weiter stubste Caro an den Oberarm von Luise und deutete mit einer Kopfbewegung rüber zu Ian. Luise und Caro Zwo blickten in seine Richtung.

»Nein, ob ich einen Kuchen mitbringen soll. Einen Kuchen!«, rief Ian nun noch etwas lauter, zunehmend verzweifelt gegen das Funkloch kämpfend.

Luise und die beiden Caros konnten sich ein Kichern nicht verkneifen. Das bemerkte Ian und wandte sich ab, um sich auf die Antwort seiner Mutter zu konzentrieren.

»Kuchen! Nein, keine Stufen! Kuchen, nicht Stufen! Kuchen! Nein, keinen Stufenkuchen! KUCHEN!«

Ian bemerkte, dass er sehr laut geworden war, und dämpfte seine Stimme.

»Nein, schon gut. Ich bring Kekse mit. Ja, ne, gut. Tschüss, Mutter.«

Ian atmete hörbar schwer aus und steckte das Smartphone wieder in seinen Koffer.

»Na, der ist auf jeden Fall ein Fall für die Spießerflüsterin«, kommentierte Caro Zwo.

»Guck doch mal, der Anzug alleine sieht aus, als ob er sich um die Rolle eines Grauen Herren bei Momo bewerben will.«

»Bei dem ist das nur Verkleidung«, entgegnete Luise todernst.

Caro sah Luise an, deren Zigarette inzwischen brennend in ihrem Mundwinkel steckte.

»Weil man das im Büro von ihm erwartet oder weil er eben glaubt, dass das dazugehört. Weil das eben alle so machen. Aber in buntem Gewand würde der sich hundert Mal wohler fühlen. Innendrin ist er nämlich kein Spießer, sondern ein bunter Vogel.«

»Der da? Der ist innendrin höchstens eine Steuererklärung«, entgegnete Caro.

»Quatsch. Der ist ein Papagei, ein fetter, bunter Papagei. Ich schwör, Schwesti.«

»Wie ist man denn ein Papagei innendrin? Wie soll das gehen?«, fragte Caro Zwo.

»Wie soll das gehen?«, wiederholte Luise.

»Keine Ahnung, vielleicht falsche Ernährung«, sagte Caro.

»Keine Ahnung, vielleicht falsche Ernährung«, wiederholte Luise.

»Ach, ihr seid doof«, grinste Caro Zwo und zog an ihrer Zigarette.

»Ach, ihr seid doof«, wiederholte Luise.

Caro schüttelte den Kopf und lenkte das Gespräch mit einem Blick zu Ian wieder auf ihn.

»Der ist so langweilig wie ein Briefmarkenalbum im Stau auf der A1. Wollen wir wetten?«

»Wetten? Worum?«

»Wenn ich Recht habe, kriege ich den Sweater.«

Luise sah an sich selbst runter. Sie liebte diesen Pullover mit dem Bild von Kate Moss mit aufgemaltem Schnurrbart und Caro wusste das.

»Und wenn ich Recht habe?«

»Wenn du mir beweist, dass der da nicht langweilig ist, dann ... Dann lass ich mir ein Bild von deinem Unterarm auf meinen Unterarm tätowieren.«

»Im Ernst?«

»Klar.«

»Na gut, hol schon mal Tinte und Nadel raus, du Otto.«

***

Luise stand auf und ging langsam auf Ian zu.

Der sah kurz in ihre Richtung und wunderte sich, wandte sich aber schnell wieder ab. Aus der Drehung heraus warf er schon wieder einen Blick auf seine Uhr. Inzwischen waren zwei Minuten vergangen. Einerseits gut, denn er war nicht in ein Zeitloch gefallen, andererseits hieß das, dass er nun wohl doch zu spät kommen würde.

Und gleichzeitig mit seinem Job würde er dann auch noch seine Wohnung verlieren, die ja derweil wegen der vergessenen Kaffeemaschine vermutlich lichterloh in Flammen stand.

Wobei er eigentlich nie seine Kaffeemaschine auszumachen vergaß. Vielleicht war doch noch Hoffnung und er würde zumindest einen Ort haben, um arbeitslos zu sein.

»Wie spät ist es?«

Luises Stimme riss Ian aus seinen Gedanken. Er legte instinktiv seine Hand auf seinen Aktenkoffer und musterte sie kritisch.

Die junge Frau vor ihm trug auf dem Pullover das Bild eines androgynen Junkies mit aufgemaltem Bart. Sie selbst hatte sich offenbar mit Edding einen sehr ähnlichen Bart unter die Nase gemalt, entweder um so auszusehen wie der Zombie auf ihrem Shirt oder weil sie einfach so völlig bescheuert war.

Ein schneller Blick auf die Freundinnen der jungen Irren bestätigte den Eindruck. Eine hatte olivfarbene Haut und trug in einem geschlossenen Raum eine Wollmütze und eine riesige Brille mit schwarzem Rahmen. Die andere hatte keinerlei Eigenschaften.

»Hm?«, machte die junge Frau bekräftigend, »wie spät?«

»Zu spät«, entgegnete Ian schließlich.

Luise brauchte einen Moment, um zu verstehen, was er da gesagt hatte.

»Wofür denn zu spät?«

»Für mich. Und für Sie anscheinend auch.«

»Was soll denn das heißen?«

Sie musste sich zusammenreißen, den Typen nicht gleich anzuschreien. Aber schließlich ging es ja um die Wette. Ian interpretierte ihr defensives Verhalten falsch und hatte das Gefühl, hier frei aufspielen zu können, ohne Gegenwind erwarten zu müssen.

»Es ist sieben Uhr morgens und Sie riechen wie der Raucherraum im Schnapsladen.«

Luise zog lautstark Luft durch die Nase ein und zuckte dann mit den Schultern. Bevor sie etwas antworten konnte, stand Ian auf und überragte sie jetzt um mehr als einen Kopf.

»Meine Station«, sagte er und konnte sich nicht verkneifen, auch noch hinzuzufügen: »Ein Glück.«

Luise blieb stehen wie bestellt und nicht abgeholt. Von der Seite hörte sie Caro lachen.

»Klassischer Fail, hm? Her mit Kate Moss!«

»Moment, ich bin noch nicht fertig.«

Als sie sich anschickte, ebenfalls die Bahn zu verlassen, hielt Caro Zwo sie am Ärmel fest.

»Vielleicht sollten wir ihn einfach in Ruhe lassen.«

Luise löste sich unsanft aus ihrem Griff.

»Du bist langweilig.«

Ihre Worte trafen Caro Zwo härter, als sie es wollte. Aber da gab es jetzt kein Zurück mehr. Luise wandte sich stattdessen nochmal an Caro.

»Ich rufe dich an.«

Dann eilte sie aus der U-Bahn-Tür, gerade noch rechtzeitig, bevor diese sich schloss und die Bahn mit den beiden Caros in den Gedärmen der Stadt verschwand.

2. Der letzte Schrei

Mit jedem Schritt schliffen sich weitere Spuren in den kurzgeschorenen, dunkelgrauen Teppich der siebten Etage. Mittlerweile erinnerte der Boden des Raumes an den Rasen eines Provinzfußballplatzes, dessen Platzwart die Motivations-CD falschrum eingelegt hatte. Vor dem Kopierraum und der kleinen Küche waren jeweils größere komplett abgewetzte Stellen. Dort mussten sich die Tore befinden, auf die hier gespielt wurde.

In der Luft lag eine Mischung aus Plastik und dem Geruch von überhitzten Druckerkartuschen, die auch die sanft brummende Klimaanlage niemals ganz wegatmen konnte.

Den Großteil der Etage füllte ein Großraumbüro mit 38 Arbeitsplätzen, im Halbkreis drum herum waren kleine Einzelbüros angeordnet, von denen wiederum das kleinste Ian Günter gehörte. Vor seinem Büro sah der Teppich fast wie neu aus.

Zu den Dingen, die Ian Günter mittwochs abends machte, wenn alle anderen schon im Feierabend waren, zählten: den Teppich in seinem Zimmerchen und vor seiner Tür heimlich mit Schaum ausbürsten und dabei den Geruch des Pflegemittels tief einatmen und genießen.

Doch bis zum Feierabend war es noch lang, Ian hatte gerade erst das Büro betreten und seinen Aktenkoffer auf seinem Schreibtisch aufgeklappt wie eine rechtwinklige Muschel. Als Perle lag ein schwarz eingebundener Ringbuchblock darin, den Ian hervorzog, während er sich auf den Schreibtischstuhl sinken ließ.

Er befeuchtete die Spitzen seines rechten Zeigefingers und begann, die Seiten an der oberen Ecke umzublättern.

»2011«, murmelte er für sich selbst, »wo sind die Zahlen für 2011?«

Er fand sie zwischen 2010 und 2012, was ihn ungemein beruhigte.

»Ah, hier ... April, Mai, okay. 200 Pixel, schwarz. Keine große Überraschung.«

Nickend klappte er den Ringbuchblock wieder zu und legte ihn zurück in den Koffer. Er zog mit einer Handbewegung, die er so oft ausgeführt hatte, dass sie, ohne hinzusehen, mit maschineller Präzision erfolgte, seine linke obere Schreibtischschublade auf. Ian hätte seine Schreibtischschublade vermutlich mit verbundenen Augen im Handstand unter Wasser öffnen können, hatte sich aber nie bei »Wetten, dass ...?!« beworben. Er hatte den Verdacht, es wäre die langweiligste Saalwette aller Zeiten geworden. Nicht alles, was man unter Wasser im Handstand machte, wurde dadurch aufregender Nervenkitzel, so wie es nur halbspannend war, wenn ein Mann in einem Käfig voller Tiger seine Steuererklärung präzise und gewissenhaft ausfüllen konnte. Was Ians zweite Idee für eine Wette gewesen wäre.

Die Schublade jedenfalls war bis zum Rand gefüllt mit schwarzen Filzstiften der Marke Droa, jeweils mit weißem, geriffeltem Deckel. 87 Stifte lagen dort, akkurat aufgereiht. Mit jedem von ihnen kam Ian im Schnitt zweieinhalb Arbeitstage aus. Die Stifte würden also fast ein ganzes Jahr reichen, wenn Ian den Urlaub, die Feiertage und die Wochenenden mit einrechnete.

Pro Jahr gab es in Deutschland über 600 Arbeitsunfälle mit tödlichem Ausgang, eine Zahl, die Ian nicht mehr aus dem Kopf wollte. An einem Mangel an schwarzen Filzstiften würde er zumindest dieses Jahr nicht sterben.

Gerade als Ian sich einen dieser Stifte gegriffen hatte und den Deckel abziehen wollte, wobei er sich schon auf den Geruch freute, betrat sein direkter Vorgesetzter, Herr Hagens, sein Bürozimmerchen.

Er stellte drei kleine Farbeimer in blau, rot und gelb in die Ecke des Raumes, fein säuberlich aufeinandergestapelt. Dann wandte er sich langsam zu Ian.

»Sie waren heute schon wieder zu spät, Herr Günter.«

Das Auslassen der Grußformel war hier kein Zufall.

»Eine Minute«, entgegnete Ian nach einer Sekunde.

»Acht«, korrigierte Herr Hagens und pochte mit dem Finger auf seine Armbanduhr.

»Ist ja auch egal! Jede Minute ist eine Minute zu viel. Wir können uns keine Verzögerungen erlauben, wenn wir international konkurrenzfähig bleiben wollen. Und wir wollen international konkurrenzfähig bleiben. Verstehen Sie das, Herr Günter?«

»Ja.«

Herr Hagens hielt inne, lehnte sich etwas nach vorne und kniff seine Augen ein wenig zusammen. Die Antwort war ihm zu schnell gekommen. Er ließ in dieser Haltung zehn ganze Sekunden verstreichen, bevor er wieder etwas sagte.

»Sehr gut. Dann seien Sie in Zukunft pünktlich und erfüllen Sie Ihr Tagessoll. Sonst sitzen Sie schneller wieder an den Kundentelefonen, als Sie gucken können.«

Herr Hagens warf beim Sprechen einen Blick in den offenen Aktenkoffer.

»200 schwarze Pixel – das ist eine Menge! Da ist Disziplin gefragt, wenn man international konkurrenzfähig bleiben will! Die Zeiten ändern sich. Vor wenigen Jahren waren wir noch weltweit marktführend auf dem Sektor der schwarzen Pixel, aber die Konkurrenz wächst. Besonders international.

Es ist zu hören, dass die Kanadier einen Pixelstempel entwickeln wollen, der die Abläufe bei der Erstellung um 75 Prozent vereinfacht und um 80 Prozent beschleunigt.

Und das ist nicht alles! Die Chinesen haben eine Maschine entwickelt, die malt 50 Pixel pro Minute! Pro Minute! 50 Pixel! Pro ...«

»Das ist viel ...«, unterbrach ihn Ian vorsichtig.

»Das ist sogar sehr viel, Herr Günter! Also, wenn sie kein Chinesisch lernen wollen und auch weiterhin von den Gelben kein Schlangen- und Hundefleisch in der Kantine serviert haben wollen, dann an die Arbeit!«

»Ich mag Hunde.«

»Wie bitte?«

»Ich mag Hunde«, wiederholte Ian lauter.

»Na, dann wissen Sie ja, was zu tun ist.«

»Arbeiten?«

Sein Chef überhörte seinen Witz geflissentlich.

»Pünktlich sein, die Klappe halten und das Soll erfüllen! Ich will Resultate sehen!«

»Und was ist mit den Farbeimern?«, erkundigte sich Ian und deutete in die Ecke neben seiner Bürotür.

Herr Hagens folgte der Bewegung und sein Gesichtsausdruck verdunkelte sich.

Er überspielte den Ärger über seinen eigenen Fehler mit einem professionellen Nicken.

»Ah ja, gut, dass Sie es sagen. Die habe ich zu einem sehr günstigen Preis erworben. Wenn Sie mit den 200 Pixeln fertig sind, können Sie die Farbeimer zusammenrühren?«

»Aber warum?«

»Um Schwarz herzustellen, Herr Günter. Das ist ja wohl logisch, wenn Sie sich mal ein bisschen um das Mitdenken bemühen würden. Die Farbe stammt aus dem Räumungsverkauf eines aufgelösten Kindergartens, die habe ich fast umsonst erworben. Auf diese Weise können wir sehr günstig neues Schwarz herstellen, mit dem wir dann die Filzstifte nachfüllen. Das ist viel günstiger, als neue Stifte von Droa zu beziehen. So bleiben wir hoffentlich noch länger international konkurrenzfähig. Und jetzt Schluss mit den Fragen! Ran ans Werk!«

Herr Hagens drehte sich auf dem Absatz um und verließ das kleine Büro von Ian so schnell, wie er gekommen war. Seinen zerkratzten, eisernen Rassismus gegenüber Chinesen schliff er an einer Kette um seinen Knöchel hinter sich her.

***

Einatmen, ausatmen.

Ian stand auf und malte ein schwarzes Quadrat auf ein weißes Plakat, das an einer Stellwand neben seinem Schreibtisch befestigt war. Dann trat er einen Schritt zurück und begutachtete sein Werk.

Er hatte einen Pixel geschaffen, aus dem Nichts heraus, als wäre sein Stift ein Zauberstab. Das waren die Momente, die er an seinem Job liebte und für die er bereit war, Herrn Hagens auszuhalten.

Aber mit einem Pixel war es nicht getan.

»Noch 199.«

Er machte einen Schritt vor und hob den Stift. Mitten in der Bewegung zögerte er.

Würde ihm der nächste Pixel genauso gut gelingen? Stieg statistisch gesehen nach einem gelungenen Pixel nicht die Wahrscheinlichkeit, dass ihm der nächste misslang? Schließlich machte jeder irgendwann mal einen Fehler. Selbst ein Roboter kann mal Spannungsschwankungen oder einen ausgefallenen Akku haben. Und er war nicht mal ein Roboter.

»Was machst du da?«, fragte Luise.

»Ich male schwarze Pixel«, antwortete Ian.

Er setzte den Stift und das Geodreieck mit eingelassener Wasserwaage an und zog die obere Linie für den Rahmen, gegen den Uhrzeigersinn. Dann zog er eine zweite Linie im exakten rechten Winkel dazu abwärts. Als er das Quadrat vollendet hatte, malte er es mit drei exakt senkrechten Linien aus.

Das sah doch ganz ordentlich aus, dachte er bei einem Schritt zurück. Ohne seinen Blick von der Stellwand zu nehmen, griff er nach der Teetasse auf seinem Schreibtisch – und erschrak.

Er stellte die Teetasse wieder ab und drehte sich ganz langsam herum.

Da stand die junge Frau aus der U-Bahn, mitten in seinem Büro. Und lächelte ihn freundlich an, als wäre es das

Normalste der Welt, einem Fremden aus der U-Bahn bis zu seiner Arbeitsstelle zu folgen. Ians Herzschlag überschlug sich und er fühlte, wie ihm das Blut ins Gesicht schoss.

»Was machen Sie hier in meinem Büro?«

»Das könnte ich dich auch fragen. Wer braucht denn bitte schwarze Pickel?«

»Das sind keine Pickel, das sind...«

Ian unterbrach sich selbst und schüttelte den Kopf.

»Wer sind Sie?«

»Ich heiße Luise! Und du?«

»Was wollen Sie?«

»Ich will wissen, wie du heißt. Und bitte nicht mehr gesiezt werden.«

Sie war langsam zwei Schritte vorwärts gegangen und hatte sich beiläufig einen gelben Textmarker aus dem Halter auf seinem Schreibtisch genommen. Sie beäugte den Stift fachmännisch und drehte ihn dabei zwischen ihren Fingern.

»Legen Sie das wieder hin!«

Luise sah ihn tadelnd an und er zögerte einen Moment, bis er schließlich seufzte.

»Legst du das bitte wieder hin?«

Luise lächelte und klopfte mit dem Stift gegen ihre Lippen. Es war ihm immer ein bisschen unangenehm, wenn ihm Menschen zu lang direkt in die Augen guckten, und Ian bemerkte, dass sie ihn die ganze Zeit fest fixiert hatte.

»Mache ich gerne, wenn du mir sagst, wie du heißt«, sagte sie.

Er sah kurz zu ihr auf und dann direkt wieder auf den Schreibtisch.

»Ich heiße Ian und ich glaube, es ist besser, du legst den Marker zurück und verschwindest sofort wieder!«

»Sehe ich genauso«, nickte sie. »Kommst du mit?«

Ian wusste nichts darauf zu sagen, also legte er seinen Stift und das Geodreieck auf den Schreibtisch. Dann musterte er die junge Frau von Kopf bis Fuß.

Von seiner liebsten Statistik-Website wusste Ian, dass genau 33 Prozent der Bevölkerung eine oder mehrere psychische Störungen aufweisen. Er vermutete, dass hier keine dritte Person mehr in den Raum kommen musste, damit dann der statistische Fall eintrat.

Aber was machte man da? Die Polizei anrufen war ja Quatsch, denn es gab ja kein Gesetz dagegen, dieses Büro zu betreten. Zumindest keines, von dem Ian wusste. Und pure Anwesenheit schien ihm kein Schwerverbrechen zu sein. Außer bei Staub. Dessen Anwesenheit war immer kriminell.

»Wie bitte?!«, fragte er schließlich.

»Kann ich dich auf einen Kaffee einladen?«

»Wie bitte?«

Als sie auch ihren Textmarker zurück auf den Tisch legen wollte, fiel ihr Blick auf die Tasse auf seinem Schreibtisch.

»Oder auf einen Tee?«

»Du bist verrückt«, schüttelte er den Kopf.

»Vielleicht. Aber eine Tasse Tee mit mir zu trinken, finde ich eigentlich weniger verrückt, als beruflich schwarze Quadrate auf ein Plakat zu malen.«

Sie zog den Deckel vom Textmarker und ging am völlig perplexen Ian vorbei zur Stellwand, wo sie neben die beiden akkuraten Pixel einfach einen neongelben Punkt malte.

Ian stöhnte auf und nahm Luise den Textmarker aus der Hand. Dabei war er etwas gröber, als er eigentlich sein wollte. Aber da gab es jetzt kein Zurück mehr.

»Die schwarzen Pixel werden hier gebraucht. Im Gegensatz zu dir.«

»Das ist aber nicht nett«, entgegnete Luise und pustete sich auf die Finger.

»Tut mir leid. Aber es ist besser, du gehst jetzt.«

»Aber natürlich, sofort!«

Sie drehte sich um, ging auf die Tür zu und hielt noch einmal inne.

»Kommst du denn jetzt mit?«, fragte sie über ihre Schulter.

»Sehr witzig.«

Luise drehte sich wieder zu ihm und verbeugte sich wie eine Schauspielerin. Ian musste sich das Grinsen verkneifen.

»Mir ist nicht zum Spaßen«, sagte er stattdessen, »wenn mein Chef merkt, dass du hier bist, dann fliege ich raus.«

»Das wollen wir doch nicht! Wer macht denn dann die schwarzen Pixel?«

»Eben«, nickte er.

Die Spannung auf seiner Stirn löste sich und er betrachtete sie suchend, als wäre Luises Gesicht eine Schatzkarte. In seinem Ohr ertönte ein leises Klimpern. Sofort wandte er sich von ihr ab und griff erneut nach seinem schwarzen Stift.

Als er wieder auf die Stellwand schaute, versuchte er, sich auf die Frage zu konzentrieren, ob er ein neues Plakat anfangen musste oder ob er einfach über den gelben Punkt malen sollte. Ian erinnerte sich, dass er mal gelesen hat, das Wort »Problem« stamme aus dem Altgriechischen. Weiter hieß es, dass es Aristoteles war, der das

Wort »problema« erfunden habe und dass es ursprünglich etwa »das Vorliegende« bedeutete.

Das hatte Ian eingeleuchtet: Wenn man nicht auf die
Dinge achtet, die vor einem liegen, dann hat man ein Problem, denn man stolpert zwangsläufig. Also entschied er
sich, doch lieber ein neues Plakat zu beginnen.

»Ich hab heute solche Lust zu schreien. Kennst du das?«

Ian zuckte zusammen, als ihre Stimme ihn wieder aus
seinen Gedanken riss. Er fuhr herum, auf alles gefasst. Ihr
Lächeln irritierte ihn umso mehr.

»Nicht schreien! Bist du verrückt? Willst du, dass ich
gefeuert werde?«

»Willst du mit mir einen Tee trinken?«

»Nein?«, fragte er mehr, als dass er es sagte.

Luise atmete hörbar tief ein und erhob dann einen
schrillen Schrei, wobei sie ihn durchgehend weiter ansah.
Es dauerte nur einen Moment, aber das Seidentuch seines
Arbeitstages riss es mittendurch.

Sie lächelte ihn fordernd an und drehte ihre linke Han-
dinnenfläche nach oben.

Die Zahl der Arbeitsunfähigkeitsfälle durch psychische Störungen ist in Deutschland zwischen 2005 und
2015 um 200 Prozent gestiegen, hatte Ian gelesen. Dabei hatte er allerdings nicht gedacht, dass es die psychi-
schen Störungen anderer Leute sein könnten, die die eigene Arbeitsunfähigkeit hervorrufen. Der Gedanke ließ
ihn lächeln, was er sich wiederum selbst nicht erklären
konnte.

Als Luise erneut tief Luft einsog und zu einem weiteren
Schrei ansetzte, unterbrach Ian sie schnell.

»Okay, okay, ich komme mit dir einen Tee trinken.«

»Super«, freute sich Luise und hüpfte ein bisschen auf der Stelle.

Er legte den Stift erneut zurück, diesmal endgültig, und griff sich sein Jackett. Dann öffnete er die Tür und wollte Luise vor sich aus dem Büro treten lassen. Sie schüttelte den Kopf und zeigte ihrerseits auf die Tür.

»Ich bin emanzipiert, du kannst ruhig zuerst gehen.«

»So war das gar nicht ...«, setzte Ian an.

»Ich bestehe darauf.«

Mit beiden Händen winkte sie ihn Richtung Tür. Sie mochte verrückt sein, aber auf den Kopf gefallen war sie nicht. Wohl oder übel musste Ian zuerst den Raum verlassen und sich auf den Weg Richtung Aufzug machen.

Das Teppichwaschen würde heute Nachmittag wohl ausfallen.

***

Kurz darauf betrat Herr Hagens das kleine Büro. Er sah dabei auf sein Blackberry und zog die Augenbrauen dicht zusammen, wobei sie aussahen wie zwei pelzige Raupen beim Versuch, sich einen gestressten Kuss zu geben. Mitten im Raum blieb er stehen.

Mit einem Kopfschütteln steckte er das Handy zurück in die Innentasche in seines Jacketts und wandte sich in Richtung Schreibtisch.

»Eins noch ...«

Herr Hagens stockte und sah zur Stellwand rüber.

»Herr Günter?«

Sein Ruf hallte lange in der Leere des Raumes nach und verfing sich schließlich in den rechten Winkeln und Ecken.

Er sah hinter der Tür nach, als ob sich Ian versteckt hätte wie auf einem Kindergeburtstag. Einen Moment hielt er ratlos inne und kratzte sich schließlich sogar am Kopf, ein von ihm verhasster Automatismus, den er sich eigentlich schon während der Schulzeit abgewöhnt hatte.

Schon in der Mittelstufe war Herrn Hagens klar geworden, dass er auf sein Erscheinungsbild und sein Auftreten achten musste, wenn er es in dieser Welt zu etwas bringen wollte. Er bestand seiner Mutter gegenüber darauf, seine Hemden selbst zu bügeln, da sie zittrige Wurstfinger habe.

Sie nahm die Beleidigung billigend in Kauf, solange sie weniger bügeln musste. Ebenso egal war ihr, als ihr Sohn statt eines Rucksacks auf einem Aktenkoffer bestand und mit 15 Jahren in eine Partei eintrat, in der er das Durchschnittsalter der Mitglieder im Alleingang fast halbierte. Die grauen Herrschaften des Stadtverbandes der Partei waren derart erleichtert über das Auftauchen eines Nachfolgers, dass sie sich umgehend zur Ruhe setzten und fortan nur noch ihrem Hobby nachgingen, das darin bestand, den Faltenwurf von Rembrandts Gemälden mit ihrem Gesicht nachzustellen.

Damit wurde der junge Herr Hagens als einziger Verbliebener in der Parteizentrale automatisch der erste Vorsitzende.

So war Herr Hagens schon früh in eine Führungsposition geraten und dort verblieb er seitdem, egal, in welchem Bereich. Er war in der Firma Abteilungsleiter, in der Partei Stadtverbandsleiter, im Kegelclub Vereinsvorsitzender und zu Hause sowieso der Chef. Letzteres lag allerdings auch daran, dass er alleine wohnte, seit sich sein Wellensittich vor Langeweile von der Stange hatte fallen lassen.

Als geborenen Chef störte Herrn Hagens nichts mehr als Unzuverlässigkeit oder jede andere Form von Lässigkeit.

Eine Idee huschte vorbei.

Herr Hagens bückte sich und sah unterm Schreibtisch nach. Doch auch dort war Ian Günter nicht zu finden.

Dann fiel sein Blick erneut auf die Stellwand und diesmal entdeckte er neben den zwei Pixeln den kleinen neongelben Punkt. Neugierig trat er vor, um den Punkt aus der Nähe zu begutachten. Er schob seine Brille über die Stirn und ging bis auf wenige Zentimeter an die Stellwand heran.

»Häh?«, entwich es ihm.

Schnell hielt er sich die Hand vor den Mund. Solche verbalen Entgleisungen waren ihm zutiefst zuwider. Herr Günter würde es empfindlich zu spüren kriegen, ihn in diese Verlegenheit vor sich selbst gebracht zu haben.

Aus der Ferne meinte Herr Hagens den schrillen Schrei einer Frau zu hören.

Sodom und Gomorra waren ausgebrochen.

3. Kaffee Schwarz-Weiß

Über der Eingangstür baumelte an zwei kurzen Ketten ein kleines Holzschild, auf dem mit reichlich Schnörkeln versehen »Fees Café« zu lesen war. Neben der Eingangstür war ein Kundenstopper aufgestellt, im Prinzip zwei oben verbundene Schilder, aufgestellt wie ein Zelt. Auf den schwarzen Flächen der Tafeln hatte jemand mit Kreide das »Zitat« des Tages geschrieben:

> *»Kaffee ist immer der Kaffee der Andersdenkenden.«*

Ian hatte mal gelesen, dass in Deutschland jährlich etwa zweieinhalb Milliarden Euro in Cafés umgesetzt werden. Er bezweifelte, dass ein großer Teil dieses Geldes in der Kasse von »Fees Café« landete, als er das Interieur begutachtete.

Die Möbel schienen wahllos aus Holzresten zusammengeschraubt zu sein, als habe der Tischler einen durchgeknallten Lehrling zu lange in der Werkstadt alleine gelassen und hinterher die Ergebnisse nur halbherzig unter Polstern und Lack zu verbergen versucht, anstatt alles zu verbrennen und für den Lehrling einen Exorzisten zu rufen.

In der hinteren Ecke des Cafés stand ein Klavier, auf dem neben einer Blumenvase noch eine Winke-Katze stand, wie Ian sie sonst nur vom zügigen Vorbeigehen an den Schaufenstern asiatischer Supermärkte kannte. Fette, kleine, in speckigem Gold glänzende Katzen, die aus unerfindlichen Gründen mit gruseligen Augen ins Leere starrten und mit dem rechten Arm Löcher in die unschuldige Luft schlugen.

Zu den Dingen, vor denen Ian Günter Angst hatte, zählten: Spinnen, Dopplungen, Winke-Katzen, Herr Hagens und Winke-Katzen.

Aber es war weniger die Winke-Katze, die ihm Sorgen bereitete, sondern die deutlich sichtbare Schicht Staub, die auf dem Klavier lag. Ian schauderte. Der Teufel allein wusste, wessen Haut das war, die sich dort als Staubgebirge türmte. Sein Ekel bestieg den höchsten der Berge und hisste dort auf dem Gipfel eine Fahne, auf der stand:

»Bäh!«

Die Haut ist das größte Organ des Menschen und während wir leben, wird sie ständig regeneriert. Unentwegt fallen uns die Schuppen vom Körper, als wären wir Kometen, die einen Schweif hinter sich herziehen, während sie auf die Sonne zusteuern.

Sie waren erst wenige Sekunden im Café, aber Ian geriet schon in Panik. Was tat er eigentlich hier?

Er atmete tief ein, um sich zu beruhigen.

Aber etwas ganz anderes passierte.

Ein schwerer, süßlich-herber Geruch stieg in seine Nase und verwandelte diese in einen Badegast, der von einer warmen Welle umgeschubst wird. Der Duft, der über allem hier lag, spülte wie Gischt um seine Sinne und trug ihn hinaus auf das offene Meer.

Luise hatte sich nach einem freien Tisch umgesehen und bemerkte nun seinen Blick.

»Riecht gut hier, oder?«

»Was ist das?«

»Na, Kaffee, würde ich sagen, Kollege.«

»Wie bitte?«

Er hatte es zwar heute Morgen fertig gebracht, das Pulver zu vergessen und sich statt Kaffee nur klares Wasser heiß zu machen, also konnte er nach allen gesetzten Standards nicht direkt als Experte gelten. Doch auch die kleine Küche im Büro, mit dem abgewetzten Teppich, roch immer nach Kaffee. Diesen Geruch kannte Ian mehr als auswendig.

Das hier war anders.

Knapp drei Viertel der Deutschen trinken mindestens einmal in der Woche einen Filterkaffee und nur etwa zwanzig Prozent trinken regelmäßig Espresso. Eine klare Mehrheit, wie Ian befunden hatte.

Es lag Ian fern, Minderheiten zu diskriminieren, aber ebensowenig wollte er zu einer solchen dazugehören. Also hatte Ian nie den Wunsch verspürt, über den Filterrand zu schauen. Aber den Geruch hier im Raum wollte er definitiv am liebsten in versiegelte Marmeladengläser abfüllen und zuhause einlagern, damit er ihn an schlechten Tagen wieder hervorholen konnte.

»Was darf es sein?«, fragte ein Mann mit ungepflegtem Bart hinter einer großen chromglänzenden Maschine.

Sein Hemd spannte sich dergestalt über seinem Bauch, dass Ian damit rechnete, jeden Moment vor abplatzenden Knöpfen in Deckung gehen zu müssen. Das Gleiche galt für das Gesicht des Kellners, nur dass keine Knöpfe darauf waren.

Der Gesichtsausdruck des Mannes hellte sich jedoch plötzlich auf.

»Hey Luise!«

»Hey Fee, wie läuft's?«

Luise lehnte sich weit über die Theke und umarmte den Mann etwas zu innig für Ians Geschmack. Er wendete sich zur Rückwand des Cafés und konzentrierte sich lieber weiter auf den Geruch.

Die menschliche Nase kann bis zu 10.000 Düfte wahrnehmen, sogar in extrem niedrigen Konzentrationen, hatte Ian gelesen. Und von einer niedrigen Konzentration konnte hier keinesfalls die Rede sein, hier lief eher ein olfaktorisches Konzert in Orchesterlautstärke. Ein schwerer Geruch nach feuchter Erde spielte den Bass, herbe Schokoladenbohnen schlugen die Pauken, weiche Fruchtaromen von Himbeer bis Apfel schwebten als Streicherfläche, würziger Kaffee stieß als Blechbläser Akzente in den Raum und eine feine Vanillenote ließ als Querflöte eine Melodie erklingen.

Ian schloss einen Moment die Augen.

»Machst du uns zwei Milchkaffee?«, bat Luise und Fee nickte.

Ihre Stimme holte Ian aus dem Wachtraum seiner Nase zurück. Einen Moment lang beobachtete er fasziniert, wie Fee anfing, an der großen Maschine auf der Theke zu schrauben. Luise zupfte Ian sanft am Ärmel und deutete auf einen Tisch.

»Da vorne ist einer frei geworden.«

***

Nachdem Ian sich etwas zu vorsichtig auf etwas niedergelassen hatte, von dem er sich recht sicher war, dass es eine Europalette war, die jemand mit einem ausgedienten Spannbettlaken überzogen hatte, lachte Luise über seine Unbeholfenheit.

»Worauf sitze ich denn hier?«, fragte Ian mit halbseitigem Grinsen.

»Das ist ein Sofa.«

»Das ist kein Sofa. Ich kenne persönlich einige Dutzend Sofas und bin mir da ziemlich sicher.«

»Das ist halt ein Upcycling-Sofa.«

»Heißt das so, weil es jemandem vom Fahrrad gefallen ist?«

»Nein, du Scherzkeks«, entgegnete Luise.

»Das heißt so, weil es halt altes Material ist, das nicht nur recyclet wurde, sondern eben umgenutzt und aufgewertet. Also *Up*cycling.«

»Also doch: Ich sitze auf einem Müllhaufen.«

Luise grinste und nickte.

»Auf eine Art.«

Er erwiderte ihr Lächeln, aber darunter konnte man seine Unsicherheit noch immer deutlich erkennen. Trotz allem war Ian in erster Linie froh, dass er sich hingesetzt hatte, ohne dass sich ein rostiger Nagel in seine Oberschenkel gebohrt hatte.

Er deutete mit einer Kopfbewegung Richtung Theke.

»Und das ist Fee?«

Es dauerte einen winzigen Moment, bis Luise verstand und lächelte.

»Naja, eigentlich heißt er Holger Fehling, aber ja. Das ist Fee.«

»Ich hatte Feen ja anders in Erinnerung.«

»Hast du schon mal eine getroffen?«

Ein helles Zischen ertönte, als im Hintergrund Milch aufgeschäumt wurde. Ian konnte sich ein Lächeln nicht verkneifen. Ganz schön schlagfertig, die junge Dame.

Er wandte seinen Kopf zur Theke, wo Fee an der chromglänzenden Maschine herumdrehte und -drückte und dabei eine kleine Kanne an einen seitlich angebrachten Stutzen hielt. Das Zischen schien genau aus dieser Kanne zu kommen, aus der jetzt auch heller Dampf als schwebender Schleier aufstieg. Fee rüttelte die ebenfalls in silbernem Chrom strahlende Kanne dabei wild hin und her.

Ian kam das alles etwas zu aufwendig vor, um Kaffee herzustellen. Man rief ja auch kein Team aus Diplomingenieuren und Innenarchitekten, um eine Glühbirne auszuwechseln..

Als das zischende Geräusch abklang, ergriff Luise wieder das Wort.

»Fee ist Mr. Barista.«

»Barista?«

»Er macht 'n Kaffee hier, Kollege.«

Ian nickte und sah zur Theke. Das riesige Gerät mit dem futuristischen Schriftzug war also vermutlich die Kaffeemaschine. Schon schön, aber auch ein bisschen unpraktisch, wenn man mal damit auf Reisen gehen wollte.

»Du kommst nicht oft raus, oder?«, fragte Luise.

Sie sprang generell lieber in Laubhaufen, als ein Blatt vor den Mund zu nehmen. Aber an Ians Blick erkannte sie sofort, dass sie eine Grenze überschritten hatte.

Zum Glück trat Fee in diesem Moment an den Tisch und stellte zwei Schalen ab, aus denen prächtige Milchschaumberge ragten, auf deren Gipfel eine feine Schneeschicht aus Schokoladenpulver lag.

»Danke, Fee. Sieht toll aus.«

Luise begann sofort, den Milchschaum mit einem Löffel in ihren Mund zu schaufeln. Sie war nicht besonders versiert in der Zubereitung von Lebensmitteln, aber in deren Verzehr war sie ein Naturtalent.

Als sie bemerkte, dass Ian sich nicht rührte, beschlich sie der Verdacht, es könnte an ihrer Bemerkung liegen, und sie versuchte, das Thema zu wechseln.

»Fun fact: Das ist ja nur die Spitze des Milchschaumberges. 90 Prozent des Berges liegen unter der Kaffeeoberfläche. Heftig, oder?«

Ian lächelte, ohne seinen Blick von der Tasse zu nehmen. Luise nahm das als Zeichen, entspannt weiterzuschaufeln. Einen Moment lang musterte er sie, dann machte er es nach und ließ einen Löffel voller Schaum langsam in seinen Mund gleiten. Das schmeckte nicht schlecht, überhaupt nicht schlecht. Aber der Geruch übertraf wirklich alles. Wie sich verborgen unter dem Schaumberg das weiche, matte Odeur der Milch in die herbe Süße, in das fast schon holzig-erdige Aroma des Kaffees lehnte, bis es ganz umschlungen wurde. Ian war ganz hin und weg.

Und gerade, als er fast in den Boden versunken wäre, passierte etwas direkt in seinem Kopf.

Eine kalt glänzende Zylinderfeder drehte sich gerade so weit, dass ein winziger Metallstift in die Kerbe einer Krone rutschte und eine Blattfeder nach oben schob. Auf diese Weise kam der Klöppel frei und schlug wie ein Berserker auf zwei kleine Glocken ein. Um nicht zu sagen: Etwas klingelte ihn wach.

Er sah sie ernst an.

»Du kannst doch nicht einfach in meinem Büro rum-schreien.«

Luise hielt mitten im Schaufeln inne, den vollen Löffel vor sich in der Luft haltend.

»Warum nicht?«

»Weil ...«

Er zögerte.

»Äh ... Weil das jemand hätte hören können.«

»Darum schreit man doch. Wenn du im Wald schreist und dich keiner hört, hättest du genauso gut niemals schreien können.«

»Wieso sollte ich denn im Wald schreien?«

»Ja, eben. Ist doch whack. Die armen Rehe rennen um ihr Leben, der Uhu macht sich vor Schreck ins Gefieder, im Moos kriegt die Spitzmaus einen Herzinfarkt. Und alles für nichts.«

Seelenruhig schob Luise den immer noch in der Luft hängenden vollen Löffel in ihren Mund und nahm dann die Schale in beide Hände, um direkt daraus zu trinken. Der Kaffee war jetzt genau das Richtige, auch wenn sie sich trotz der durchgemachten Nacht nicht wirklich müde fühlte.

Erst jetzt entdeckte Ian, dass das keine flachen Tassen mit Henkeln waren, sondern tatsächlich Schalen, wie sie seine Mutter für ihren morgendlichen Haferschleim mit Zimt verwendete. Wo war er nur hier gelandet? Bärtige Feen servierten Menschen, die auf Müllbergen saßen, Schaum in Schüsseln.

Er schüttelte den Gedanken ab und besann sich zurück auf das Gespräch.

»Hast du gerade gesagt, dass die Spitzmaus einen Herzinfarkt kriegt?«

»Ja, Mann!«

Sie trank noch einen Schluck aus ihrer Schale und sah ihn dabei über die Gipfel des Milchschaumgebirges hinweg an. Sein herrlich ratloser Gesichtsausdruck hätte sie fast in den Kaffee prusten lassen. Stattdessen riss sie sich zusammen und erklärte weiter.

»Voll krass, Alter. Wenn du die anschreist, dann explodiert die mit Sicherheit. Das Herz einer Spitzmaus ist kleiner als ein Fingernagel und schlägt dreihundert Mal in der Minute.«

»Wo hast du das denn her?«

»Hab ich gelesen.«

Ian griff mit den Fingerkuppen nach der Schale, um sie genauso zu heben, wie Luise es tat. Dabei versuchte er, nicht an das Marmeladenbrot zu denken, das ihm beim Frühstück aus der Hand gefallen war.

Unter dem Schaum war in weichem Hellbraun der Kaffee aufgetaucht und Ian zog den Duft tief in die Nase, als die Schale genau darunter war, bevor er einen vorsichtigen Schluck nahm. Der Kaffee war köstlich, aber nichts im Vergleich zu seinem Geruch.

Als Ian die Tasse wieder absetze, lachte Luise laut auf.

»Was denn?«

»Du hast einen Milchschaumfleck auf der Nasenspitze.«

»Das trägt man so«, entgegnete er.

»Wenn man eine Spitzmaus ist, vielleicht.«

Einen Moment lang lächelten sie sich an, vielleicht etwas zu lange. Denn Ian hörte wieder den Wecker in seinem Hinterkopf.

»Was willst du von mir?«, fragte er geradeheraus.

Noch während er es sagte, kam Ian die Formulierung zu grob vor. Aber Luise schien das nicht zu stören.

»Ich will dich kennenlernen«, sagte sie, ohne dass das Lächeln aus ihrem Gesicht wich.

»Und darum kommst du in mein Büro?«

»In dieser Stadt wohnen 3,5 Millionen Menschen. Wenn man einen sieht, der einen interessiert, dann sollte man ihn besser nicht verpassen, bevor er wieder in der Menge abtaucht.«

»Selbst wenn ... Du kannst doch nicht in meinem Büro rumschreien!«

»Hast du doch gesehen, wie ich das kann.«

Ian verzog das Gesicht, ließ das Thema dann aber fallen.

***

Beim Verlassen des Cafés hatte sich Ian die Adresse gemerkt, um später noch einmal heimlich vorbeizukommen. Er wollte sich jetzt nicht die Blöße geben, vor Luise ein Paket Kaffeebohnen zu kaufen.

Luise lief tippelnd neben ihm her und versuchte, zu vermeiden, auf die Linien des gepflasterten Bürgersteiges zu treten. Er sah ihr eine Weile lang zu und konnte nicht aufhören, sich über diese Person zu wundern.

Dieser wippende Dutt hinten auf dem Kopf, dieses Piercing in der Nasenmitte, diese schmal gezupften Augenbrauen, die scheinbar mit mehr Aufwand gepflegt wurden als ihre Haare. Und über allem die verblichenen Reste des aufgemalten Schnauzbartes. Und ganz offenbar eine Lebenseinstellung wie Pippi Langstrumpf auf Ecstasy. Was war da nur los?

Sie waren bereits den halben Weg in Richtung seines Büros gelaufen, als Luise plötzlich vor ihn sprang und anhielt.

»Vor wem hattest du Angst?«

»Wie bitte?«

»Eben im Büro.«

»Ich schätze, vor ... meinem Chef.«

Statt nachzuhaken, blieb Luise einfach vor ihm, sah ihn einfach weiter an und zwang ihn so, sich zu erklären.

»Das Herz von meinem Chef ist kleiner als ein Fingernagel und schlägt vermutlich viermal im Jahr, jeweils zur Quartalsabrechnung. Wenn er dich schreien gehört hätte, wäre ich vermutlich meinen Job los.«

»Und das wäre so schlimm?«

Ian musterte sie, als ob in ihrem Gesicht die Antwort auf die Frage zu finden sei, worauf sie hier eigentlich hinauswollte.

»Dann wäre ich arbeitslos«, erklärte er.

»Da wärst du nicht der einzige.«

Es war ganz offensichtlich, dass sie das ernst meinte, auch wenn ihr Dutt dabei wackelte wie die aufgestellte Rute eines unschuldigen Rehkitzes.

»Kann es sein, dass du ein bisschen verrückt bist?«, hörte Ian sich fragen.

»Ich weiß nicht. Mein Therapeut meint das auch.«

»Oh«, entfuhr es Ian.

Er spürte, wie ihm die Röte ins Gesicht schoss. Er hatte Luise nicht bloßstellen wollen, sondern nur einen unschuldigen Witz versucht. Die Top-3-Antworten auf die Frage, was den Deutschen peinlich wäre, in der Reihenfolge, wie Ian sie gelesen hatte: »Glas im Kaufhaus umwerfen«, »Schnarchende Begleitung bei einem Konzert« und »Den Namen eines Bekannten vergessen.«

Ian hatte in der Situation, in der er sich gerade befand, einen ganz klaren neuen Favoriten ausgemacht.

Luise bemerkte sofort, was mit ihm los war, und wechselte schnell das Thema.

»Aber ist es nicht wesentlich verrückter, auf einer blauen Kugel zu leben und den ganzen Tag schwarze Quadrate zu malen?«

Sie knuffte ihn in den Oberarm und einen Moment später sah er an sich runter an die Stelle, wo sie ihn getroffen hatte. Es hatte etwas von der klassischen verzögerten Reaktion eines Clowns, fand Luise. Sie hätte ihm gerne eine rote Nase aufgesetzt, auch um sein Gesicht zu lockern.

»Das ist mein Job«, erklärte er.

»Und macht es dir Spaß?«

»Äh ... Das ist mein Job.«

»Das hast du schon mal gesagt, Herr Papagei! Und es ist keine Antwort auf meine Frage!«

Ian runzelte die Stirn.

»Mal mehr, mal weniger Spaß, würde ich sagen. Meistens eher weniger.«

Seine eigene Offenheit überraschte Ian.

Er wäre gerne weiter in Richtung seiner Arbeit gegangen, aber Luise stand noch immer direkt vor ihm auf dem Bürgersteig. Umrennen wollte er sie auch nicht.

»Und wie bist du da drangekommen, an den Job?«

»Nun, ich habe nach dem Abi eine Ausbildung zum Groß- und Außenhandelskaufmann gemacht, ganz normal. Dann wollte ich eigenlicht BWL studieren, aber ein Berufsberater meinte, ich solle mir erstmal einen Job suchen und ein bisschen was auf die Seite legen. Und dann hab ich halt die Stellenanzeige gesehen und mich beworben.«

»Hm-hm«, machte Luise und erwischte genau den Tonfall, bei dem Ian nicht sagen konnte, ob sie ihm einfach nur bekräftigend zuhörte oder sich damit über seine Geschichte lustig machte.

Ohnehin konnte er sich nicht besonders gut auf Luise konzentrieren, denn er ärgerte sich über seinen Versprecher. Als er ein Kind war, hatte er immer »eigenlicht« statt »eigentlich« gesagt und manchmal, wenn er aufgeregt oder angetrunken war, passierte ihm das auch heute noch, zum Glück nur noch sehr selten.

Dabei wusste er inzwischen, dass es das sogenannte »Eigenlicht« tatsächlich gab. Dabei handelt es sich um Lichterscheinungen, die im Auge auftreten, ohne dass Licht von außen eintritt. Das kann durch chemische Reize geschehen, aber auch durch Druck.

Wenn es nach dem Druck ginge, hätte Ian im Moment am ganzen Körper leuchten müssen, aber er war ja kein Auge.

»Und wie lange ist das her?«, fragte Luise weiter und riss ihn damit aus seinen Gedanken.

Aus Reflex sah Ian auf seine Uhr.

»Äh, sieben Jahre.«

»Machst du das noch, mit dem Studieren?«

»Ja, klar. Aber im Moment ist es ungünstig. Ich bin gerade umgezogen und das war teuer und so.«

»Und jetzt willst du nochmal sieben Jahre arbeiten, bevor du studieren gehst?«

»So einfach ist das nicht.«

Luise trat zur Seite und machte damit den Weg für Ian frei, weiter in Richtung seines Büros zu laufen. Seine Augen sagten »Endlich!«, aber er blieb still und ging einfach los.

Er schritt dabei so zügig an ihr vorbei, dass sie sich beeilen musste, um nicht den Anschluss zu verlieren. Als sie neben ihm angekommen war, ergriff sie wieder das Wort.

»Möchtest du mit mir auf eine Party?«, fragte sie im Laufen.

»Ich muss zurück ins Büro!«

Er klang sehr kurz angebunden. Luise sah ihre Chance verfliegen.

Sie versuchte es mit einem breiten Lächeln, aber er sah nicht zu ihr rüber.

»Doch nicht jetzt. Morgen Abend, im Moonway.«

»Kenn ich nicht.«

»Kannst du ja kennenlernen.«

»Ich weiß nicht.«

»Soll ich schreien?«

Ian hielt an. Er wollte ihr einen tadelnden Blick zuwerfen, aber scheiterte grandios. Sein Mund verzog sich zu einem schiefen Grinsen.

»Aus dem Alter sind wir raus, oder?«

Luise nickte und imitierte sein schiefes Grinsen.

»Klar, wir sind jetzt erwachsen. Aber Erwachsene können doch auf Partys, oder?«

»Ja, schon, ich ...«

»Morgen Abend um 20 Uhr vorm Café«, unterbrach sie ihn.

Bevor er etwas entgegnen konnte, zwinkerte sie ihm zu, drehte sich auf den Zehenspitzen um und tippelte den Gehweg entlang von ihm weg, ohne eine Linie zu berühren.

Ian schüttelte den Kopf, aber die Gedanken blieben kleben.

4. Modern Stalking

Trotz des auf Kipp stehenden Fensters rührten sich die hellblauen Gardinen keinen Millimeter und vom schwarz gerahmten Foto an der Wand aus warf Ians Mutter wie eh und je ihren skeptischen Blick in den Raum hinein.

An der Raufaser entlang hing eine sanfte gleichförmige Stille im Raum, die durch gedämpfte Schritte von Filzpantoffeln auf Laminat kaum gestört wurde. Alle Linien bildeten rechte Winkel, alle Möbel waren präzise aufeinander ausgerichtet und die Menschen bewegten sich dazwischen mit der Klarheit und Sicherheit von Luftblasen, die im Wasser aufsteigen. Es liegt ein Frieden in Symmetrie und Alltag, den man schlicht nicht nachvollziehen kann, wenn man mit 15 von zuhause abhaut, sich einem Zirkus anschließt und gemeinsam mit einem paranoid-schizophrenen Dressurelefanten eine Punkband gründet, deren Spezialität es ist, nur auf brennenden Bühnen aufzutreten.

Ein üblicher Nachmittag nach Feierabend in Ian Günters Wohnung war das exakte Gegenteil davon. Hier wurde man eins mit allem und alles war hier eins: gewöhnlich.

Das Sofa schien tatsächlich langsam auszuatmen wie bei einer Yoga-Übung, als Mario sich setzte. Ian war immer erstaunt darüber, wie gezielt diese Bewegung wirkte.

Ian selbst ließ sich nach einem langen Tag im Büro eher schon mal in die Kissen plumpsen und tauchte zwischen den Daunen wie Alice im Kaninchenbau.

»Aah«, machte Mario.

Er klang dabei wie ein mäßig begabter Schauspieler aus der Theater-AG eines Landschulheims, der so tat, als ob er sich entspannte. Dabei saß Mario schornsteingerade, wie immer seit seinem Bandscheibenvorfall letztes Jahr.

»Füße parallel auf den Boden«, predigte er Ian so häufig, dass dieser aufpassen musste, nicht aus Versehen mitzusprechen.

»Füße parallel auf den Boden, niemals die Beine überschlagen, dann steht die Hüfte schief und eine schiefe Hüfte ist der Sockel für eine krumme Wirbelsäule.«

Ian wusste das sehr genau, hielt sich aber selten genug dran. Vielleicht lag auch das an seiner Vorliebe für Statistiken und dem Wunsch, der Mehrheit anzugehören.

Mehr als 60 Prozent der Deutschen haben Rückenbeschwerden, und rund 180.000 Bandscheibenvorfälle gibt es pro Jahr. Das sind rund 500 Vorfälle pro Tag, alle drei Minuten knirscht es in einem deutschen Rückengebälk.

Mario fand, dass er mit 28 Jahren doch eigentlich noch viel zu jung für einen Bandscheibenvorfall sei.

Das wiederum hatte Ian mal recherchiert und eine Statistik gefunden, der zufolge das Durchschnittsalter für den ersten Bandscheibenvorfall in den letzten Jahrzehnten von knapp 40 Jahren auf etwa 30 Jahre gesunken war. Vermutlich lag das daran, dass so viel gehockt und geglotzt wurde.

Ian durfte sich nicht zu sehr darauf konzentrieren, sonst spürte er sofort einen stechenden Phantomschmerz in den Lendenwirbeln. Zumal sein dreißigster Geburtstag kurz bevorstand.

»Was machst du da eigentlich?«, fragte Mario.

»Ich mahle«, antwortete Ian durch die offene Küchentür.

»Macht man das nicht normalerweise an einer Leinwand?«

»Nein, ich ...«

Ian stockte, als Mario lauthals über seinen eigenen Witz zu lachen begann. Notgedrungen grinste er mit und atmete dann tief durch die Nase ein.

Heute Nachmittag hatte Ian sich nicht nur ein Pfund Arabica-Bohnen aus den jamaikanischen Blue Mountains gekauft, sondern auch gleich eine kleine hölzerne Kaffeemühle. So eine mit winziger Handkurbel, die man nur mit Daumen und Zeigefinger greifen konnte, und einer Schublade wie aus einem Puppenhaus.

Die gerösteten Bohnen leisteten anfangs Widerstand gegen das Mahlen, aber nach einer Weile entstand ein sattes Rattern, das alle Gespräche unmöglich machte.

»Ganz schön laut, deine Leinwand.«

Ian nickte und begutachtete die roten Druckstellen an seinen Fingern.

Aber als er die Schublade herauszog, in der sich der frisch pulverisierte Kaffee befand, wusste er sofort, dass sich der Aufwand gelohnt hatte. Der Geruch, der zu ihm aufstieg und die Flügel seiner Nase umspielte, war unwiderstehlich.

Neben der Mühle hatte er sich eine kleine Espressokanne gekauft und die Bedienungsanleitung im Internet studiert, bis es an der Tür geklingelt hatte und Mario auf der Schwelle erschienen war. Jetzt bemühte Ian sich nach Kräften, die beiden Hälften der Kanne auseinanderzuschrauben. Sie waren achteckig und glänzten im gleichen Chrom wie die riesige Maschine in »Fees Café«.

Erst als er mit aller Kraft daran riss, ließ sich das Oberteil bewegen, drehte sich dafür aber plötzlich umso schneller. Mit dem Resultat, dass der untere Teil scheppernd auf den Boden fiel.

»Was machst du denn da?«

»Kaffee.«

»Ist deine Maschine kaputt?«

Mario war aufgestanden und kam langsam zur Küche rüber, wo Ian inzwischen Wasser in das Unterteil gefüllt hatte und nun das Kaffeepulver aus der Puppenschublade in das Sieb kippte.

»Nein«, entgegnete Ian, »ich wollte einfach mal was Neues ausprobieren.«

Mario sah ihn an, als hätte Ian ihm gestanden, dass er eine Punkband mit einem paranoid-schizophrenen Zirkuselefanten gegründet hatte.

»Was Neues?«

Ian nickte konzentriert, schraubte die beiden Teile der Kanne wieder zusammen und stellte sie auf den Herd. Dann klatschte er dreimal in die Hände, wie er es stets nach vollendeter Arbeit tat.

Er sah Mario an, der ihn fragend musterte.

»Ja, und?«, fragte Ian.

»Kriegst du eine Midlife-Crisis wegen deines Geburtstags?«

»Quatsch, der ist doch erst nächste Woche. Außerdem, wenn ich mit 29 eine Midlife-Crisis kriegen würde, müsste ich ja davon ausgehen, nur 58 Jahre alt zu werden.«

***

Zwei Tassen Cappuccino standen auf dem gefliesten Wohnzimmertisch. Mario hatte wieder auf dem Sofa Platz genommen und strich sich durch sein raspelkurzes schwarzes Haar. Sein Erstaunen war nahtlos in Fassungslosigkeit abgeglitten, als Ian auch noch angefangen hatte, mit einem Rührstab in einem kleinen Topf warme Milch aufzuschäumen und diese dann mit dem Espresso aus der Kanne zu mischen.

Das schien Mario schon verdächtig nah dran an den Tätigkeiten, die man so in einem Drogenlabor ausführte.

Aber das Endprodukt dieser seltsamen Anwandlungen konnte sich durchaus sehen lassen.

»Nicht schlecht«, lobte er. »Aber mal im Ernst, wie kommst du denn plötzlich auf den Trichter mit dem Kaffee?«

Ian zögerte und nahm einen Schluck aus seiner Tasse mit dem Aufdruck ihrer Partei. Stattdessen Müslischalen zu verwenden, hatte er sich nicht getraut, das ging ihm dann doch zu weit. Zumindest in Gegenwart von Mario.

»Hm?«, machte Mario, um seine Frage zu bekräftigen.

»Ich war heute in einem Café, da habe ich das her.«

»Du warst heute in einem Café? Mit wem denn? Herrn Hagens?«

»Sehr witzig ... Nein, mit einer Frau.«

Mario stellte die Tasse, die er eben erst angehoben hatte, mit einem lauten Klacken wieder auf den Tisch.

»Wie bitte?«

Ian nickte und nahm noch einen Schluck.

Er war sich nicht sicher, ob Mario seinen Versuch, die Geschichte cool rüberzubringen, sofort als Schmierenkomödie durchschaute. Statt Mario in die Augen zu blicken, konzentrierte er sich auf die Raufasertapete, die schon das gewagteste Element der Inneneinrichtung seiner Wohnung darstellte.

»Wo hattest du die denn her?«

»Ich hab sie in der U-Bahn kennengelernt.«

»Eine Kontrolleurin?«

»Nein, ein ganz normaler Fahrgast.«

»Jetzt, lass dir doch nicht alles aus der Nase ziehen. Hast du sie angesprochen und auf einen Kaffee eingeladen?«

»Nein, nein. Sie hat mich angesprochen. Und dann kam sie mir ins Büro hinterher und hat mich dort auf einen Kaffee eingeladen. Ein bisschen komisches Café, die haben da einen Balisto, der Fee heißt. Aber der macht echt sehr guten Kaffee.«

»Ein Balisto?«

Ian nickte überzeugt.

»Meinst du Barista?«

Ian nickte überzeugter.

Mario zog eine Augenbraue hoch. Es war nicht nur die Überraschung darüber, dass Ian plötzlich ungewöhnlich handelte. Da war noch etwas anderes, was ihn an der Geschichte gewaltig störte.

»Warte mal, hast du gesagt, dass sie dir ins Büro gefolgt ist?«

»Ja, aber das war ganz harmlos. Sie hat mich nur auf einen Kaffee eingeladen.«

Den Teil mit der Kritzelei auf seiner Stellwand und vor allem mit dem Schrei ließ Ian lieber weg, denn er hatte Marios kritischen Blick durchaus bemerkt.

»Also, tut mir leid, wenn dir eine wildfremde Frau einfach so aus der U-Bahn in deine Arbeit folgt, klingt das für mich schon ein bisschen nach Stalking.«

»Naja, ganz wildfremd war sie ja nicht, wir hatten ja in der Bahn geredet.«

»Hast du sie in dein Büro eingeladen?«

»Nein.«

»Stalking«, konstatierte Mario in einem Tonfall, der keine Widerrede zuließ.

Ian überlegte einen Moment und nahm noch einen Schluck. Das Gespräch verlief emotionaler, als er sich erhofft hatte.

»In dieser Stadt wohnen 3,5 Millionen Menschen. Wenn man einen sieht, der einen interessiert, dann sollte man ihn besser nicht verpassen, bevor er wieder in der Menge abtaucht. Darum ist sie mir halt hinterher.«

»Das trifft aber auf Axtmörder genauso zu wie auf Verliebte.«

Mario hatte mit seiner Antwort nicht eine Sekunde gezögert, so als wäre er auf dieses Argument vorbereitet gewesen. Wieder einmal stellte Ian frustriert fest, dass er ihm in einer Diskussion einfach nicht gewachsen war. Mario schien sich dieses Umstands sehr sicher zu sein und manchmal hatte Ian den Eindruck, dass sein Gegenüber diese Rollenverteilung genoss.

Schließlich war er ein wenig älter als Mario und in der Partei, bei der beide seit ihrer Jugend Mitglied waren, hatte er eine höhere Position, aber dennoch hatte in einer

Auseinandersetzung in der Regel Mario das letzte Wort. Vielleicht war auch einfach die Tatsache, dass es wenig zu diskutieren gab, bisher immer das Fundament ihrer Freundschaft gewesen. Und unter normalen Umständen hätte Ian spätestens jetzt abgewiegelt und vielleicht etwas von der Dart-Weltmeisterschaft im Fernsehen erzählt oder vom faszinierenden farblichen Unterschied zwischen Beton und einem hellgrauen Kieselstein. Aber heute ging es um mehr, auch wenn Ian gar nicht sagen konnte, was das bedeuten sollte. Dennoch machte er Gegendruck.

»Komm schon, jetzt übertreibst du. Wir waren in einem Café, nicht im radioaktiv verstrahlten Keller einer verlassenen Irrenanstalt.«

Beide starrten auf ihre Tassen, anstatt sich in die Augen zu sehen. Für ein paar Momente atmeten sie still. Einige hundert Kilometer entfernt in einem Waldstück nahe der sächsischen Stadt Zschopau fielen gleichzeitig zwei Bäume um. Aber es war niemand da, um es zu sehen.

»Sorry, aber du weißt ja, was ich durchgemacht habe«, ergriff Mario wieder das Wort.

Vor eineinhalb Jahren hatte Mario über eine Singlebörse im Internet eine Frau kennengelernt, die Sylvia hieß. Nachdem sie sich zweimal getroffen hatten und eigentlich alles ganz schön verlaufen war, rief sie Mario eines Nachts um 3 Uhr an und sagte, dass sie bei ihm einziehen wollte. Am liebsten noch, bevor die Sonne aufging. Mario hatte sie brüsk zurückgewiesen und ihr zu verstehen gegeben, dass er mit derlei Sponti-Aktionen nichts zu tun haben wollte.

In den Monaten darauf hatte er äußerst seltsame Briefe von Sylvia erhalten und einige Male stand sie auch unangemeldet vor seiner Haustür und behauptete, die beiden seien schon seit Jahren ein Paar. Nachdem sie diese Geschichte nicht nur ihm, sondern einmal auch seiner Nachbarin, Frau Pellmann, erzählt hatte, entschloss sich Mario, die Polizei einzuschalten. Mario war stets darauf bedacht, seinen Ruf tadellos zu halten, selbst bei der hochgradig irrelevanten Frau Pellmann. Die Polizei konnte ihm allerdings nicht helfen und so entschloss er sich kurzerhand, in einer Nacht- und Nebelaktion umzuziehen. Die Stadt verlassen – oder wenigstens das Viertel. Streng genommen war Mario nur hundert Meter weiter gezogen, aber in eine Parallelstraße, und da er sowieso nur zur Arbeit, zum Supermarkt und zu Ian ging und alle drei Ziele in anderen Richtungen lagen, war das fast genauso gut wie Auswandern nach Papua-Neuguinea.

»Vermutlich steht die heute noch vor meiner alten Wohnung auf der Straße«, sagte Mario nach einer Weile nachdenklich in die Stille.

In Deutschland gibt es pro Jahr etwa 20.000 polizeiliche erfasste Fälle von Stalking, hatte Ian einmal im Radio gehört.

»Aber das ist doch eine ganz andere Geschichte!«, protestierte Ian leise.

»Ja? Inwiefern denn?«

»Meine ... Also ... Meine heißt zum Beispiel Luise.«

***

Die kühle Abendluft trug kleine Spuren der Gerüche der Stadt mit sich wie ein Wollpullover seine Flusen. Mario kriegte davon wenig mit, denn er rauchte einen seiner Zigarillo, die Ian so schrecklich fand. Diese kleinen, braunen Stengel, die man sich in den Mund steckte und auch noch anzündete, widerten ihn an, aber er zwang sich dazu, seinen Ekel zu verbergen.

Das orange Glimmen an der Spitze reichte ihm jedoch als Warnlicht, um nicht näherzukommen.

»Wie weit bist du denn mit den Planungen für deinen Geburtstag?«, fragte Mario.

»Nun ja, die Einladungen sind seit letzter Woche raus. Einige haben auch sofort geantwortet.«

»Auch Frau Wenninger?«

Mario hatte Ian dazu gedrängt, die Landtagsabgeordnete ihrer Partei einzuladen. Ian waren solche Manöver, bei denen die Parteiarbeit ins Private überging, eher zuwider, zumal er Frau Dr. Birgit Wenninger bisher nur einmal kurz beim Frühjahrsempfang im Ratskeller getroffen hatte. Und wenn man ehrlich war, hieß treffen in dem Fall nur, dass sie sich begrüßt hatten. Wenn man es noch genauer nahm, hatte Ian ihr aus der Ferne zugenickt, als sie den Raum betreten hatte. Es konnte aber immerhin nicht ausgeschlossen werden, dass sie das wahrgenommen hatte.

Das war allerdings gewesen, bevor er zum stellvertretenden Schatzmeister ihres Stadtteilverbands gewählt worden war und damit ein kleines, aber nicht zu unterschätzendes Amt innehatte.

So hatte zumindest Mario argumentiert und schließlich hatte Ian sich überzeugen lassen, es wenigstens zu versuchen.

»Nein, von ihrem Büro habe ich noch nichts gehört«, sagt Ian nach einer kurzen Stille.

Aus den Kaminen der Häuser auf der anderen Seite des Innenhofes stieg weißer Qualm, ein verzweifelt wirkender Versuch, doch noch ein paar Wolken auf den sternenklaren Himmel zu werfen.

Mario paffte nachdenklich vor sich hin.

»Wir sollten uns jetzt keine Patzer erlauben«, sagte er schließlich.

»Was denn für Patzer?«

»Ich meine, wenn die Wenninger zu deiner Veranstaltung kommt, dann könnte das ein echter Durchbruch sein. Es wird doch Zeit, dass wir mal über den Stadtteil hinaus denken.«

»Was denn für Patzer?«

»Das ist eine wichtige Chance. Die Frau hat echt Kontakte nach ganz oben. Mal abgesehen davon, welche Wirkung es auf den Rest der Gäste hätte, wenn plötzlich die Wenninger auftaucht.«

Ian zuckte mit den Schultern.

»Ich meine, mit so jemandem im Rücken stehen dir Typen wie Hagens bestimmt nicht mehr im Weg.«

»Was hat denn Herr Hagens mit Frau Wenninger zu tun? Der ist doch in einer ganz anderen Partei. Das wäre doch eher kontraproduktiv.«

»Sei doch nicht so naiv! Mit solchen Kontakten stehen dir ganz andere Wege offen. Deinen Job brauchst du dann bestimmt nicht mehr. Das kann dann diese japanische Maschine übernehmen, von der du erzählt hast.«

»Das ist eine chinesische Maschine. Und ich mag meinen Job.«

Mario sah ihn zweifelnd an. Es war kaum zum Aushalten, dachte Ian. Jetzt brauchte sein Gegenüber nicht einmal mehr Worte, um eine Diskussion mit ihm zu gewinnen. Er musste seinen Standpunkt irgendwie verstärken.

»Ich bin ein einfacher Mann, so wie jeder Mann, und ich wünsche mir nicht mehr, als dass man mir die Chance gibt, so zu leben, wie es mir gefällt.«

Mario drückte den Zigarillo in den Aschenbecher mit Windfang und sah Ian ernst an.

»Schon klar. Aber willst du dir nicht auch mal was leisten können?«

»Was denn?«

»Was du willst!«

Ian sah nachdenklich über den Innenhof. Mario sprach jetzt mit mehr Nachdruck.

»Mit einem Typen wie Hagens vor der Nase hast du genau null Aufstiegschancen. Wann bist du denn das letzte Mal befördert worden?«

»Vor vier Jahren, sieben Monaten und sechzehn Tagen.«

Mario schmunzelte über diese Exaktheit, aber sein Gesicht fror kurz darauf wieder ein.

»So geht es doch nicht weiter. Ich fürchte, du stehst da in einer Sackgasse.«

Er stand auf und deutete mit dem Kopf auf die Tür. Gerade als Ian sich umdrehte, fügte Mario noch etwas hinzu.

»Und genau darum solltest du dir keine Patzer erlauben.«

»Was denn jetzt für Patzer?«

Mario strich sich mit der Hand durch das Haar.

»Na, so eine Aktion wie das mit der Frau heute. Das kann dich locker den Job kosten. Wenn nicht sogar den Ruf.«

»Ich habe einen Ruf?«

»Jeder hat einen Ruf.«

Ian ging durch die Balkontür ins Licht, Mario folgte ihm. Erst drinnen bemerkte Ian, dass es draußen doch schon ziemlich kühl gewesen war. Mitten in der Küche blieb er stehen und drehte sich noch einmal zu Mario um, der gerade die Balkontür schloss.

»Man muss das positiv sehen. Wenn Herr Hagens mich rauswirft, bin ich umso motivierter in Bezug auf Frau Wenninger.«

Einen Moment lang genoss er Marios schockierten Gesichtsausdruck.

»Das war ein Witz«, erklärte er dann.

»Aha. Okay«, entgegnete Mario tonlos und ging weiter. »Ich lache dann später, wenn ich zuhause bin.«

Fast jeder zehnte Deutsche sagt von sich, dass er keinen Humor habe, weitere zwanzig Prozent sind in der Frage unentschlossen. Das war eine der wenigen Statistiken, die Ian nicht so gut gefallen hatten, denn sie lief darauf hinaus, dass jeder Dritte keinen richtigen Spaß hatte. Die Chance, zu dieser Gruppe dazuzugehören, war relativ hoch.

5. Wie ab er geht

Hinter der geschlossenen Tür des Cafés stand der Kundenstopper, der mittlerweile Feierabend hatte. Auf seinen schwarzen Flächen stand mit Kreide der Spruch des Tages geschrieben:

»Wer Ka sagt, muss auch Fee sagen.«

Luise las gerne, was auf Schildern stand. Noch lieber ergänzte oder strich sie einzelne Buchstaben, um den Sinn zu entfremden. Vor zwei Jahren war sie mit ihren Kollegen Jerry und Artur im Auto von Arturs Vater in die Brandenburgische Kleinstadt mit dem ungewöhnlichen Namen »Kotzen« gefahren und hatte dort mitten in der Nacht sämtliche Ortseingangsschilder abgeschraubt. Mit diesen waren sie dann ins Ruhrgebiet gefahren und hatten sie mit Ortsschildern von Essen ausgetauscht.

Damit hatten sie es immerhin zu einigen Schlagzeilen in der Presse gebracht, zu einigem internen Ruhm unter Eingeweihten und bis heute zu einem Grund zu lachen, wann immer Luise daran zurückdachte, so wie jetzt.

Vor der Tür von Fees Café stand sie mit Caro unter dem Vordach, weil ein leichter Nieselregen eingesetzt hatte. Sie trat von einem Fuß auf den anderen.

Gegenüber, auf der anderen Seite der vierspurigen Straße mit dem begrünten Mittelstreifen, schien gerade eine Theatervorstellung zu Ende gegangen zu sein, ein breites und hohes Tor zwischen massiven Granitsäulen kalbte eine Menschentraube in den frühen Abend.

Eine Schlange aus Taxis hatte sich entlang des Bürgersteigs gelegt und Luise beobachtete, wie die Leute davor wild gestikulierten. Anscheinend stritt man sich darum, wer als Erstes welches Taxi gesehen hatte. Luise fand, dass dieser stumme Streit aus der Ferne einen schönen Kontrast darstellte zur feinen Kleidung, die die Herrschaften trugen.

Andere Leute verabschiedeten sich voneinander und liefen eilig in verschiedene Richtungen davon. Mitten im Gewimmel sprach ein Rosenverkäufer die Menschen an, ein roter Farbtupfer inmitten all der grauen und schwarzen Mäntel und Hüte.

Auf ihrer Straßenseite hingegen war der Bürgersteig wie leergefegt. Luise starrte ein paar Löcher in die Luft. Warten zählte nicht zu ihren Stärken. Sie trug immer noch den Kate-Moss-Pullover, ganz demonstrativ, um Caro zu ärgern.

Dabei war sie sich ihrer Sache gar nicht mehr ganz so sicher, denn Ian war noch nirgendwo zu sehen.

»Heute waren Jerry und Artur bei mir«, sagte Caro in die Stille hinein.

»Und?«

»Jerry meinte, dass sein Kollege ihm eine Lücke im Zaun gezeigt hat, wo man ganz easy ins Yard am Messegelände reinkommt. Die waren schon mehrmals drin. Voll chillig, keine Hunde, kaum Kameras und der Security ist es wohl zu kalt draußen. Sogar KIO hat da ein E2E auf eine S-Bahn geknallt.«

»KIO? Ein End-to-End? Im Ernst?«

»Der reinste Kindergeburtstag. Wir wollen am Wochenende auf jeden Fall hin, bist du dabei?«

Luise zog Tabak und die Blättchen aus der Tasche.

»Auf jeden«, nickte sie.

Caro holte eine Schachtel Zigaretten hervor und hielt sie Luise hin.

»Willste 'ne Aktive?«

Luise nickte und griff nach der Schachtel. Mit einer fließenden Handbewegung steckte Caro die Schachtel zurück und holte ein Feuerzeug hervor.

»Der Typ kommt nicht mehr«, erklärte sie, während sie Luise Feuer gab.

Luise zog einmal kräftig und die Spitze ihrer Zigarette glühte auf. Sie sah Caro mit gespielter Abschätzigkeit an und pustete den Qualm des ersten Zuges leicht, aber deutlich in ihre Richtung.

»Der kommt auf jeden Fall. Ich freue mich schon auf dein neues Tattoo.«

»Auf keinsten, Schwester!«

Ein Taxi fuhr vorbei und mit einem Blick auf die andere Straßenseite sah Luise, dass sich die Situation dort offenbar sehr schnell gelöst hatte. Außer dem Blumenverkäufer war niemand mehr zu sehen.

Als sich ihre Blicke quer über die breite Straße begegneten, hob der Verkäufer den Blumenstrauß, wie zum Angebot. Luise schüttelte den Kopf und weil sie fürchtete, dass er das auf die Entfernung nicht klar sehen konnte, hob sie auch noch ihren Zeigefinger und wackelte damit hin und her.

Er zeigte ihr daraufhin den Mittelfinger.

Caro hatte nichts davon mitbekommen, weil sie sich umschaute, ob Ian doch noch kam. Luise wiederum war überrascht, dass Caro einfach weitersprach.

»Nur, weil der sich hier mit dir trifft, hast du noch nicht gewonnen! Selbst dein Vater würde sich hier mit uns treffen und der ist der Kurfürst von Spießerhausen!«

»True story.«

Mit dem Daumen schnippste Luise die Asche von der Spitze ihrer Zigarette, so dass die Glut erneut zum Vorschein kam. Sie hatte Caro kurz angesehen und schaute nun wieder auf die andere Straßenseite, aber der Blumenverkäufer war verschwunden.

»Aber wie soll Ian denn beweisen, dass er kein Spießer ist?«

»Vielleicht kann er sich einen Iro rasieren?«

»Ja, klar! Oder ACAB an die Pforte der Bullenwache sprühen!«

»Das würde ich gelten lassen.«

Ein paar Momente verstrichen, bis die Stille der abendlichen Straße wieder durchgehallt war. Die beiden Frauen zogen an ihren Zigaretten, genau gleichzeitig, ohne sich anzusehen. Sie hätten sich für die Weltmeisterschaften im Synchronrauchen qualifizieren können, wenn es dergleichen geben würde.

»Hm«, machte Luise, um zu bekräftigen, dass ihre Frage noch nicht beantwortet war.

»Keine Ahnung ...«, begann Caro.

»Keine Ahnung von was?«, fragte Ian.

Luise zuckte zusammen. Er war so plötzlich hinter ihnen aufgetaucht, als wäre er das Periskop eines U-Bootes, das aus der Wasseroberfläche aus Kopfsteinpflaster ausgefahren wurde.

Zu ihrer Erleichterung stellte sie mit einem Blick in seinen entspannten Gesichtsausdruck fest, dass er wohl noch nicht lange zugehört hatte.

»Ich hab keine Ahnung von Vasen«, sagte Caro und zog bemüht lässig an ihrer Zigarette.

»Oh«, entgegnete Ian, »ich auch nicht.«

Caro streckte ihm die Faust entgegen und sah ihn durch ihre große Brille ernst an.

»Ich bin übrigens Caro.«

»Angenehm, Ian.«

Dabei griff er zur Begrüßung nach ihrer Faust und schüttelte sie. Caro war einen Moment lang sprachlos.

Von der Seite näherte sich ein junger Mann mit einem Strauß roter Rosen in der Hand. Die Blumen sahen schon etwas verbraucht aus, der Mann hingegen wirkte in erster Linie wütend. Er blieb genau vor den dreien stehen, zog eine Rose aus dem Strauß und schleuderte sie auf den Boden.

»Erstickt dran!«, sagte er verächtlich und ging dann zügig weiter, bevor einer der drei reagieren konnte.

Sie tauschten stumme Blicke aus.

»Aha«, sagte Ian schließlich langsam.

Bevor die Pause zu peinlich wurde, ging Luise schnell dazwischen.

»Wollen wir dann mal los ins Moonway?«

»Was ist denn nun das Moonway?«, frage Ian.

»Im Ernst?«, rief Caro unwillkürlich aus.

»Du hast noch viel zu lernen, junger Padawan«, erklärte Luise.

Sie griff sich kurzentschlossen seine Hand und zog ihn die Straße hinauf Richtung U-Bahn-Station.

***

Um die Luft im prallvollen Moonway zu schneiden, hätte man wohl eine Kettensäge gebraucht. Seit dem Rauchverbot vermengte sich der Eigengeruch der schwitzenden Menschen auf der Tanzfläche mit einem unbestimmbaren Geruch, der sich seit der Eröffnung in den frühen Neunzigern an den Wänden festgeklammert hatte und nun wagte, seinen Weg in den Raum hineinzufinden.

Der DJ hatte sich allerdings scheinbar vorgenommen, den Geruch durch Lautstärke zu übertünchen. Mit seiner Kirmessonnenbrille, blondierten Strähnen und einer Jeansweste wirkte er auf Ian ohnehin wie jemand, der seine Sinne nicht ganz beisammen hatte.

Ian war da nicht vorurteilsfrei. Er war überzeugt, dass jemand, der so gekleidet war, niemals in der Lage wäre, seinen Job auszuführen. Wenn man diesen Typen bäte, einen Pixel zu malen, würde er wahrscheinlich den Stift fressen und sich mit dem Geodreieck ins Auge stechen.

Aber außer ihm schien sich niemand an Outfit und Musikauswahl des DJs zu stören, ganz im Gegenteil. Auf der Tanzfläche zelebrierte man zum monotonen Stakkato einen synkopischen Tanz, der ganz gut widerspiegelte, warum 68,7 Prozent der Deutschen die Frage, ob sie in ihrer Freizeit auf Partys oder in Diskos gehen, verneinen.

Vielleicht waren das aber auch genau die zwei Drittel der Deutschen, die Humor hatten. Hier unten im epileptischen Stroboskopzirkel wurde einem auf jeden Fall jedes Lächeln von einer Bassdrum aus dem Gesicht geboxt.

Ian sah erstaunt zu, wie Caro ihre Arme in die Luft warf und auf Nimmerwiedersehen in der Menge abtauchte.

Dann fiel sein Blick fiel auf Luise. Sie wippte mit dem Kopf zum Beat, immerhin war sie in der Lage, den Takt zu erkennen. Vielleicht war noch nicht alles verloren.

Als sie bemerkte, dass er sie fragend ansah, verstand sie die Situation allerdings grundlegend falsch.

»Du hast Recht, wir brauchen einen Drink.«

Sie griff erneut nach seiner Hand. Das schien ihr neues Ding zu sein.

Dabei fand Ian ihre Hände etwas sonderbar, denn ihr Mittelfinger war kürzer als ihr Zeigefinger, als habe jemand sie falsch sortiert. Immerhin hatte sie saubere Fingernägel, im Gegensatz zu einigen anderen hier, die Ian sofort aufgefallen waren.

Alles war besser, als mitten in diesem Getümmel alleine stehengelassen zu werden, also folgte er ihr, während sie sich einen Weg durch die Menschenmenge bahnte wie ein heißes Messer durch Butter.

Er hatte einige Dutzend Menschen unfreiwillig berührt, als sie an der Bar ankamen und Luise sich wieder an ihn wandte.

»Ich freu mich, dass du mitgekommen bist!«

»Hab ich doch gesagt. Das hier ist also das Moonway, ja?«

»Warst du wirklich noch nie hier?«

Ian schüttelte den Kopf.

Es kam ihm komisch vor, dass er dazu überhaupt etwas sagen musste. Sie hätte ihn auch fragen können, ob er noch nie einen lebenden Goldfisch gegessen hatte. Oder ob er sich vorstellen könnte, eine Jeansjacke und blondierte Strähnen zu tragen.

»Warst du überhaupt schon mal in einem Club?«

»Zählt der Schachclub?«

»Nein. Möchtest du einen Drink?«

»Zählt eine Apfelschorle?«

Luise lachte und rief dem Barkeeper etwas zu, das für Ians Ohren verdächtig nach »Zwei Gin Tonic!« klang.

Da es hier am hinteren Ende der Theke etwas ruhiger zuging, nutzte Ian die Gelegenheit für einen weiteren Blick durch den Raum. Unter einer riesigen Diskokugel, die das Licht wie ein rotierender Zuckerstreuer durch den Raum fliegen ließ, wogte ein Meer aus Köpfen. Einige Dutts und Mützen schwankten wie Bojen auf den Wellen und die Musik kreischte als Möwenschwarm über der Wasseroberfläche und brummte gleichzeitig als brünftiger Seelöwe darunter.

Es hätte regelrecht idyllisch sein können, doch es war von allem viel zu viel da, drängte mit Druck durch alle Sinne und überflutete sämtliche Dämme.

Zu den Dingen, die Ian gerne mit Musik machte, zählten: leiser drehen, noch leiser drehen und ausschalten.

Hier war ihm keine der drei Möglichkeiten gegeben, aber obwohl sich der Notausgang direkt neben der Bar befand, beschloss Ian, noch einen Moment durchzuhalten. Diesmal lag das aber ganz gewiss nicht am tollen Geruch im Raum. Er sah wieder auf Luise.

Als sie ihm den Drink reichte, spiegelte sich auf der klaren Oberfläche des Gin Tonic das Notausgangsschild.

»Hier, Prost.«

»Na dann, Prost.«

»Alles gut bei dir?« rief Luise direkt in sein Ohr, während sie sich über seine Schulter beugte.

Ian war ein bisschen überfordert davon, dass sie versuchte, in dieser Situation auch noch ein Gespräch zu führen.

»Ja!«

Einen Moment lang schaute sie ihn fragend an und er sah sich gezwungen, weiter in ihr Ohr zu brüllen.

»Mein Chef war ziemlich sauer, als ich gestern zurückkam. Konnte ihn aber beruhigen.«

»Kein Herzinfarkt?«

»Nein. Vielleicht ist er doch keine Spitzmaus.«

»Vielleicht ist er eine Ratte«, schrie Luise.

Als sie bemerkte, dass Ian sie tadelnd anschaute, schob sie sofort nach.

»Scherz, Mann! Komm schon, Alter! Du musst dich mal ein bisschen locker machen!«

»Ich bin locker, guck!«

Ian stellte den Drink auf die Bar und wackelte mit beiden Armen. Seinen Kopf bewegte er wie ein Metronom nach links und rechts.

»Was machst du da?«, fragte Luise.

»Ich tanze.«

Sie antwortete, indem sie ihre Augenbrauen zusammenzog und ihn mit einem mütterlichen Lächeln ansah, als sei er fünf Jahre alt und habe gerade gesagt, dass er aus seinen Händen mit Laser schießen konnte.

Mit einem unauffälligen Seitenblick auf seine Armbanduhr stellte Ian fest, dass er schon wieder länger als üblich wach war. Heute ging das ohne Dart-Weltmeisterschaften im Fernsehen und er hatte keinerlei Idee, wohin der Pfeil in dieser Nacht fliegen würde.

Er war sich nicht mal sicher, wer da warf.

Luise legte ihr Kinn auf seine Schulter, um ihm wieder etwas ins Ohr zu rufen.

»Du guckst ständig auf die Uhr.«

Er nickte knapp.

»Als wärst du selbst ein Uhrwerk«, fügte sie hinzu.

»Als wäre ich ein Uhrwerk.«

»Ich höre da doch wieder einen Papagei raus. Der ist da irgendwo drin!«

»Ein Papagei?«

»Ja, wenn du es sagst.«

»Ich fürchte, ich verstehe gar nichts mehr.«

»Das ist schon mal ein guter Anfang.«

Luise lächelte ihn breit an und leerte dann ihren Drink in einem Zug. Mit weit aufgerissenen Augen sah Ian ihr dabei zu.

»Noch einen?«, fragte sie, demonstrativ beiläufig.

In seinem Glas, das immer noch auf der Bar stand, fehlte erst ein winziger Schluck. Allerdings hatte er es während seiner kleinen Tanzeinlage unbeobachtet stehen lassen.

Dabei hatte er gelesen, dass man auf keinen Fall seinen Drink alleine stehen lassen durfte. Im Vorfeld hatte er sich nämlich über das Internet ausführlich darüber informiert, wie es in einer Diskothek denn so zuging. Er fand ein zerrissenes Bild, die Hälfte der Kommentatoren war ganz begeistert vom Feiern, die andere sah in diesen Exzessen ein Zeichen für den Untergang des Abendlandes oder zumindest die bevorstehende Machtübernahme des gefallenen Verführers Luzifer.

Doch in dem Punkt, dass man seinen Drink nicht unbeobachtet stehen lassen sollte, waren sich alle einig. Wenn das hier ein Flughafen war, dann waren die Drinks das Handgepäck.

Dieses Wissen schien Ian nicht viel genützt zu haben, wenn er sich gleich zu Beginn einen solchen Schnitzer leistete.

»Die nächste Runde geht auf mich«, rief er also laut und Luise grinste.

»Polly will einen Keks.«

***

Auf der anderen Seite eines viel zu schmalen Ganges lag ein kleinerer Raum, der Ian wesentlich besser gefiel. Die Musik war ein bisschen leiser und hier hingen sphärische Klänge und gedimmtes Licht in der Luft. Zudem gab es einige Tische und Stühle, entlang der Wände sogar eine Handvoll Sofas.

Und im Halbdunkel konnte Ian sich wenigstens vorstellen, dass nicht alles voller Staub, Milben und löchriger Fässer mit Atommüll war.

Doch als sich Luise auf eines dieser Sofas fallen gelassen hatte, wirbelte aus den Polstern eine kleine Fontäne aus Staub durch einen roten Lichtstrahl des Scheinwerfers an der Decke. Zu früh gefreut.

Ian hielt die Luft an und setzte sich sehr langsam neben sie.

»Du bist immer noch nicht locker«, stellte sie fest.

Immerhin musste sie hier nicht mehr ganz so laut brüllen.

»Wie soll ich mich bitte lockern? Yoga? Schnaps? Drogen? Soll ich mich in einen Häcksler werfen?«

Weil er beim Reden seinen Kopf nicht in ihr Ohr rammen musste, konnte er sehen, wie sie als Reaktion kurz grinste und dann den Kopf schüttelte.

»Das fängt schon mit der Sprache an, Kollege. Du betonst alles so deutlich, redest so glattgelecktes Hochdeutsch.«

»Was ist denn daran falsch?«

»Nichts.«

Er nickte, während sie durch einen Strohhalm die Reste aus ihrem Glas schlürfte und ihm in die Augen sah.

»Wenn du ein Finanzamtformular bist«, fügte sie dann hinzu.

»Ich bin ein Finanzamtformular?«

»Eben nicht. Darum solltest du aufhören, so zu reden, als wärst du eins.«

Mit einem Blick quer durch den Raum überlegte sie einen Moment, bevor sie sich wieder an ihn wandte.

»Mmmh, okay, vielleicht so. Sprich mir nach: Was geht'n bei euch, ihr ahnbaren Larrys?«

»Wie bitte?«

»Was geht'n bei euch, ihr ahnbaren Larrys?«, wiederholte sie etwas lauter.

»Das sag ich nicht, ganz bestimmt nicht.«

»Was soll schon passieren?«

»Jemand könnte mich hören.«

Luise lachte, bis sie merkte, dass er es gar nicht als Scherz gemeint hatte.

»Darum geht es ja. Denk an den Schrei im Wald.«

»Aber das ist doch was anderes.«

»Jetzt drucks hier nicht herum. Sprich mir nach, Herr Papagei: Was geht'n?«

»Was geht'n?«

»Sehr gut. Was geht'n bei euch?«

»Was geht ... bei euch?«, stolperte Ian durch die Worte.

»Mit mehr Überzeugung: Was geht'n bei euch?«

»Was geht'n bei euch?«

»Ihr ahnbaren Larrys!«

»Was geht'n bei euch, ihr ahnbaren Larrys? Was soll das überhaupt sein?«, fragte er.

»Lenk nicht ab«, schimpfte sie. »Du klingst, als wolltest du ein Shetland-Pony für einen gelungenen Ausritt loben. Nochmal! Was gehtn bei euch, ihr ahnbaren Larrys?«

»Was geht'n bei euch, ihr ahnbaren Larrys?«

»Sehr gut, sehr gut, richtig nice. Du machst Fortschritte, Kollege. Und direkt weiter. Der Sound ist fett.«

»Der Sound ist fett.«

»Lass mal chillen und 'nen Drink pitchen.«

»Lass mal chillen und den Drink pitchen. Was heißt das denn?«

»Du sollst die Klappe halten und saufen.«

»Aha. Sympathisch«, befand Ian.

Er nahm einen weiteren Schluck von seinem zweiten Gin Tonic. Er hoffte zumindest, dass das erst der zweite war. Es stand zu befürchten, dass er morgen nach der Heimkehr in die Zivilisation all diese wertvollen Lektionen über die Sprache der Wilden vergessen haben würde. Mit einer schnellen Bewegung zog er seinen Taschenkalender hervor und nahm den Kugelschreiber in die Hand, der daran festgeklemmt war.

Mit einer noch schnelleren Bewegung nahm Luise ihm beides wieder aus der Hand und schüttelte mit zusammengepressten Lippen den Kopf.

»So lernst du das nicht.«

Er griff nach dem Kalender, aber Luise zog ihre Hände weg. Entweder war er durch den Alkohol langsamer geworden oder sie schneller. Oder beides.

»Du lernst es, indem du so redest. Siehst du die beiden dahinten, neben der Säule?«

Sie deutete auf Artur und Jerry, die sich wild gestikulierend unterhielten.

»Geh rüber und rede mit denen. Aber easy«, sagte Luise.

»Ich kenn die doch gar nicht.«

»Du sollst sie ja auch kennen*lernen*.«

»Einfach so?«

»Einfach so.«

»Jetzt bist du aber der Papagei.«

Luise zuckte mit den Schultern.

»Wenn du es machst, dann küss ich dich«, sagte sie schließlich.

»Im Ernst?«

»Los, bevor ich es mir anders überlege.«

***

Die Luft schien aus Schaumgummi zu sein, wie in einem schlechten Traum, in dem man fliehen muss, aber nicht vorwärtskommt.

Auf halber Strecke war die Frage in ihm aufgetaucht, warum er sich überhaupt in Bewegung gesetzt hatte. Er war doch an einem Kuss von Luise gar nicht interessiert. Vermutlich stand bei ihm der Alkohol auf dem Gaspedal und das Lenkrad war komplett verwaist.

25 Prozent der deutschen Männer bekommen ihren ersten Kuss auf einer Party, hatte Ian am Mittag gelesen. In den meisten Fällen wohl eine weitere Gefahr, die in Diskotheken lauert. Bei Frauen liegt die Sache allerdings anders, sie erhalten ihren ersten Kuss zum größten Teil auf dem Heimweg oder erst vor der Haustür.

Diese Statistik hatte Ian nicht ganz eingeleuchtet, weil er immer davon ausgegangen war, dass sich Mann und Frau ja gegenseitig küssen. Das sollte also logischerweise am selben Ort stattfinden.

Aber Ian konnte sich jetzt nicht auf Statistiken konzentrieren. Sein Herzschlag war mit jedem Schritt näher an das Spitzmaus-Niveau gekommen und mittlerweile hatte er die kleinen Nager längst hinter sich gelassen. Aus dem Klopfen war erst ein Rattern geworden und mittlerweile dröhnte zwischen Rippen ein aufgeregter Brummton.

Vor ihm standen Artur und Jerry, die ihr Gespräch unterbrachen, als sie bemerkten, dass Ian sie anschaute. So standen sie eine ganze Weile lang, bis Artur genug davon hatte und das Wort ergriff.

»Is was?«

Ian nahm all seinen Mut zusammen und stellte fest, dass er genau gar keinen hatte. Doch er musste ja etwas sagen, das wurde von den beiden Typen vor ihm erwartet, ebenso wie von Luise.

»Was geht'n bei euch?« fragte er vorsichtig.

Artur und Jerry runzelten die Stirn und warfen sich einen kurzen Blick zu.

»Geht'n bei euch ...«, fuhr Ian fort, »ihr ahnbaren Lar-rys?«

Diesmal dauerte es nicht so lange, bis Artur reagierte. Mit flachen Händen gegen die Brust stieß er Ian zurück. Die unerwartete Wucht hätte Ian fast von den Füßen ge-rissen, er musste einen Ausfallschritt nach hinten machen. Seine Herzfrequenz glich mittlerweile einem Fiepen.

»Was willst du denn?«, rief Artur.

»So doch nicht!«, schrie Luise von der anderen Seite des Raumes.

Sie sprang auf und rannte los, wobei sie einige Leute wegrempeln musste.

Jerry hatte sich neben Artur aufgebaut und markierte mit ausgestreckter Brust das Alphatier des Rudels.

»Verpiss dich mal lieber, Mann!«

Die Sache mit der Einschüchterung funktionierte jeden-falls sehr glaubwürdig, denn er war fast einen Kopf größer als Ian und mindestens zwei Köpfe breiter.

Dieser Unterschied wuchs sekündlich, denn während sich Jerry immer weiter aufpumpte, schrumpfte Ian bis knapp oberhalb der Fliesen. Er hatte die Form eines zit-ternden Pfannkuchens angenommen. Seine Ränder schie-nen zu verschwimmen, als wären sie aus Rauch.

»Ey, lasst den mal!«

Kurz bevor sich Ian ganz aufgelöst hatte, stellte sich Lu-ise zwischen ihn und die anderen.

»Ist das ein Kumpel von dir?«, fragte Jerry und machte eine abfällige und zugleich drohende Handbewegung in Ians Richtung.

»Was is mit ihm?«, wollte Artur wissen.

Sein Tonfall war etwas ruhiger und Luise holte einen Moment Luft, bevor sie zögernd antwortete.

»Ja, der … der kommt gerade von einer langen Reise. Aus Bayern.«

»Der sieht überhaupt nicht aus wie ein Bayer. Der sieht aus wie ein Zivilbulle.«

»Der soll uns mal nicht von der Seite anlabern«, fügte Jerry hinzu.

»Der meint das nicht so. Die reden da halt anders.«

Artur sah zu Jerry rüber und machte eine abwinkende Geste. Daraufhin nahm Jerry den Fuß von der Luftpumpe und nahm wieder normale Gestalt an.

»Meine Oma aus Bayern redet ganz anders«, meinte Artur.

»Wie denn?«, fragte Luise in ruhigem Ton.

»Etwa so: Ha moi, was füa a Schmoan.«

»Muss eine andere Ecke von Bayern sein.«

Luise gelang sogar ein Lächeln, wie Ian erstaunt feststellte.

Die Spannung in der Luft ließ merklich nach, als sich Jerry zu Artur drehte und dieser ihm zunickte. Die Sache mit dem Alphatier schien hier doch anders gelagert, als der erste Blick vermuten ließ.

Dann wandte Artur sich nochmal an Luise.

»Okay, aber sag deinem Kumpel, er soll beim nächsten Mal besser aufpassen.«

Luise lächelte bekräftigend und sah zu Ian rüber.

Doch dieser hatte sich während des letzten Satzes von Artur anscheinend in Luft aufgelöst. Sie schwenkte ihren Blick suchend durch den Raum, Richtung Tür. Zuletzt sah sie auf den Boden vor ihren Füßen.

Aber auch dort war er nirgendwo mehr zu sehen. Nur eine aufgewirbelte Staubwolke zeugte davon, dass hier eine sehr schnelle Bewegung stattgefunden haben musste.

***

Vor dem Club stand eine lange Reihe Leute hinter einem Absperrband und wartete darauf, noch reinzukommen. Ein großer Muskel mit angespanntem Gesicht und einer Tätowierung am Hals versperrte jedoch den Türrahmen und sah nicht so aus, als ob er noch jemanden reinlassen würde. Luise konnte sich eher vorstellen, dass er demnächst die ersten zwei, drei Wartenden mit etwas Ketchup auffressen würde. Im Vorbeigehen rempelte sie den Security absichtlich leicht an.

»Sorry«, sagte sie sofort mit etwas mehr Lallen in der Stimme, als es ihre leichte Angetrunkenheit rechtfertigte.

Als der Muskel feststellte, dass eine junge Frau vor ihm stand, gab er nur einen grimmigen Brummton von sich und drehte sich wieder weg. Der anhaltende Nieselregen und der kühle Wind des sehr, sehr frühen Morgens waren der perfekte Kommentar des Wetters.

Sie fand Ian in der nächsten Seitenstraße, auf einer Bordsteinkante sitzend.

Langsam setzte sie sich neben ihn, so dass sie sich fast berührten. Sie zog eine Schachtel Zigaretten aus der Tasche, die sie gerade dem Security-Muskel aus der Jackentasche geklaut hatte und steckte sich eine Kippe an. Einen Moment lang wurde ihr Blick gefangen von einer Straßenlaterne, in deren Lichtkegel man den sonst im Dunkel verborgenen Regen sehen konnte, wie eine helle, nasse Aura.

»Ich kann das nicht«, sagte Ian schließlich.

»Was meinst du?«

»Ich bin eben nicht locker.«

Luise stieß mit ihrer Schulter sanft gegen seinen Oberarm und er sah sie fragend an. In ihrem von Feuchtigkeit glänzenden Gesicht strahlte ein Lächeln.

»Das war toll. Du warst toll«, erklärte sie.

Mit einer hochgezogenen Augenbraue kommentierte Ian, dass er keinesfalls ihrer Meinung war. Der Regen prasselte schräg durch den erhellten Bildausschnitt.

»Okay, okay. Du bist ein bisschen über das Ziel hinausgeschossen.«

»Die Untertreibung des Jahrhunderts«, entgegnete Ian, »ich bin nicht über das Ziel hinausgeschossen, das Ziel war in einer ganz anderen Stadt.«

»In einem anderen Land!«, ergänzte sie und nickte ironisch.

»Auf einem anderen Kontinent!«, bekräftige er.

»Eine ganz andere Welt!«

»In einer ganz anderen Dimension! Mindestens!«

In einer schnellen Bewegung lehnte sie sich zu ihm rüber und küsste ihn auf den Mund. Ihre Lippen waren weich und kalt vom Regen.

Dann lehnte sie sich zurück und musterte sein Gesicht.

»Im Ernst?«, fragte er nach ein paar Sekunden oder Jahren.

»Im Ernst!«

»Echt?«

»Echt!«

Er musste unwillkürlich lachen.

»Ich höre da doch einen Papagei raus«, sagte er.

6. Papageien

Der Tisch im Zentrum ihrer WG-Küche hatte zahlreiche Kerben an den Rändern und in der Mitte war die Maserung des Holzes an einigen Stellen über die Jahre zu tiefen Furchen geworden. Caro hatte keine Ahnung, wer diesen Tisch ursprünglich angeschafft hatte, er war schon hier gewesen, als sie in die WG eingezogen war, und mittlerweile war sie die Dienstälteste der drei Bewohnerinnen. Wenn man vom Tisch absah, der zumindest so aussah, als wäre er seit der Zeit der Mammuts und Säbelzahntigern hier.

Über dem Tisch hing eine Lampe, deren Schirm mit Aufklebern von Bands, Protestaktionen und Turnschuhen verziert worden war. Unter dem schmalen Fenster stand auf der Fensterbank eine vertrocknete Pflanze, die davon zeugte, dass jemand den Impuls, mit frischem Basilikum zu kochen, nicht bis zum Ende verfolgt und schließlich vergessen hatte. Direkt unter diesem traurigen Denkmal stand ein schmales abgewetztes Ledersofa, auf dem es sich Luise gemütlich gemacht hatte.

In ihrer Hand hielt sie eine Tasse, aus der der Faden des Teebeutels hing wie die Zunge eines erschöpften Hundes. Sie gähnte lange und tonlos.

»Wart ihr noch lange im Moonway?«

»Wieso? Hast du dir schon eine Farbe für deine Tätowierung ausgesucht?«, grinste Luise. »Ich glaube, mein Unterarm wird auf deinem Unterarm sehr gut aussehen.«

Als Caro nicht reagierte, sondern sie weiter fragend ansah, fuhr Luise fort.

»Ja, noch etwa zwei Stunden. Ian hat sogar getanzt.«

»Der Typ aus der U-Bahn? Der graue Herr mit Aktenkoffer?«

Zu den Dingen, die Caro mit Schubladen machte, zählten: ihre Socken unsortiert reinwerfen, sie offen lassen, wenn sie den Raum verließ, und darin denken.

»Genau der! Ein grauer Herr, der tanzt!«

»Und was war dann, Momo?«

»Dann haben wir Gin Tonic getrunken und ich habe angefangen, ihm mal den Stock rauszuziehen. Und siehe da, es war nicht einfach, aber er hat sich locker gemacht.«

Während sie einen vorsichtigen Schluck aus ihrer Tasse nahm, sah Caro sie zweifelnd an. Die hellbraunen vertrockneten Reste der Basilikumpflanze standen genau hinter Luise und sahen beinah so aus, als würden sie direkt oben aus ihrem Dutt rauswachsen.

»Am Ende hat er sich sogar fast mit Artur und Jerry geprügelt.«

Caro stellte ihre Teetasse auf den Küchentisch und legte ihre Stirn in mehr Falten, als der Tisch Furchen hatte.

»Warum das denn?«

»Weil er zu cool war«, entgegnete Luise.

»Zu cool? Wie ist man denn zu cool?«

Luise zögerte ihre Antwort absichtlich hinaus und nippte an ihrem Chai-Tee.

»Er ist halt zu ihnen hin und hat gefragt: ›Was geht'n bei euch, ihr ahnbaren Larrys?‹«

»Was hat er? Never!«

»Frag Artur und Jerry!«

Caro setzte sich auf einen der Stühle und strich mit den Fingern der rechten Hand über den Tisch. Wenn man das mit ein wenig Druck machte, erklang ein ungleichmäßiges, weiches Rattern. Ihr Blick fiel auf ihren Arm und sie stellte sich zum ersten Mal vor, wie ein Tattoo eines Unterarms darauf aussehen würde.

Sie musterte Luise eine Weile, während diese ihren Tee trank und ihren Triumph scheinbar genoss.

»Später saßen wir noch eine Weile auf dem Bürgersteig und haben geredet.«

»... bis die Sonne aufging?«, vervollständigte Caro ihren Satz.

Sie steckte den Zeigefinger in den offenen Mund und deutete an, sich vor Romantik übergeben zu müssen. Luise schüttelte lächelnd den Kopf.

»Ne, so schlimm war es nicht.«

»Was hat der graue Herr denn erzählt?«

»Er heißt gar nicht Jan, sondern Ian.«

Caro sah Luise an, als hätte diese gestanden, ihren Hamster aus Versehen in die Waschmaschine gesteckt zu haben.

»Er heißt nicht Jan, sondern Jan? Hast du Lack gesoffen?«

»Eben nicht Jan, sondern Ian. Mit I.«

Für ein paar Momente atmeten sie still. In der Küche stand Caro wieder von ihrem Stuhl unter der beklebten Lampe auf und ging zum Kühlschrank.

»Das ist ja wahnsinnig aufregend«, kommentierte sie beim Laufen.

»Ach, halt die Klappe. Er ist voll nett. Hat halt so erzählt, wo er herkommt und wo er hinwill. Am liebsten würde er nämlich BWL studieren.«

»Also doch ein waschechter Langweiler. Her mit deinem Pullover, Alter!«

Mit ausgestreckter Hand forderte Caro ihr Recht ein. Luise grinste und machte eine abwinkende Geste.

»Nein, Mann, er möchte eben eine eigene Firma aufmachen.«

»Und Langeweile in Dosen verkaufen?«, fragte Caro kopfschüttelnd.

»Sehr witzig ... Wer soll sich denn Langeweile in Dosen kaufen?«

»Na, Leute, deren Leben zu aufregend ist. Professionelle Bungee-Jumper, Astronauten, Börsenhändler, ich«, grinste Caro.

»Ja, stimmt, du könntest so eine Dose schon gebrauchen.«

»Was soll das denn heißen?«

Das Grinsen war ihr aus dem Gesicht gefallen und am Boden geplatzt wie eine Wasserbombe mit sehr dünner Haut. Caro stand auf und stellte ihre leere Teetasse in die Spüle über dem Mülleimer. Ihre Bewegung war etwas zu heftig, die Tasse knallte in das Becken und Luise zuckte zusammen.

Ihre Blicke trafen sich im Raum wie zwei entgegengesetzte Magnete.

»Ach, du willst es doch gar nicht wissen, was ich über Ian erzähle.«

»Wahrscheinlich nicht.«

Einen Moment lang sahen sie sich an und Luise fühlte ein unschönes Drücken im Bauch. Wann war die Stimmung denn so gekippt? Sie hatte diesen verhärteten Ausdruck in Caros Gesicht nicht mehr gesehen seit dem Tag, an dem sie Luise über ihr Elternhaus erzählt hatte.

Caros Eltern waren Mitglieder einer freichristlichen Gemeinde, sie musste mehrmals in der Woche mit ihnen zum Gottesdienst und auch ansonsten hatte in ihrem streng strukturierten Tagesablauf neben Schule, Hausaufgaben, Bibelstunde und Sport wenig Platz gewesen für andere Dinge, z. B. Atmen.

Kein Wunder, dass sie in der Nacht zu ihrem achtzehnten Geburtstag abgehauen war, sie hatte sich eher gefragt, wie ihre Freundin das so lange ausgehalten hatte. Am schlimmsten fand sie jedoch, dass Caros Eltern seitdem jeden Kontakt zu ihrer »vom Glauben abgefallenen« Tochter verweigerten.

Kein Wunder also, dass ihr Gesicht versteinerte, wenn sie darüber sprach. Aber wieso sie jetzt so plötzlich in diese Stimmung gefallen war, konnte Luise nicht nachvollziehen.

»Was willst du denn mal machen?«

Schon während sie die Frage stellte, war Luise klar, dass diese nicht dabei helfen würde, die Situation zu entspannen. Aber da gab es jetzt kein Zurück mehr.

Caro öffnete den Kühlschrank.

»Ich will mir mal ein Bier trinken.«

»Und später? Ich meine, was willst du später machen?«

»Keine Ahnung. Noch ein Bier? Oder einen Long Island Iced Tea – und dann rüber ins Gore? Da war ich lange nicht mehr.«

Sie lächelten sich an und Luise war ein Knoten, der sich auflöste und hörbar ausatmete. Dass Caro lockerließ, war ihr nicht nur deswegen eine Erleichterung, weil sie sich generell ungern mit ihrer Freundin stritt, sondern noch genereller noch ungerner überhaupt stritt.

Übrigens ganz anders als Caros Mitbewohnerin Kristin, die sich grundsätzlich mit allen über alles stritt. Wahrscheinlich war sie auch jetzt gerade, auf der anderen Seite der Küchenwand, dabei, sich in ihrem Zimmer am Telefon mit ihrem Freund über weltbewegende Dinge zu streiten, wie das Wetter oder die Frage, ob Mailänder Salami aus Mailand kommen musste oder aus Salami, einer iranischen Kleinstadt in der Region Razavi-Chorasan.

Luise stellte sich das wahnsinnig anstrengend vor, trotzdem konnte sie das Thema nicht liegenlassen. Irgendetwas trieb sie weiter voran.

»Ich meine nicht heute. Ich meine in der Zukunft. Was willst du da mal machen?«

Die Kühlschranktür fiel trotz der Gummipolsterung um den Rand herum hart ins Schloss und Caro atmete seufzend aus.

»Welche Zukunft? Die Welt ist am Arsch. Das hast du mir mal gesagt, glaub ich. Hier kann man nur noch am System ein paar Schrauben regulieren oder eben die Apokalypse mit offenen Armen empfangen. Tanzend wie eine Kriegerin. Das waren deine Worte: Tanzend wie eine Kriegerin.«

»Ich möchte Tischlerin werden«, sagte Luise und schlug mit der flachen Hand auf das Holz des alten Tisches.

»Tischlerin?«

»Gibt es das noch? Machen das nicht alles Maschinen mit Laser und so?«

»Klar, sicher, Kollege. Lasertischler! Quatsch, Mann, natürlich gibt es das noch.«

Wenn sich die Lautstärke des Gespräches weiter stei-
gern würde, dann konnte es nicht mehr lange dauern, bis
Kristin aus dem Nebenzimmer rüberkommen und die beiden bitten würde, etwas leiser zu sein, damit sie sich in
Ruhe mit ihrem Freund streiten konnte.

Mit einem Knacken und Zischen öffnete Caro die Bierdose, nahm einen großen Zug und wandte sich dann wieder an Luise, in einem Tonfall, der dieser überhaupt nicht
in den Kram passte.

»Und wie kommst du darauf, dass du das werden willst?
Hast du ein Buch über historische Berufe als Kopfkissen
benutzt und schlecht geträumt, oder was?«

»Ich kann mir das wirklich vorstellen. Ist doch eine coo-
le Arbeit, man kann kreativ sein und am Ende hat man ein
fertiges Produkt in der Hand. Ich hab da schon so eine
Idee für einen abgefahrenen Schrank, der vorne Türen hat
und die Schubladen an der Seite.«

»Du hast auch so ein paar Schubladen an der Seite.
Klingst wie eine Werbebroschüre des Arbeitsamtes.«

»Und du klingst, als würdest du das ›Kater Unser‹ beten. Warum so negativ?«

»Keine Ahnung. Vielleicht kommt mir eine Prinzessin als
Tischlerin komisch vor.«

»Jesus war Schreiner.«

»Na klar, und als Nächstes läufst du über Wasser.«

»Ey, Caro, echt, es reicht. Lass einfach stecken. Lass
uns ins Gore und da tanken wir Jägermeister. Hier ist es irgendwie stickig geworden.«

***

In der dunkelbraunen Lache am Boden ihres Schnapsglases entdeckte Caro eine Fliege. Luise war gerade zum dritten Mal zur Bar rübergegangen.

»Na, wenigstens warst du besoffen, als du ersoffen bist«, sagte Caro in ihr Schnapsglas hinein, aber die tote Fliege gab keine Antwort.

Caro sah rüber zur Bar, wo Luise gerade mit der Barkeeperin sprach. Sie schien etwas Lustiges gesagt zu haben, denn die Frau hinter der Theke lachte, dass man fast ihre Gesichtspiercings quer durch den Laden klimpern hören konnte.

Caro schüttelte den Kopf.

»Tischlerin. Jesus. Jetzt dreht sie völlig am Rad, die gute Luise. Wenn die Tischlerin wird, werde ich Holzfällerin. Dann machen wir Goa-Partys im Wald und als Afterhour wird abgeholzt und Tisch gebaut. Oder was meinst du?«

Sie sah wieder runter in ihr Schnapsglas. Die Fliege war nicht mehr drin. Caro runzelte die Stirn, wurde aber von einem lauten Klacken aus ihrer Verwunderung gerissen.

Luise knallte zwei neue Schnapsgläser auf den Tisch und dazu zwei Bier.

»Zum Runterspülen«, kommentierte sie Caros Blick auf die beiden Gläser.

»Danke.«

»Dafür nicht.«

»Auf die Tische«, sagte Caro und hob ihr Glas.

»Auf die Tische«, prostete Luise ihr grinsend zu.

Mit einer schwungvollen Bewegung kippten sie sich den Jägermeister gleichzeitig in den Hals, bis Luise das leichte Kribbeln im Magen spüren könnte, als die eiskalte Flüssigkeit ankam.

Ihr Blick fiel auf das DJ-Pult neben der Theke, wo gerade offenbar ein Schichtwechsel stattfand. Der junge Typ mit angesagtem Vollbart, der bis eben aufgelegt hatte, schob seinen Laptop in seine ansonsten leere Plattentasche und verzog sich in den Feierabend, also fünf Meter weiter an die Bar.

Es übernahm ein kleinerer drahtiger Typ mit Kinnbart, der tatsächlich ein Feinripp-Unterhemd und eine Goldkette trug. Scheinbar war da nicht einmal Ironie involviert, wie Luise erstaunt feststellte.

Mit einem harten Cut sprang die Musik von loungigem House zu 90er-Jahre-HipHop. Luise wollte im ersten Moment eine Fontäne speien wie ein defekter Hydrant, überlegte es sich dann aber anders.

»Kommst du gleich noch mit ins KittKatz?«, fragte Caro.

»Ne, ich bin mit Ian verabredet. Wir wollen an den Kanal spazieren.«

»Herrje, kann es sein, dass du ihm den Stock aus dem Arsch gezogen und ihn bei dir reingesteckt hast?«

»Mensch, Caro, das hatten wir doch gerade. Komm mal runter.«

Tatsächlich atmete Caro tief durch und zeigte zur Entspannung dem neuen DJ den Mittelfinger. Dieser war jedoch zutiefst mit narzisstischem Abfeiern seiner eigenen Virtuosität an den zwei Tasten und dem Crossfader beschäftigt.

Luise folgte ihrem Blick. Sie entdeckte auf dem Mischpult den Schriftzug »Serato«. Einen wirren Moment lang fragte sie sich, ob das vom lateinischen serratus abgeleitet war, das »gezackt« bedeutet. Aber dann wurde ihr klar, dass kein Mischpult so clever war. Und der DJ dahinter erst recht nicht.

Caros Stimme riss sie aus ihren Gedanken.

»Aber morgen zum Bonaparte-Konzert kommst du schon, oder?«

»Ach, das ist morgen.«

»Ja, das ist morgen.«

»Oh, fuck.«

»Was fuck?«

Luise zögerte ihre Antwort hinaus, aber es gab keine andere Option, als hier mit der Wahrheit durch die Wände von Jericho zu trompeten.

»Nun ja, ich wollte mit Ian nochmal ins Moonway.«

»Du verarschst mich!«

»Ey, Caro, zick mich mal nicht so an. Es hat ihm halt gefallen und er will nochmal hin.«

»Das ist doch scheiße.«

»Ne, Mann, das ist keine Scheiße. Ich mag Ian.«

»Du kennst den doch gar nicht.«

»Ne, du kennst den gar nicht«, sagte Luise und schaffte es dabei, Caro in einem ruhigen Tonfall anzuschreien, ohne die Zimmerlautstärke zu überschreiten.

Sie stand auf und ließ ihr volles Bierglas stehen und ihre Freundin sitzen.

Caro war völlig überrumpelt und sah ihr sprachlos hinterher, während Luise das Gore verließ. Dann griff sie sich Luises Bier und exte das volle Glas in einem Zug. Als sie es wieder auf den Tisch knallte, brach der Stiel und sie hielt nur noch den oberen Teil des Kelches in der Hand.

»Fuck! Scheiße!«, rief sie und meinte nicht das kaputte Glas.

»Alles okay, Girl?«, fragte eine Person ohne nennenswerte Relevanz vom Nebentisch.

Das würdigte Caro nicht mal mit einer Antwort. Sie legte den Kelch ihres Glases auf den Tisch neben den verlorenen Sockel und trug mehr Falten auf ihre Stirn, als der DJ schlechte Tracks auf seiner Festplatte hatte.

»Fuck! Scheiße!«, wiederholte sie stattdessen und schlug mit den flachen Händen auf die Tischplatte.

Die Person ohne Relevanz wurde flüssig und verschmolz mit DJ Feinripp-Unterhemd und der allzu gepiercten Barfrau zu einer neuen Superperson, deren Superkraft es war, Caro aus allen Ecken des Raumes gleichzeitig auf den Sack zu gehen.

Auf dem Holz des Tisches vor ihr lag neben den Resten des Bierglases plötzlich die Fliege aus dem Schnapsglas. Sie hatte den mitfühlenden Blick eines Sozialarbeiters mit viel Verständnis und Facettenaugen.

»Das lief jetzt aber alles nicht so gut«, meinte die Fliege.

Aber Caro konnte sie schon nicht mehr hören, denn sie war ebenfalls aufgestanden und aus dem Laden gelaufen.

7. Raben

Der einzige Unterschied zu Grönland war, dass es keine Eisbären gab. Ansonsten war der Saal im Alten Rathaus auch weiß, kalt, glatt und weitgehend leer.

Bevölkert war der Saal momentan nur mit Ian und Mario, die eine Ortsbegehung mit der Party-Planerin und dem Hausmeister machten. Ian hatte gemeint, ein paar Getränke und Luftballons könnte er auch selbst besorgen, aber Mario bestand darauf, dass Ians 30. Geburtstag eine große Nummer würde. Und dann hatte er als ganz große Nummer die Nummer von »Pullmann's Party-Service« hervorgezogen.

Ian interessierte sich eigentlich nicht besonders für Geburtstage, wobei ihn andererseits immer schon das Geburtstagsparadoxon nach dem Mathematiker Richard von Mises fasziniert hatte. Es besagt, dass bei 50 Leuten in einem Raum die Wahrscheinlichkeit bei etwa 97 Prozent liegt, dass zwei davon am selben Tag Geburtstag haben.

Wenn dann allerdings z. B. Ian dazukäme und sagen würde, dass er am 13.11. Geburtstag hat, dann wäre die Wahrscheinlichkeit, dass jemand am selben Tag Geburtstag hat, deutlich geringer. Ian hatte noch nie jemanden

getroffen, der diese Wahrscheinlichkeit auf Anhieb nachvollziehen konnte. Aber Ian hatte auch generell noch nicht
besonders viele Leute getroffen.

Mario interessierte sich eher für die richtige Farbe der
Deckchen auf den Stehtischen und natürlich, ganz zentral,
für die potentielle Anwesenheit der Landtagsabgeordneten. Er wiederholte den Namen »Frau Dr. Birgit Wenninger« beständig wie den Refrain eines Schlagers oder den
Slogan einer Müsli-Werbung. Ian war kurz davor, mitzu-
singen.

Zum Glück hatte gerade Frau Pullmann vom Partyser-
vice das Wort. Ian, Mario und der Hausmeister hörten
aufmerksam zu. Ian konnte es sich dabei nicht verkneifen,
gelegentlich auf den Schottenrock des Hausmeisters zu
starren. Der Hausmeister bemerkte seinen Blick und zwinkerte keck. Dabei machte er einen Knicks und hielt die Seiten seines Rocks leicht hoch. Ian fühlte sich erwischt und
war froh, dass Frau Pullmann wieder die Aufmerksamkeit
auf sich zog.

»Dort an der Wand würden wir das DJ-Pult aufbauen
und direkt davor wäre dann natürlich die Tanzfläche. Bei
der Größe gehen wir flexibel nach Kundenwunsch. In der
Regel von einem Viertel des Raumes bis zur Hälfte oder
mehr.«

»Ein Viertel sollte reichen«, antwortete Mario schnell.

»Oder doch halb?«, wandte Ian ein.

Mario schüttelte den Kopf.

»Ne, das brauchen wir nicht«, bekräftigte er in Richtung von Frau Pullmann.

Als keine weitere Widerrede von Ian kam, notierte diese sich das auf einem Klemmbrett mit einem runden Auf-

kleber samt Logo auf der Rückseite. Dann verschränkte sie die Arme wieder vor der Brust und klemmte das Brett zwischen Arme und Oberkörper, so dass sie das Logo wie eine Standarte vor sich hertrug.

»Dann wäre da noch die Frage nach den Blumen.«

»Blumen?«, fragte Ian leise.

Spätestens als Mario in seine Richtung abwinkte, kam sich Ian so vor, als würde er nur noch eine Nebenrolle hier spielen.

»Ich würde ja Narzissen empfehlen, aber da kann Sie unsere Floristin besser beraten.«

Sie winkte kaum merklich aus dem Handgelenk und im Türrahmen erschien eine jüngere Frau, die ihr erstaunlich ähnlich sah und sich als Elisa Pullmann vorstellte.

Damit lag aus Ians Sicht die Wahrscheinlichkeit, dass es sich um die Tochter der Chefin handelte, sehr hoch und die Wahrscheinlichkeit, dass sie am selben Tag Geburtstag hatte wie er, sehr gering.

Allerdings wunderte er sich gerade hauptsächlich, dass Frau Pullmann ihre Tochter so neutral als »die Floristin« angekündigt hatte. Seine Mutter stellte ihn ja bei gesellschaftlichen Anlässen auch nie als »den Pixelmaler« vor. Man muss fairerweise sagen, dass das auch daran liegen konnte, dass Ian nie mit seiner Mutter auf gesellschaftliche Anlässe ging, wenn man gelegentliche Spaziergänge in der Hasenheide nicht mitzählte.

»Ich habe schon gehört, dass Sie sich für unsere Narzissen interessieren«, erklärte Frau Pullmann Junior.

»Kommen Sie. Ich zeige Ihnen die Blumen.«

Hier scheinen ja alle sehr gut Bescheid zu wissen, dachte Ian. Im Grunde war ihm das aber recht, denn diese Gespräche fesselten ihn jetzt nicht allzu sehr. Ob am Ende Narzissen oder Chrysanthemen dabei herauskamen, das war für ihn nicht entscheidend. Hauptsache eine Blume, deren Name viele Punkte beim Scrabble brachte.

Ian atmete tief durch und versuchte, dem Gedanken an eine womöglich stundenlange Beratung über die richtige Tischpflanzung bei seiner Feier etwas Schönes abzugewinnen.

Doch so sehr er sich bemühte, noch schöner hätte er gefunden, wenn der schottische Hausmeister einen Dudelsack rausgeholt hätte und ein paar Hits aus seinem Erfolgsalbum »Die schönsten Tinnitus des zwanzigsten Jahrhunderts« gespielt hätte.

Mit einem vorsichtigen Seitenblick auf den Hausmeister konnte Ian jedoch feststellen, dass dieser nichts dergleichen tat, sondern stattdessen aus seiner Weste einen kleinen Flachmann hervorgeholt hatte.

***

Im Gegensatz zu Marios Loftwohnung, in der manchmal, besonders in der Küche, der Schlendrian das Regiment führte, war es in seinem Auto stets so aufgeräumt und frisch gesaugt, dass Ian sich wohl fühlte. Zwar hing ein abscheulicher Vanille-Duftbaum am Innenspiegel, aber dafür waren die Sitze in dem acht Jahre alten 5er-BMW aus herrlich durchgesessenem Leder. Das glich sich zumindest einigermaßen aus.

Und im Zweifel gab es elektronische Fensterheber, sodass die Frischluft auf Kopfdruck nachgetankt werden konnte.

Entgegen seiner Angewohnheiten fühlte Ian sich heute danach, da mal ein Auge zuzudrücken.

»Die Narzissen sind eine gute Wahl«, murmelte Mario, als sie an einer Ampel zum Stehen kamen.

»Hm?«

»Oder hattest du das Gefühl, dass die Pullmann uns das eingeredet hat? Ich meine, man kennt das ja. Die hat vielleicht einfach noch welche auf Lager und wollte die nur loswerden. So wie im Restaurant, wenn der Fisch im Sonderangebot ist, da muss man ganz vorsichtig sein.«

»Welcher Fisch denn?«, fragte Ian gedankenverloren.

»Na, Dorade zum Beispiel. Die Dorade ist die Narzisse des Meeres.«

Mario kicherte über seinen eigenen Witz, bis er merkte, dass Ian ihn nur ratlos ansah.

»Sag mal, ist alles okay?«

»Ja, wieso«, entgegnete Ian und wusste schon beim Sprechen, dass das nicht besonders überzeugend klingen konnte.

»Ich meine, du wirkst die ganze Zeit schon so abwesend.«

»Ich hab mich gefragt, ob der Hausmeister unter dem Schottenrock eine Unterhose anhatte.«

Mario zog eine Augenbraue hoch und Ian war klar, dass er so nicht durchkommen würde.

»Ne, ist alles okay, vielleicht ein bisschen müde.«

»Gab es wieder Ärger mit Herrn Hagens?«

Ian schüttelte den Kopf, was Mario nicht sehen konnte, weil die Ampel inzwischen wieder auf Grün umgesprungen war. Mit brummendem Motor und leise quietschenden Keilriemen setzten sie sich wieder in Bewegung.

»Oder hält dich deine Stalkerin wach?«, riet Mario weiter.

»Sie ist nicht meine Stalkerin.«

»Das habe ich von Sylvia auch gesagt.«

Weil ihm keine schlagfertige Antwort einfiel, sah Ian lieber aus dem Fenster. Die Straßen waren am frühen Abend in diesem Viertel bereits weitgehend leer, in den Schaufenstern waren die Lichter erloschen. Das bedingte sich gegenseitig, der Teufelskreis der Vorstadt.

Fast dreiviertel der Deutschen leben in Städten, weltweit ist es eher die Hälfte, hatte Ian mal gelesen. Aber nachdem er einmal bei einem Verwandtenbesuch in Freiburg versucht hatte, nach 22 Uhr etwas zu essen zu bekommen, wusste er, dass selbst der Status der Großstadt nicht vor Provinzialität schützte. Und selbst in einer Metropole wie seiner Heimatstadt gab es eben Stadtteile, die sich am frühen Abend scheinbar verschlafen die Passanten aus dem Fell kämmten und zur Ruhe gingen.

»Ist sie etwa nochmal bei dir aufgetaucht?«

»Nein.«

»Gut«, nickte Mario.

»Wir haben uns woanders getroffen.«

Eigentlich hatte Ian keine Lust auf das Gespräch, aber es ließ sich wohl nicht aufhalten. Immerhin schrie ihn Mario nicht sofort an, wie Ian fast erwartet hatte.

»Aha«, sagte er stattdessen kalt.

Das fühlte sich allerdings nicht wirklich besser an als Jähzorn.

Eine Weile lang schwiegen sie und fuhren über den dunkelgrauen Asphalt, der unter den Rädern rauschte.

»Wo denn? Wieder in diesem aufgeschäumten Café?«, fragte Mario schließlich.

»Wir waren in einem Club.«

Der Satz hallte von den Bergwänden des Autos wider wie ein Echo an einem stillen, klaren Tag.

»Erzähl keinen Quatsch.«

»Doch, wirklich. Ich war in einem Club. Moonways heißt der.«

»Du warst in einem Club?«

»Ja, wir haben getanzt und so.«

Mit seinen Armen machte Ian ein paar wippende Bewegungen, als ob er Mario demonstrieren müsste, was dieses »Tanzen« überhaupt war. Dazu summte er die Melodie von »I could have danced all night«.

Mario sah ihn an wie einen sprechenden Dackel, der gerade behauptete, den Nobelpreis in Physik erhalten zu haben.

»Du hast getanzt und so?«

»Sprichst du mir alles nach wie ein ...«

Bevor Ian die Frage vervollständigen konnte, unterbrach ihn Mario.

»Was heißt denn hier ›Und so‹?«

Ian räusperte sich.

»Naja, nachher saßen wir noch auf dem Bürgersteig und haben geredet und so.«

Sie waren vor Ians Haus angekommen und Mario rollte gekonnt in eine freie Parklücke, bevor er den Zündschlüssel drehte und der Motor ruckelnd ins Schweigen fiel. Er drehte sich zu Ian um und sah ihn ernst an.

»Geredet und so? Was heißt denn dieses ›Und so‹?«

»Über Gott und die Welt halt.«

»Ian, verarsch mich nicht. Was ist passiert?«

Zu den Dingen, die Ian nicht mochte, zählten: Kamillentee, Staub und in die Ecke gedrängt zu werden.

»Wir haben uns geküsst«, sagte er also trotzig.

Mit einer ruckartigen Bewegung trat Mario auf die Bremse, um das Auto effektvoll mit quietschenden Reifen zum Stehen zu bringen. Leider standen sie ja bereits in einer Parklücke vor Ians Haus, was schade war, denn ein heftiges Bremsen hätte Marios Stimmung gut unterstrichen.

Beide Hände klammerten sich an das Lenkrad, so fest, dass das Weiße unter der Haut hervorschimmerte.

»Du hast deine Stalkerin geküsst? Bist du verrückt?«

»Sie hat mich geküsst. Und sie ist nicht meine Stalkerin. Und ich bin nicht verrückt.«

Mario ging über Ians Einwände einfach hinweg.

»Mensch, Ian, denk doch mal nach. In ein paar Tagen ist dein Geburtstag und du machst solche Sachen. Das kann doch nur ins Auge gehen. Und das so kurz vor der großen Chance.«

Dass Mario ihn ignorierte, machte Ian langsam wütend. Ein Tier mit vielen Beinen krabbelte heiß an seiner Wirbelsäule hoch.

»Große Chance? Immer redest du nur von dieser ›Großen Chance‹! Als ginge es an diesem Tag nur um dich und diese Landtagstrulla.«

Mario war einen Moment lang sprachlos. So einen Ausbruch hatte er bei Ian auch noch nicht gesehen.

»Weißt du, was du dich mal fragen solltest?«, setzte Ian nach.

Mario schüttelte perplex den Kopf.

Ian machte die Beifahrertür auf und setzte einen Fuß vor die Tür. Im Aussteigen drehte er sich noch einmal um.

»Was geht'n bei dir, du ahnbarer Larry?«

Mit diesen Worten erhob er sich, schloss die Autotür hinter sich und ging zu seinem Haus, ohne sich einmal umzudrehen.

8. Das Bild

Es gibt zwei Sorten absoluter Stille.

Weit draußen, vor den Toren der Zivilisation, in einem abgelegenen Tal, bei Windstille, inmitten von Felsen, die seit Urzeiten ein Schweigegelübde abgelegt haben, liegt das Geräuschlevel so niedrig, dass Stadtmenschen aus einer unbestimmten Angst heraus zu summen beginnen.

Doch im Bereich der Dezibel geht es auch unter null.

Um vier Uhr morgens, inmitten einer Großstadt, kurz bevor die ersten Frühaufsteher ihre Rollläden öffnen, um dem Morgen ins Grauen zu sehen, wenn die Dämmerung noch eine Idee kurz vor der Verwirklichung ist, ist die Stille kein schlaffes Seil, das in der Luft hängt.

Luise spürte sie, wie ein straff gespanntes Absperrband zwischen zwei Geräuschen, als könnte man sich mit seinem ganzen Gewicht dagegen lehnen.

4:13 Uhr. Sie trug eine Armbanduhr, denn ihr Smartphone hatte sie wohlweislich bei Caro zu Hause gelassen. Luise hasste es ohnehin, dass man mit diesen Geräten immer und überall zu orten war und dass NSA, CIA, BND, DEA und vermutlich auch ADAC und DLRG sie nach Belieben überwachen konnten.

Ganz sicher konnten diese Leute von ihren Büros in den Kellern unter irgendwelchen Ministerien aus auch auf das Mikrofon und die Kamera in ihrem Smartphone zugreifen und ihr jederzeit bei allem zuhören und zugucken. Ein gruseliger Gedanke, der Luise aber eher mit einer etwas ziellosen Wut füllte. Denn ihr war nicht genau klar, auf wen sie da jetzt sauer sein sollte: die Regierung, die Geheimdienste, den Kapitalismus oder die eigene Sucht nach »Candy Crush« und anderen Spielerein, für die sie dann doch wieder halbe Nächte lang mit tauben Fingern über das Display wischte.

Aber nicht heute Nacht.

Quer über die Gleise des Bahndepots führte eine zweispurige Brücke mit einem schmalen Fußgängerweg. Hier kamen auch tagsüber nur selten Autos vorbei und erst recht keine Passanten, denn auf der anderen Seite des Depots lagen lediglich ein kleines Industriegebiet und einige Messehallen. Von der Brücke aus konnte man einen Blick auf die Gleise werfen, die von Laternen mit gesenktem Haupt in ein mattes oranges Licht gesenkt wurden. Sechs parallele Gleise, die weiter hinten über Weichen zusammengeführt wurden und schließlich in eine große Halle mit zwei offenen Rolltoren führten.

Heute würden sie aber nicht mal bis zu den Hallen laufen müssen, wie Luise es eigentlich erwartet hatte. Denn tatsächlich waren zwei Züge mit einer ganzen Reihe Waggons auf den Gleisen direkt davor geparkt, wie riesige umgekippte Dosen mit Fenstern, die leer auf den Schwellen lagen.

Das Yard sah wunderschön aus, zumindest für Luise. Gerne hätte sie innegehalten und den Moment noch länger ausgekostet. Aber es galt, keine Zeit zu verlieren. Bis hierhin überwog die Vorfreude die Aufregung ganz klar.

»Kinderspiel«, flüsterte sie Caro zu, die direkt hinter ihr lief.

Beide waren komplett in schwarz gehüllt, Trainingsanzüge, Wollmützen, Rucksäcke und Sneakers. Ein paar Meter weiter hinten liefen Artur und Jerry und sahen sich hektisch um. Das konnte aber auch am Speed liegen, von dem sie sich direkt vor dem Loslaufen noch eine Line geteilt hatten. Genug, um wachzubleiben und den Nervenkitzel durch eine mittlere Paranoia ordentlich zu befeuern.

Caro nickte Luise mit ernstem Gesicht zu und bedeutete mit dem Zeigefinger, dass sie eilig weitergehen sollte. Auch zwischen den beiden war die Luft gespannt, seit Luise letzte Woche nicht mit zu dem Konzert gekommen war. Als sie sich vorhin bei Artur getroffen hatten, hatten beide es vermieden, das Thema direkt anzusprechen. Aber der Elefant stand im Raum und er war ihnen auch bis hierhin hinterhergelaufen. Mit jedem seiner schweren Schritte dröhnte das Schweigen der beiden umso lauter.

Eigentlich hatte Luise sich vorgenommen, die Aktion im Depot abzusagen oder zumindest zu verschieben. Aber als sie dann in Arturs grauer Sofaecke saßen und einen Joint rauchten, während die Jungs sich gegenseitig Videos von Graffiti-Aktionen aus New York, London und Basel zeigten, war ihr klar geworden, dass das nicht gehen würde, ohne einen Bruch zwischen Caro und ihr herbeizuführen. Und diesmal womöglich einen endgültigen.

So hielt sie sich bedeckt und schlich weiter voran.

Am Ende der Brücke lag eine kleine T-Kreuzung, die Straßenführung war parallel zu den Gleisen, aber jeweils deutlich oberhalb. Die Hallen lagen rechts und dort war der Damm, der Straße und Gleise trennte, mit Büschen und kleineren Bäumen bewachsen. Ein perfekter Sichtschutz, es war fast schon zu einfach.

Hier gingen Artur und Jerry vor, denn sie kannten den Weg und Jerry hatte zudem den Bolzenschneider im Gepäck. Luise zog am unteren Ende ihre Mütze, die eigentlich eine aufgerollte Sturmhaube war. Artur hatte zwar gesagt, dass es keine Kameras gab, und die anderen drei verzichteten daher auf diese Vorsichtsmaßnahme, aber Luise bestand darauf.

Sie mochte das Gefühl, komplett maskiert zu sein. Es war wie eine Tür in einen anderen Bereich, in dem sie eine andere Luise war. Deutlich fühlte sie unter der Haut, wie ihr Puls stieg, als sie zwischen dem Unterholz und dem zwei Meter hohen Maschendrahtzaun standen und Jerry sich ans Werk machte.

Jeder Kniff mit dem schweren Bolzenschneider brachte den Zaun leicht zum Wackeln, die Stacheldrahtspirale am oberen Ende erzeugte dabei ein metallisches Sirren. Kein wirklich lautes Geräusch, aber es kam Luise vor wie eine Kettensäge in einem Kindergarten.

Da hätten sie auch gleich eine Sirene starten und Suchscheinwerfer auf sich selbst richten können, fand Luise. Sie atmete tief ein und versuchte, sich zu beruhigen.

Immerhin war Jerry schnell fertig.

Er warf seinen Rucksack durch das Loch im Zaun und stieg hinterher. Artur und Caro folgten ihm, zuletzt kam Luise hinterher. Das Adrenalin erreichte seinen Peak, als sie ihre Füße auf die andere Seite des Zauns setzte.

Doch einen Moment später war sie wie eine Schauspielerin auf der Bühne, die Aufregung fiel abrupt von ihr ab, wie ein Lampenfieber beim Beginn eines Stücks. Allerdings war ihre Kunst sehr anders, denn natürlich hoffte man, dass niemand zusah und bemerkte, was sie dort trieben.

Zumindest nicht, bevor sie mit den Bildern fertig waren und weit entfernt zu Hause in Sicherheit saßen.

Luise streifte sich den Rucksack wieder über und eilte den anderen hinterher, während sie sich nach Hunden oder Security-Personal umsah.

**

Die Luft war links und rechts von ihr erfüllt vom Geruch des Aerosols der Sprühdosen, die zischend ihre Kerben in die Nacht schnitzten und farbige Spuren auf dem Metall und Glas der Zugaußenseite hinterließen.

Luise trat einen Schritt zurück und begutachtete ihr Werk. In wenig verschnörkelten Lettern, einfach in Chrom und Schwarz gehalten, stand ihr Kürzel »GBS« knappe zwei Meter breit auf der Seite des Waggons. Daneben hatte sie ihr Tag gesetzt, eine Jahreszahl und zudem den Schriftzug ihrer Crew.

»GBS« stand in diesem Fall für »Ganz böser Style«. Das fand Luise mittlerweile selbst eher albern, aber als sie sich vor sieben Jahren diesen Namen gegeben hatte, fand sie, dass es superkrass und böse klang. Heute musste Luise über diesen Gedankengang ihres siebzehnjährigen Ichs immer ein wenig schmunzeln.

Aber die Buchstaben blieben. Eine Änderung daran wäre Luise vorgekommen wie ein Verleugnen der eigenen Identität und Geschichte. Und zudem war »GBS« mittlerweile an so vielen Wänden und Stromkästen und Zügen und dergleichen zu finden, dass sie einen gewissen Ruhm in der Szene genoss. Diesen Fame wollte sie natürlich gerne weiter ausbauen und nicht mit neuem Namen neustarten müssen.

Rechts von ihr war Artur gerade damit fertig, die letzten Outlines zu ziehen. Seine Buchstaben waren kantiger als die von Luise, aber zugleich verspielter. Luise musste wieder an das Wort »serratus« denken, denn Zacken, Spitzen und Pfeile ragten aus Arturs Lettern heraus. Das war jedoch irgendwie nicht ganz passend zu ihrem Farbverlauf. Die Buchstaben waren oben hellblau und verliefen unten in ein sattes Grün. Das wirkte wie eine Mischung aus einem Flugzeugträger und einem Frühlingstag, fand Luise. Aber es war nicht zu verleugnen, dass sie ihn für sein Talent bewunderte. In dieser kurzen Zeit hatte er ein extrem detailliertes Throw-Up auf die unebene Fläche gesprüht.

Ein paar Meter weiter war Caro noch eifrig dabei, ihr Fill-In zu vollenden. Mit einem Blick auf ihre Armbanduhr schritt Luise auf sie zu.

»Wir sollten abhauen«, sagte sie.

Artur und Jerry nickten bekräftigend.

»Kommt schon, Leute«, sagte Caro laut und war einen giftigen Blick in die Runde.

»Macht nicht so eine Welle wegen der zwei Minuten. Ist doch kein Ding, echt jetzt mal.«

»Pssst«, zischte Luise und sah sich um.

Artur und Jerry sahen sich an.

»Du kannst ja gerne bleiben, aber wir hauen jetzt ab«, sagte Artur knapp.

»Dann verpisst euch halt! Tolle Crew!«

Caro wendete sich wieder ihrem Bild zu. Die beiden Jungs zuckten mit den Schultern und sahen Luise an.

»Ich bleibe noch«, flüsterte sie.

Während Artur und Jerry eilig zum Zaun schlichen, wendete sich Luise zu Caro. Diese malte konzentriert an ihrem Bild weiter, mittlerweile hatte sie die Chromdose zur Seite gestellt und zog mit Schwarz und Skinny Cap die Outlines über die Buchstaben.

In dieser Phase des Prozesses, wenn die Füllung vollständig war, aber die Außenlinien noch gezogen werden mussten, waren die Bilder nicht zu erkennen, wenn man sie nicht im Kopf hatte. Ansonsten sah es aus wie ein wirres Mischmasch aus Farben und Formen. Manchmal sah Luise ein solches Durcheinander an einer Wand, dann war klar, dass die Leute abgehauen waren, weil sie mitten beim Malen gestört worden waren und ihr Werk unfertig hinterlassen mussten. Ein trauriges Schicksal. Denn für den Rest der Welt sah das gemalte Überbleibsel eher so aus, als hätte ein Gorilla wahllos ein paar Farbeimer gegen eine Wand geworfen.

»Du kannst ruhig abhauen«, sagte Caro.

Sie klang nicht mehr so aggressiv wie gerade, sondern eher kühl und gefasst.

»Caro ...«, begann Luise, aber unterbrach sich sofort.

Sie hatte etwas gehört.

Auch Caro hatte innegehalten.

Da waren Schritte im Schotter.

Und sie waren nicht weit weg.

Es klang eher fast so, als wären sie direkt auf der anderen Seite des Waggons.

»Fuck«, flüsterte Luise.

Als hätte sie damit den Startschuss gegeben, rannten beide los.

Das Gelände war verdammt gut ausgeleuchtet, sie hätten keine Chance, sich hier irgendwo zu verstecken. Einen Vorteil hatte das Ganze allerdings auch, denn immerhin sahen die beiden genau, wohin sie rennen mussten.

Keine von beiden wagte es, einen Blick zurück zu werfen, als sie am Zaun ankamen. Im Gegenteil, Caro sprang mit einer Art Hechtsprung durch das Loch im Zaun. Luise zog ihren Rucksack ab und schob ihn durch das Loch. Da war Caro schon im Unterholz.

»Halt!«, schrie jemand hinter ihnen.

Luise riskierte einen schnellen Blick über ihre Schulter.

Ein Mann in Uniform war um das Ende des Waggons herumgekommen. In seinen Händen hielt er eine große Taschenlampe oder einen Schlagstock. An seinem Gürtel waren ein Funkgerät, Werkzeuge und gewiss auch ein Handy, mit dem er in wenigen Sekunden die Polizei rufen würde.

»Scheiße«, fluchte sie, sprang durch das Loch, schnappte sich ihren Rucksack und rannte ins Unterholz.

***

Sport und Steuererklärungen waren Luises Kryptonit.

Mit stechendem Schmerz in der Lunge ließ sie sich auf die Küchencouch fallen, nachdem sie den kompletten Weg zu Caros Wohnung gerannt waren. Das hatte weniger als zehn Minuten gedauert, aber ihre Beine behaupteten, sie hätte ebenso gut den Jakobsweg am Stück joggen können, mit gusseisernen Schuhen.

Erst jetzt, im Sitzen, zog sie den Rucksack ab und die schwarze Jacke aus. Trotzdem war ihr noch heiß, sie konnte fühlen, dass ihr Gesicht rot angelaufen und schweißglänzend sein musste.

»Scheiße«, sagte sie.

Caro stand vornübergebeugt und stützte sich mit den Händen an der Arbeitsfläche der Küche ab. Ihr Atem ging laut und schnell.

»Das war knapp«, stieß sie zwischen zwei Atemzügen hervor.

»Kannse laut sagen, Kollege.«

Eine Weile lang schwiegen sie und atmeten parallel.

Schließlich richtete sich Caro auf und öffnete einen der Hängeschränke, um zwei Gläser rauszuholen.

»Wasser?«

Luise nickte und Caro füllte Leitungswasser für beide ab. Als sie Luise ihr Glas reichte, lächelte sie.

»Was für ein Kick.«

Luise erwiderte das Lächeln.

»Muss ich aber nicht jeden Tag haben.«

»True story.«

Mit einer schnellen Bewegung stieß Luise ihren Rucksack vom Sofa, wobei die Dosen darin beim Aufprall schepperten. Sie rutschte zur Seite und klopfte mit der linken Hand auf die Sitzfläche neben sich. Aus dem Augenwinkel sah sie, dass jemand die vertrocknete Basilikumpflanze auf der Fensterbank weggeräumt hatte. Vielleicht war aber auch Caros irre Mitbewohnerin Kristin in einen Streit mit der Pflanze geraten und hatte sie aus dem Fenster geworfen. Caro ließ sich neben sie fallen und legte ihren Arm um Luise.

»Sorry«, sagte sie nach einer Weile.

»Wofür?«

»Ich hätte im Yard nicht so eine große Klappe haben sollen.«

Luise zog eine Augenbraue hoch.

»Ist ja gut«, fügte Caro grinsend hinzu, »vorher vielleicht auch nicht.«

Das Glas in der rechten Hand hebend, rief Luise:

»Darauf einen Dujardin!«

Sie stießen an und das helle Klingen blieb für ein paar Minuten das letzte Geräusch im Raum. Luise lehnte ihren Kopf an Caros Schulter und ein Schichtkuchen aus Erleichterung unf Zuneigung wurde in der Konditorei ihres Herzens serviert.

Caro nahm einen großen Schluck kaltes klares Wasser und hörte zu, wie sich ihr Atem beruhigte.

Als plötzlich die Müdigkeit mit großer Hand an ihre Tür klopfte, streckte sich Luise aus und stieß dabei mit den Füßen gegen ihren Rucksack. Erneut schepperten die Dosen und das Geräusch brachte sie auf einen Gedanken.

»Sag mal, wo ist eigentlich dein Rucksack?«, fragte sie.

Caro saß ruckartig gerade und scannte mit erschrockenem Blick die Küche.

»Fuck«, sagte Caro leise.

Sie stand auf, ging in den schmalen Flur der WG, der aber nicht halb so schmal war wie ihre Hoffnung, den Rucksack hier zu finden. Dann ging sie auch in ihr Zimmer, obwohl sie nach ihrer Rückkehr noch gar nicht darin gewesen war.

»FUCK!« hörte Luise sie rufen.

Mit versteinertem Gesicht kam Caro wieder in die Küche.

»Der liegt noch im Yard.«

Sie sah zu Boden und schien den Tränen nah.

Luise ging zu ihr und nahm sie in den Arm.

»Ist doch halb so wild. Scheiß auf die Kannen und den Rucksack.«

Caro löste sich aus der Umarmung und trat einen Schritt zurück.

»Das ist nicht das Problem«, sagte sie zögernd.

»Was ist los?«

Statt sofort zu antworten, sah sich Caro noch einmal in der Küche um, als könnte sich ihr Rucksack auf einmal aus dem Nichts manifestieren. Schließlich sah sie Luise mit verschwommen Augen an.

»Ich glaube, dein Telefon war da drin.«

Der Satz schwang wie die beidhändige Axt eines Wikingers durch die Luft und traf Luise am Schädel, der in tausend Scherben zersprang.

»Was?«

Caro sah zu Boden und nickte dabei.

»Tut mir leid.«

»Aber ich hatte dir das gegeben, damit du es in deinem Zimmer aufbewahrst, bis wir wieder hier sind.«

»Ich weiß«, entgegnete Caro, »ich hab Scheiße gebaut.«

9. Mutter Natur

Das Klingelschild war aus Salzteig gebacken und die Buchstaben des Namens »Günter« mit blauer Farbe bemalt worden. Der eigentümliche Geruch zwischen Gebäck und Gestein stieg Ian in die Nase, während er sich zum Klingelknopf hinunterbeugte, der aus unerfindlichen Gründen knapp über Kniehöhe angebracht war.

Dabei musste er gut aufpassen, damit die Pappe nicht herunterfiel, auf der zwei in dünnes Seidenpapier eingewickelte Stück Bienenstich balancierte.

Sein Blick fiel dabei allerdings auf die Fußmatte.

Es war zu seinem Erstaunen nicht mehr die alte Rattanmatte, die ihn schon in seiner Kindheit genervt hatte. Stattdessen lag dort eine nagelneue Matte, die aus einer Art bedrucktem Vinyl zu sein schien. Der Aufdruck war ein Foto seiner lächelnden Mutter, darüber stand in einem Bogen das Wort »Willkommen«.

Als sich Ian wieder aufrichtete, stand seine Mutter bereits direkt vor ihm im Türrahmen. Sie hatte die Tür völlig lautlos geöffnet, eine Fähigkeit, die sie schon immer gehabt und die Ian in seinen Jugendjahren das Fürchten gelehrt hatte.

»Voll bescheuert, die Fußmatte, oder?«, fragte seine Mutter leise.

»Wieso? Ist doch ein schönes Bild von dir!«

»Vielen Dank, mein Sohn. Sehr charmant«, kommentierte sie sarkastisch.

Einen Moment lang sah sie in das, wie meistens nach ihren Bemerkungen, ziemlich ratlose Gesicht ihres Erst- und Einziggeborenen. Dann presste sie die Lippen aufeinander und schüttelte den Kopf.

»Komm erstmal rein.«

Sie zog ihn zu sich heran, umarmte ihn kurz und fest und ließ ihn dann an sich vorbei in die Wohnung. Während er sich setzte, um die Schuhe aus und die Hausschuhe anzuziehen, warf seine Mutter noch einmal einen Kontrollblick ins Treppenhaus und schloss dann langsam die Tür.

»Die Matte war ein Geschenk von den Kalobskis aus dem Ersten«, erklärte sie.

Ian erinnerte sich an den Namen, seine Mutter sprach gerne und viel über ihre Nachbarn. Das war wohl so, wenn man nicht mehr so oft rauskam.

»Die Alte hat ja nicht mehr alle Körner in der Mühle, wenn du mich fragst. Aber er, der alte Kalobski, ist eigentlich noch fit. Keine Ahnung, ob die das Geschenk nett gemeint haben oder ob die mich mobben wollen. Ich meine, wer legt sich denn eine Matte mit dem eigenen Gesicht vor die Tür?«

Sie machte eine Pause und Ian dachte, er müsse jetzt etwas antworten.

»Viele Leute?«, riet er ins Blaue hinein.

Dazu war ihm tatsächlich keinerlei Statistik bekannt.

»Niemand macht das!«, echauffierte sich seine Mutter.

»Nicht mal die Kalobskis selbst haben so eine Matte. Ist doch auch voll beknackt, da soll sich dann jeder Besucher erstmal schön die Füße an deinem Gesicht abtreten? Wer kommt auf so eine Idee?«

Ian musste sich das Grinsen verkneifen. Aber er kniff wohl nicht gut genug.

»Was gibt's denn da zu lachen? Ich bin doch kein Stiefellecker!«

Mit ausgestreckten Armen hielt Ian ihr den Kuchen entgegen.

»Ich habe Bienenstich mitgebracht.«

Es blieb bei dem matten Versuch, vom Thema abzulenken.

»Da klappt mir echt die Kettensäge in der Tasche auf«, fuhr seine Mutter ungebremst fort.

»Mir haben die erzählt, dass sie mir das schenken, weil ich ja so auf Handgemachtes abfahre. Dabei haben die die Matte im Internet bestellt. Die ist so wenig handgemacht wie dieses Techno, was die jungen Leute hören! Was für ein Kokolores!«

»Bienenstich«, wiederholte Ian.

Aber seine Mutter war noch nicht fertig. Zu den Dingen, die seine Mutter niemals machte, zählten: Autofahren, bei McDonald's essen und schweigen, bevor sie sich zu Ende in Rage geredet hatte.

Das war auch heute nicht anders.

»Mensch, Mensch. Ich hab ja schon wieder Lust, den Hintern von der alten Kalobski auf so eine Matte drucken zu lassen. Dann kann ihr da jeder mal schön reintreten. Soll sie doch mal sehen, wie das ist.«

Sie schnaufte.

»Bienen-...«, setzte Ian erneut an.

»Ja, ja«, rief sie, »Bienenstich!«

»Ich habe dich schon beim ersten Mal verstanden. Ich kann zuhören und mich parallel dazu über die Nachbarn aufregen. Ich hab es dir schon mal gesagt, ich bin eine Mutti mit Multitasking. ›Muttitasking‹ nennt man das.«

Sie nahm ihm den Kuchen aus der Hand und lächelte knapp. Dann lief sie in die Küche und Ian taperte ihr langsam hinterher. In ihrer Gegenwart lief er immer etwas langsamer als sonst, auch wenn es dafür eigentlich keinen Grund gab. Während sie, noch immer leicht schnaufend, den Kuchen auf den Esszimmertisch abstellte und begann, das dünne Schutzpapier davon zu lösen, versuchte Ian noch einmal, die Wogen zu glätten.

»Etwa dreißig Prozent der Menschen in Deutschland haben mindestens einmal in ihrem Leben Streit mit ihren Nachbarn. Dabei variiert die Quote extrem, in Berlin liegt sie nur knapp über zehn Prozent, in Hamburg hingegen ist es viel krasser. Dort hat sogar fast jeder Zweite Stress mit seinen Nachbarn. Das ist doch schade, oder?«

»Und jeder Zweite, der dir bei deinen ewigen Statistiken zuhört, schläft auf der Stelle ein«, kommentierte seine Mutter.

»Mutter!«

Ian stemmte die Hände in die Hüften und merkte im selben Moment, dass er in die Posen des 15-jährigen Ians verfiel, der trotzig im Esszimmer stand, weil er seinen Willen nicht kriegte oder seine Rebellion durch Zahlenkolonnen nicht als Rebellion anerkannt wurde.

»Ian, ich bin jetzt 68 Jahre alt, ich habe keine Zeit mehr für Andeutungen. Ich sage geradeheraus, was ich denke.

Wenn ich jemanden nicht leiden kann, dann sag ich den Leuten das, statt ihr Gesicht auf eine Fußmatte zu drucken. Aber noch weniger habe ich Zeit für Langeweile. Also bitte, spar mir die Fakten, kümmere dich lieber um die Wirklichkeit.«

»Was soll denn das heißen?«, fragte Ian.

»Naja. Mach mal lieber Kaffee! Oder kannst du das auch nicht?«

Statt laut aufzustöhnen, beschloss Ian, ihren Lieblingswitz zu ignorieren.

Wenn er jedes Mal, als sie diesen Gag mit ihm gemacht hatte, einen Euro gekriegt hätte, hätte er ihr jeden Monat eine neue Fußmatte davon kaufen können.

Ian konnte sich nicht mal mehr daran erinnern, wann sie damit angefangen hatte. Aber es lief schon seit seiner Kindheit und immer nach dem gleichen Schema.

»Oh, Ian, du hast eine Fünf in Mathe? Naja. Ist doch nicht so schlimm. Mach mal lieber Kaffee! Oder kannst du das auch nicht?«

Oder: »Deine erste Freundin hat mit dir Schluss gemacht, weil du nur am Computer hockst? Naja. Das wird schon wieder, mach dich nicht verrückt! Mach mal lieber Kaffee! Oder kannst du das auch nicht?«

Oder: »Du wurdest beim Spaziergang vom Trecker überfahren? Naja, das kann jedem einmal passieren. Mach mal lieber Kaffee! Oder kannst du das auch nicht?«

Und so weiter. Bis ins Herz der Repetition und wieder zurück.

Diese eigentümliche Mischung aus Zuneigung und Sarkasmus und das fast schon Ritualhafte dieses Gags verwirrten ihn bis heute, auch wenn er es mittlerweile schaffte, sich auf die Zuneigung zu konzentrieren und den Sarkasmus als Nebenwirkung zu akzeptieren. Das Ritualhafte hatte er aus diesem Vorgang fein säuberlich herausdestilliert, es gefiltert und eine Lebensweise daraus erstellt.

Sorgfältig knickte er die Kanten des hellbraunen Filters um, bevor er ihn in die Kaffeemaschine einsetzte, um das Kaffeepulver einzufüllen.

Tatsächlich hatte er überlegt, seiner Mutter statt Kuchen heute eine Espressokanne mitzubringen. Aber vermutlich hätte sie aus purer Gewohnheit einen Löffel Sahne auf die Kanne getan und sie dann mithilfe der Kuchengabel aufgegessen. Einfach, weil man Ians Mitbringsel immer mit Sahne aß.

Da zählte für Ians Mutter der rituelle Wille. Und Sahne.

***

»Mutter, reichst du mir bitte die Sahne?«

Zu den eigentümlichsten Dingen zwischen Ian und seiner Mutter gehörte, dass er ihren Vornamen nicht wusste. Als Kind hatte er sie immer »Mama« genannt, ganz selbstverständlich, ohne zu hinterfragen, dass sie auch noch einen anderen Namen haben könnte.

Als Jugendlicher war ihm das dann klar geworden, aber er hatte irgendwie nicht den Moment gefunden, sie darauf anzusprechen. So war er eines Tages unauffällig dazu übergegangen, sie einfach »Mutter« zu nennen, weil »Mama« ihm zu kindisch wirkte.

Manchmal waren Freundinnen zu Besuch, aber diese sprachen sie immer nur mit ihrem Nachnamen an, das hatte sich in ihrer Skatrunde so eingebürgert. Dialoge, die Ian durch das Schüsselloch seines Kinderzimmers belauschen konnte, liefen dann in der Regel so:

»Frau Günter, misch doch nicht so ewig. Hat sich schon mal einer totgemischt!«

»Mensch, Frau Hagemann, stress mich nicht! Die Mischung macht's!«

Einige Zeit hatte ihn dieser Umstand gewurmt, mittlerweile hatte er sich mit dem Gedanken angefreundet, dass es weniger seltsam wäre, sie für den Rest ihres Lebens »Mutter« zu nennen, als sie jetzt noch nach ihrem Vornamen zu fragen.

Es war ja auch nicht auszuschließen, dass sie einen ganz schrecklichen Vornamen hatte. Die häufigsten Vornamen des Jahres 1949 waren: Renate, Monika, Hans und Wolfgang. Das hatte Ian eines Tages einer Datenbank entnommen und sich einen schrägen Moment lang vorgestellt, seine Mutter hieße Wolfgang.

»Was gibt es Neues auf der Arbeit?«, fragte seine Mutter plötzlich, aber nicht unerwartet.

Und Ian gab dieselbe Antwort, die er immer gab. Hier war alles immer gleich, wie bei »Dinner for one«, nur halt mit Bienenstich statt Schnaps.

»Ach, eigentlich nicht viel. Ich mache Pixel.«

Eine halben Moment lang schüttelte sie den Kopf, fast unmerklich, aber Ian war ohnehin klar, dass sie kein Verständnis für seine Berufswahl hatte. Das hatte sie ihm so oft gesagt, dass er sich eigentlich nur wunderte, dass sie irgendwann damit aufgehört hatte. Das konnte nur bedeuten, dass sie es wirklich schlimm fand und nicht nur aus rituellem Willen wiederholte, als würde sie ihr Lied von seinem falschen Leben im Falschen wie einen Rosenkranz beten.

»Und dieser Hagens? Nervt der immer noch rum?«

»Herr Hagens ist halt leider mein Vorgesetzter und es gehört vermutlich zu seinen Aufgaben, mich zu nerven.«

»Wenn das so ist, macht er einen guten Job, oder?«

»Das ist wohl richtig«, nickte Ian.

Seine Mutter piekte mit dem Dreizack ihrer Kuchengabel das letzte Stückchen Bienenstich auf, nachdem sie mit einigem Fingerspitzengefühl einen ganzen Löffel Sahne darauf platziert hatte. Sie lenkte die Gabel Richtung Mund, stoppte dann aber die Bewegung und zeigte damit auf Ian.

»Wieso kündigst du da nicht und machst was anderes?«

Scheinbar war das Thema doch noch nicht ganz durch. Vielleicht war es die Sache mit der Fußmatte, die sie mit der zusätzlichen Aggression aufgetankt hatte, um diesen alten Tanz noch einmal aufs Parkett zu bringen.

»Weil ich meinen Job mag, Mutter.«

»Aber kannst du den nicht wenigstens woanders ausführen? Oder eine eigene Firma gründen und deine Pickel selbstständig produzieren?«

»Das heißt ›Pixel‹, Mutter.«

»Ich weiß, Sohn.«

Ein tiefer Seufzer entfuhr Ian und er sah ihr zu, wie sie sich die ganze Sahne mit der homöopathischen Dosis Kuchen darunter genüsslich in den Mund schob.

»Bei der derzeitigen Konjunktur wäre eine Kündigung oder gar eine Firmengründung verrückt. Außerdem weißt du genau, dass ich spare, um mir ein Studium finanzieren zu können.«

Mit hochgezogener Augenbraue sah sie ihn an und Ian wusste genau, was sie dachte. Sie wollte damit nicht ausdrücken, dass sie bezweifelte, dass er jemals dieses Studium anfangen würde. Sie fand die Idee, dass ihr Sohn auch noch ein BWL-Student werden könnte, abschreckend.

Auch darin ähnelten sich seine Besuche bei ihr. Immerzu fragte sie nach seinem Job und übertrug dann ihre Unzufriedenheit mit ihrer eigenen Berufswahl auf ihn. Mittlerweile war Frau Günter längst in Rente, aber sie hatte sich als junge Idealistin im Jahr 1972 dazu entschlossen, den berüchtigten »Marsch durch die Institutionen« zu gehen und das System von innen zu verändern.

Statt also weiter mit Blumen im Haar oder Haaren in den Blumen auf Demos zu stehen und sich ein kleines bisschen zu sehr für die Berichterstattung über die RAF zu interessieren, hatte sie eines kühlen Novembermorgens beschlossen, eine Ausbildung zu machen, ins Buchhaltungswesen einzusteigen und zu versuchen, als kleines Zahnrad das Getriebe zu verändern. Sicher, ganz erfolglos war sie nicht gewesen. Im Betriebsrat hatte sie längere Pausen und einen großen Kühlschrank für Milch und Sahne im Pausenraum durchgesetzt. Und dass in offiziellen Schreiben ihrer ehemaligen Firma schon ab den frühen 1980ern konsequent gegendert wurde, war auch auf ihre Beharrlichkeit zurückzuführen. Das war aber auch alles.

Als Buchhalterin war sie sehr gut darin, Bilanz zu ziehen. Und mit der Bilanz ihres Engagements war sie alles andere als zufrieden. Ihr Marsch durch die Institutionen war ein Gang nach Canossa geworden. Wirklich stolz war sie nur darauf, dass sie niemals Ians Vater geheiratet hatte, so wie dieser es wollte. Auch dem Druck seiner und ihrer Eltern hatte sie nicht nachgegeben. Denn ihr war klar gewesen, dass er zwar für eine aufregende Nacht gut war, aber bestimmt niemand, den man immer im Haus haben wollte. Kurz nach Ians Geburt hatte er dann eine andere kennengelernt und eine neue Familie gegründet. Nachdem er wenige Jahre später seine Gattin mit zwei Kleinkindern und den Schulden für ein nicht mal fertig gebautes Haus sitzen gelassen hatte, verlor sich seine Spur und darüber war sie keineswegs traurig. Auch, wenn es ihr jedes Mal, wenn Ian nach ihm fragte, das Herz brach, ihm die Wahrheit sagen zu müssen.

Manchmal fragte sie sich allerdings, ob Ian wohl anders geworden wäre, wenn sie ihm damals erzählt hätte, dass sein Vater ein Spion war oder ein Pirat und Südseekönig. Vielleicht wäre er dann jetzt fröhlicher.

Ganz sicher wäre er dümmer.

Sie schüttelte den Gedanken ab wie ein nasser Hund das Wasser. Stattdessen nahm sie sich wieder der Gegenwart an – oder noch besser, der Zukunft.

»Aber in einer eigenen Firma nervt dich niemand mehr. Und du hast endlich die Freiheit, so zu leben, wie du möchtest.«

»Von allem anderen abgesehen fehlt mir aber auch das Kapital«, erklärte Ian.

»Ich könnte dir was leihen. Ich brauch ja nicht viel.«

Das Gespräch hatten sie so oft geführt, dass Ian ihre Antworten hätte mitsprechen können, wie bei einem Lieblingsfilm. Nur dass er diesen Film überhaupt nicht mochte. Seine Mutter hatte begonnen, die restliche Sahne ganz ohne Kuchen aus der Schüssel zu löffeln.

»Ich habe eine Frau kennengelernt«, sagte Ian plötzlich.

Mit einem lauten Klacken fiel seiner Mutter der Löffel aus der Hand.

»Wie bitte?«

»Ich ... habe ... eine Frau kennengelernt«, wiederholte Ian zögerlich.

Seine Mutter stand auf, ging zum Wohnzimmerschrank und holte eine Flasche Sekt und zwei Gläser hervor. Mit einer gekonnten Bewegung lockerte sie den Korken, bis dieser knallend von der Flasche schoss.

Sie goss beiden ordentlich ein und setzte sich dann wieder auf ihren Platz. Mit der rechten Hand erhob sie das Glas und prostete ihm zu. Ohne eine Reaktion abzuwarten, exte sie das Glas und goss sich lächelnd noch einmal nach.

»Wie heißt sie denn?«, fragte sie schließlich.

»Hattest du die Flasche Sekt immer schon dort stehen?«

»Die? Ne, das war Zufall.«

Sie zwinkerte ihm zu und ließ ihn mal wieder im Unklaren, ob sie das ernst gemeint hatte. Eine ihrer leichtesten Übungen.

»Also, wie heißt die Glückliche?«

»Sie heißt Luise.«

»Toller Name.«

Ian zuckte mit den Schultern und trank jetzt ebenfalls einen großen Schluck aus dem Sektglas. Es perlte auf der Zunge und schmeckte so direkt nach dem Filterkaffee etwas seltsam.

»Toller Name? Das hättest du doch auch gesagt, wenn ich gesagt hätte, dass sie ›Brunhilde Klatschbömmel‹ heißt.«

»Sie heißt Brunhilde Klatschbömmel?«

»Das war ein Witz, Mutter.«

Sie leerte ihr zweites Glas und kippte sich noch einmal nach. Auch sein Glas wurde wieder bis zum Rand gefüllt.

»Seit wann machst du denn Witze?«, fragte sie dabei. »Die Frau scheint dir ja wirklich gut zu tun.«

Noch einmal zuckte er mit den Schultern.

»Schätze schon«, nickte er.

»Da sind ja ganz große Gefühle im Spiel.«

Als er nicht auf ihre Provokation reagierte, fragte sie weiter.

»Wo habt ihr euch denn kennengelernt?«

»In der U-Bahn. Sie hat mich angesprochen und ist dann später überraschend in meinem Büro aufgetaucht.«

»Wie romantisch.«

»Findest du wirklich?«

»Ja, das ist doch eine tolle Überraschung. Das letzte Mal, dass dir eine Frau nachgelaufen ist, war es eine Arzthelferin, als du dein Portemonnaie beim Kieferorthopäden vergessen hattest.«

Ian lächelte. Die Geschichte, auf die seine Mutter anspielte, war passiert, als er 14 Jahre alt war und wegen einer permanenten Klammer einmal im Monat zum Kieferorthopäden musste. Und er war bis heute froh, dass die Arzthelferin ihm direkt nachgelaufen war. Denn hätte sie das Portemonnaie erst später entdeckt und auf der Suche nach Hinweisen zum Besitzer geöffnet, hätte sie sein damals größtes und dunkelstes Geheimnis gelüftet.

In seinem Portemonnaie steckte nämlich ein Kondom, dass er sich kurz zuvor gemeinsam mit einem Klassenkameraden als Mutprobe in einer Drogerie gekauft hatte. Das war irre aufregend gewesen und seitdem kam er sich mit dem versteckten Kondom in der Tasche immer vor wie ein Geheimagent im Dienste der Leidenschaft.

In der Retrospektive musste man sagen, dass das Kondom über Jahre im Portemonnaie stecken blieb und irgendwann dann gemeinsam mit diesem ungenutzt weggeworfen wurde.

»Wann wird geheiratet?«, fragte seine Mutter.

»Mutter!«

»Ja, gut, okay. Schritt für Schritt.«

Das war das erste Mal, dass Ian ihr heute uneingeschränkt zustimmen konnte.

»Also, wann lerne ich sie kennen?«

Niemals, dachte Ian.

»Bald«, sagte er.

10. Heimkehr

Um exakt sechzehn Uhr passierte sehr wenig neben seinem Kopf.

Die Zylinderfeder, der Metallstift, die Krone und der Klöppel in seinem Wecker blieben ganz ruhig. Um nicht zu sagen: Es passierte nichts. Ruckartig schreckte Ian Günter aus seinem Schlaf hoch und mit derselben Handbewegung wie jeden Morgen schaltete er den Wecker aus, der sich fragte, was das sollte. Schließlich war er ja überhaupt nicht eingeschaltet gewesen. Und es war noch nicht mal Morgen. Ein Mittagsschlaf war bei Ian auch eigentlich gar nicht vorgesehen, denn so etwas machen auch nur 31 Prozent der Deutschen gelegentlich. Und sogar weniger als jeder Zehnte besteht täglich auf diese Form der Mittagsruhe. Die große Mehrheit entscheidet sich klar gegen einen Schlummer unter der hoch stehenden Sonne.

Doch jetzt war es plötzlich schon Nachmittag, behauptete der Wecker zumindest.

Vor dem Fenster schwebte ein ungewöhnlich schönes Wetter für diese Jahreszeit und in den Regenrinnen gegenüber tanzten vor Freude darüber einige Spatzenpärchen eine flotte Runde Disco Fox.

Ian streckte sich unter der Bettdecke ein letztes Mal, bis er die Form seines Anfangsbuchstabens erreicht hatte. Dabei stieß er mit der Hand gegen sein Smartphone, das er entgegen seiner Angewohnheiten mit ins Bett genommen hatte.

Zwischen 14 und 29 Jahren nehmen etwa zwei Drittel der Deutschen ein Smartphone, Tablet oder gar ihren Laptop mit ins Bett – über 30 Jahren sinkt diese Quote ruckartig auf weniger als ein Drittel. Bei den über 50-Jährigen ist es nicht mal mehr jeder Zehnte.

Ian schob den Gedanken weg und gähnte, wobei er sich nicht die Hand vor den Mund hielt. Im Zimmer hing ein Geruch aus altem Atem und neuem Schweiß.

Sein Gesicht zierten winzige Baumstümpfe aus Barthaaren, für die Ian eine gute Woche ohne Rasur gebraucht hatte.

Er brauchte sich nicht an einer Statistik zu orientieren, um zu vermeiden, zu einer Minderheit zu gehören, denn die Bartträger machen etwa die Hälfte der Männer hierzulande aus. Das konnte also als gesellschaftlich absolut akzeptabel gelten. Sogar seine Mutter hatte in den letzten Jahren einen leichten Flaum auf der Oberlippe bekommen.

Ian setzte sich auf und versuchte, die Füße in die Hausschuhe aus Loden gleiten zu lassen. Obwohl sich diese nicht neben dem Bett befanden, stand er nicht mit Socken auf dem Boden, denn er stellte erstaunt fest, dass er immer noch seine Straßenschuhe trug.

Auch sein eierschalenweißer Pyjama mit blauen Knöpfen bestand überhaupt nicht aus seinem Schlafanzug, sondern aus blauen Jeans und einem grauen Wollpullover, aus dem ein weiß-blau karierter Kragen ragte. Er hatte sich offensichtlich in Straßenklamotten ins Bett gelegt.

Das eigene Erschrecken über diesen Gedanken machte ihn zusätzlich wach.

»Was zum ...«, sagte er in die Stille.

Er wurde von einem jähen Geräusch unterbrochen.

Was ihm zunächst vorkam wie die Trompeten von Jericho, stellte sich nach einem Moment der Besinnung als seine Klingel heraus.

Mit einem Blick auf seine Uhr wunderte sich Ian, denn Mario hatte sich zwar angekündigt, aber erst für 17 Uhr.

Zu den Dingen, die Mario ganz bestimmt nicht machte, zählten: bei Metalkonzerten im Moshpit pogen, auf einem Büffel in den Sonnenuntergang galoppieren und eine Stunde vor einer verabredeten Zeit zu einem Treffen kommen.

Als es zum zweiten Mal klingelte, verwandelte sich Ian in einen Ball, auf den ein Fragezeichen gedruckt war und rollte zur Wohnungstür. Dort drückte er den Buzzer und horchte durch einen schmalen Spalt, ob unten im Treppenhaus ein klickendes Geräusch anzeigte, dass jemand die Haustür aufdrückte.

Auch an den schlurfenden Schritten auf den Stufen konnte Ian nicht erkennen, wer das sein könnte. Weder seine Mutter noch Mario ließen die Sohlen beim Laufen auf diese Weise über den Boden schleifen.

Wie ein Erdmännchen auf Wache starrte Ian gespannt durch den Türspalt. Aber am Horizont tauchten kein Adler und keine Klapperschlange auf, sondern Luise.

Ein Raubvogel oder ein Reptil in seinem Treppenhaus hätten Ian aber tatsächlich nicht viel mehr überrascht.

»Luise?«, fragte er.

»Ja, so nennen mich viele«, antwortete sie.

Mit einem letzten großen Schritt blieb sie vor der Wohnungstür stehen.

»Sesam, öffne dich!«

»Wie bitte?«

Ian war immer noch überfordert.

»Vielleicht magst du den Türspalt etwas erweitern, damit ich ›Hallo‹ sagen kann?«

»Oh, entschuldige.«

Ian zog langsam die Tür auf, nachdem er sich noch einmal versichert hatte, nicht im Schlafanzug dazustehen.

»Hallo«, sagte er.

»Hallo, Pixelmann.«

Sie versuchte ein Lächeln, das er aber nur zögernd erwiderte.

»Darf ich reinkommen?«

»Äh ... Ich schätze schon.«

Kaum dass Luise eingetreten war, warf Ian noch einmal einen Kontrollblick in den Flur, ob jemand sie gesehen haben könnte, und schloss dann eilig die Tür hinter ihr.

»Woher weißt du, wo ich wohne?«, fragte er.

Jetzt war Luise die Überraschte.

»Du hast es mir doch selbst erzählt, im Moonways.«

»Echt?«

Dass Luise unangemeldet vor seiner Wohnungstür auftauchte, hatte bei ihm sofort die Erinnerung an Marios schreckliche Sylvia geweckt. Dabei hatte er sich nun schon mehrmals lautstark dagegen gewehrt, diese Assoziation herzustellen. Aber Mario hatte ihm da wohl doch einen Floh ins Ohr gesetzt.

Luise grinste, offensichtlich amüsierte sie sich über sein ratloses Gesicht.

»Ja, sicher. Du hast auch ein Hirn wie ein Sieb, Kollege. Du meintest, ich solle mal rumkommen, es gäbe jetzt
auch bei dir nicen Kaffee.«

»Nicen Kaffee?«

»Gut, du hast vielleicht nicht ›nice‹ gesagt, sondern
›fein‹. Aber das gewöhnen wir dir auch noch ab.«

Sie zog ihre rote Jacke aus und hängte sie an die Leiste
mit Haken, die Ian auf der Innenseite seiner Wohnungstür
angebracht hatte. Unter der Jacke trug Luise den Kate-
Moss-Pullover.

»Hast du eigentlich mehrere von diesen Pullovern?«,
fragte Ian.

»Nein, der ist einzigartig, so wie ich.«

»Aber du wäschst den schon mal zwischendurch,
oder?«

»Samma, was ist denn heute los mit dir, Kollege? Hast
du einen Wutbürger gefrühstückt?«

»Sorry, das sollte ein Witz sein«, antwortete Ian und
sah geknickt zu Boden.

»Das sollte ein Witz sein?«, fragte Luise, ihre Entgeiste-
rung nur halb kaschierend.

Ian nickte und spürte, wie sein Gesicht rot anlief.

»Wir haben noch viel zu lernen«, sagte Luise.

»Aber erstmal machst du mir einen dieser nicen Kaffees. Und zeigst mir deine Crib.«

»Crib?«

Statt zu antworten, machte Luise eine ausladende Bewegung mit beiden Armen und zeigte einmal auf alles um
sich herum.

Ian imitierte die Bewegung, so gut er konnte, und wiederholte seine Frage.

»Crib?«

Luise nickte wie eine weise Lehrmeisterin, deren Schüler nach Jahren endlich den Unterschied zwischen transzendentaler Ästhetik und ästhetischer Transzendenz begriffen hat.

Leider blieb trotzdem das Lächeln aus, dass Ian sich von seiner Aktion erhofft hatte. Er zuckte etwas ratlos mit den Schultern und sah sich nach einem guten Punkt für den Anfang um.

***

Es zischte kurz, als Ian die Espressokanne unter den Wasserhahn hielt, um sie vor dem Aufschrauben abzukühlen. Aber so, wie das Gespräch bis hierhin verlief, war ein zweiter Kaffee für beide dringend nötig.

»Also nochmal«, fragte er, »cool ist nicht mehr cool, aber böse ist das neue nice?«

»Kommt ganz auf den Zusammenhang an. Wenn dir einer die Füße mit einem rostigen Löffel absägt, dann ist das auch böse. Aber wenn im Club der Bass so richtig fickt, dann ist das auch böse.«

»Der Bass *fickt*?«

Luise nickte.

»Denkt er denn wenigstens an Verhütung?«

Wieder kein Lächeln als Reaktion, stattdessen sah sie in ihre leere Tasse. Wenigstens aus Mitleid könnte sie ja mal über einen meiner Gags lachen, dachte Ian.

»Ist alles okay?«

Luise sah auf und lächelte, wie zur Entschuldigung.

»Ja, schon. Ich bin etwas in Gedanken heute, sorry.«

»Ist was passiert?«

Sie musterte ihn einen Moment lang. Unmöglich konnte sie ihm die Sache mit dem verlorenen Telefon im Zugdepot erzählen. Er würde ungefähr so viel Verständnis haben, wie er verstehen würde. Also gegen null tendierend.

Sie wusste aus einem Streetart-Forum, dass 80 Prozent der Deutschen harte Strafen gegen illegale Sprühaktionen forderten. Und man musste keine Spießerflüsterin sein, um zu wissen, dass Ian zu diesen 80 Prozent gehörte.

Klar, sie könnte versuchen, es ihm zu erklären. Aber bis sie ihm ihren Vortrag über die Frage beendet hätte, ob ungewollte Kunst im öffentlichen Raum wirklich so viel schlimmer sei als ungewollte Werbung, säße sie auf der Straße vor dem Haus. Vor kalten, klaren Wänden und einer großen Plakatwerbung für eine Partnervermittlungsbörse oder einer fast nackten, bis zur Unkenntlichkeit gephotoshopten Frau, die für eine Zigarette warb.

»Hm?«, machte Ian, um zu bekräftigen, dass seine Frage noch nicht beantwortet war.

»Ich hab mein Handy verloren«, entgegnete Luise knapp.

»Oh, das ist wirklich ärgerlich, das kann ich verstehen.«

»Kannst du das wirklich?«

»Was meinst du?«

»Hast du schon mal dein Handy verloren?«

»Natürlich nicht«, entgegnete Ian etwas zu schnell und wollte sich auf die Zunge beißen.

Luise zog die Augenbraue hoch.

»Natürlich nicht.«

Ian wurde rot.

»So war das nicht gemeint.«

»Naja, ich verstehe schon. Bei dir läuft immer alles in geordneten Bahnen. In deiner Bude hat alles einen Platz, außer Staub und Schmutz. Wenn ich spucken wollen würde, müsste ich es in dein Gesicht tun.«

»Wie bitte?«

Jetzt musste Luise doch grinsen.

»Schau dich doch mal um, der Rest der Bude ist viel zu sauber, um irgendwo hinzuspucken.«

»Du könntest ins Klo spucken. Oder vielleicht einfach gar nicht«, erklärte Ian.

Er schien ihre Anspielung auf die berühmte antike Anekdote vom Besuch des Diogenes in der goldgeschmückten Villa eines reichen Griechen nicht zu bemerken. Aber er erwiderte ihr Grinsen. Irgendwo in ihrer Mitte glitt ein stummes Samuraischwert durch einen Knoten aus Gummiseilen, die ihren Körper zu einem schmerzenden Knäuel zusammengezogen hatten. Sie atmete frei aus und ein.

»Böse Antwort«, sagte sie.

»Nice«, erwiderte er.

Eine Weile lang sahen sie sich an und Luise überlegte ernsthaft, über den Tisch zu springen und ihn zu küssen. Dann blubberte hinter ihm die Espressokanne auf dem Herd und er sprang auf, um sie vom Herd zu nehmen, bevor sie überkochte.

»Danke für den Kaffee. Ich kann den gut gebrauchen.«

»Schon auch anstrengend, dein Lifestyle, oder?«, fragte Ian.

Sie schüttelte den Kopf.

»Ich kann es mir kein Stück anders vorstellen.«

Er stellte den Kaffee vor ihr hin und sie nickte dankend. Dabei fiel ihr Blick an den hellblauen Vorhängen vorbei auf das schwarzweiße Bild seiner Mutter als kleines Mädchen mit skeptischem Blick. Bevor sie danach fragen konnte, ergriff Ian wieder das Wort.

»Aber willst du auch noch auf Partys rennen, wenn du fünfzig Jahre alt bist?«

»Ist ja noch ein bisschen hin«, lächelte sie.

Diesmal war es Ian, der nicht mit dem Lächeln reagierte, das sie sich erhofft hatte. Stattdessen schaute er sie weiter fragend an.

»Ich hab keinen anderen Plan, Ian. Keine Ahnung, was du hören willst.«

»Ich will hören, wer du bist und was du willst«, antwortete Ian und war schon wieder von seiner eigenen Direktheit überrascht.

Das musste er von seiner Mutter haben.

»Ich hab keine Ahnung, Kollege. Wer bin ich denn, was meinst du?«

»Keine Ahnung, das muss du schon selbst wissen. Ich glaube allerdings, dass es schwierig wird, dich zu reflektieren, wenn das Einzige, worin du dich spiegelst, eine Diskokugel ist.«

Mit offenem Mund sah Luise ihn an.

»Hast du mich gerade gedisst?«

»Oh, entschuldigung, ich ...«

»Nein«, unterbrach ihn Luise, »entschuldige dich nicht, das war sehr gut! Ein bisschen sperrig formuliert, aber die Grundidee stimmt.«

Ian sah sie ratlos an, während sie bekräftigend nickte.

»Aus dir wird noch ein richtiger Endboss. Wart's nur ab!«

»Ja, ich wart's nur ab ...«

Von beiden unbemerkt landete ein Staubkorn auf Ians Jochbein.

»Lass uns das heute beim Abendessen vertiefen«, schlug Luise vor. »Acht Uhr bei Fee?«

Er nickte und das Staubkorn fiel wieder von seinem Gesicht.

»Ich ...«

Sie unterbrach ihn erneut, indem sie sich vorbeugte und ihn auf den Mund küsste. Diesmal passierte es ohne den kalten Regen in ihrem Gesicht und nicht ganz so überraschend.

»Ich mag dich, Ian Günter«, flüsterte sie.

»Ich ...«, setzte er lächelnd an.

Und schon wieder wurde er unterbrochen, diesmal vom Klingeln an der Tür. Ians Augen rasten zur Uhr.

Tatsächlich, es war schon eine Stunde vergangen, das musste Mario sein, der da klingelte.

Zu den Situationen, in die Ian nicht unvorbereitet geraten wollte, zählten: die erste Begegnung von Luise und Mario, ein Krankenhausaufenthalt und alle anderen in diesem Universum denkbaren Situationen.

Luise bemerkte seinen erschreckten Blick.

»Erwartest du noch jemanden? Das Finanzamt? Einen Axtmörder?«

Im Grunde war so ein Axtmörder jetzt gar keine so schlechte Idee. Aber die kommen nie, wenn man sie gerade braucht, dachte Ian.

»Nein, nein, das ist nur mein Kollege Mario.«

»Willst du ihn nicht reinlassen?«

Erst jetzt bemerkte Ian, dass er einfach sitzen geblieben und sogar noch ein bisschen tiefer in den Stuhl hineingesunken war. Sofort sprang er auf und eilte zur Tür. Da gab es jetzt eh nix mehr zu ändern.

***

Wenn man Ians Wohnung betrat, kam man als Erstes in einen Flur mit weißen Wänden und hellem Linoleum. Zur Linken und Rechten gingen zwei Türen ab, einander jeweils genau gegenüber. Geradeaus endete der Flur mit einem kleinen Fenster, vor das Ian eine selbstgehäkelte Gardine seiner Mutter gehängt hatte.

Nicht nur, weil sie es ihm halt geschenkt hatte – sie kam ohnehin selten zu Besuch bei ihm. Wenn man mit »selten« meinte: niemals. Es war das symmetrische Muster der Gardine, das für ihn optimal in seinen Flur passte. Denn waren die Türen geschlossen, spiegelten sich die beiden Hälften des Raumes nahezu perfekt. Wes Anderson hätte seine helle Freude gehabt. Für Ian hatte das Betreten seiner Wohnung jeweils eine beruhigende Wirkung wie das Malen eines Mandalas.

Als Mario jedoch durch die Wohnungstür trat, befand sich allerdings etwas ziemlich Unsymmetrisches mitten im Flur – und das war Ian Günter selbst. Er wusste, hinter der zweiten Tür links saß Luise am Tisch und vor ihm stand Mario, mit dem er sich am Telefon nur halbwegs wieder ausgesöhnt hatte.

Als kleiner Junge hatte Ian gerne Schach gespielt. Bis heute besuchte er gelegentlich den Club, in dem er damals zweimal die Woche mit seinem tschechischen Meister an seiner Technik gefeilt hatte.

»Simplify, simplify, simplify«, hatte dieser immer gesagt.

Und die Idee mit der Vereinfachung hatte Ian durchaus sehr gut gefallen, denn gerade die Komplexität der sich aus einer bestimmten Ausgangssituation ergebenden, möglichen Spielzüge und der mutmaßlichen Gegenreaktionen war ihm schnell ein Graus geworden. Kombiniert mit dem Wettbewerbsdruck blieb dann letztlich das Vergnügen ganz auf der Strecke. Bereits nach den eröffnenden Zügen von Weiß und Schwarz gibt es 400 mögliche Stellungen, nach weiteren zwei Halbzügen schnellt es auf über 70.000 Optionen hoch und nachdem beide zum dritten Mal gezogen haben, schießen die Möglichkeiten fast ins Unendliche. Kein Wunder, dass Ian der Kopf qualmte, er sein Heil in der Flucht suchte und aus dem Schachclub zügig wieder austrat.

Das war seine Version von Vereinfachung, das ultimative »Simplify«.

Trotzdem ging er immer noch gelegentlich bei seinem alten Club vorbei, um seinen Lehrer zu treffen und den anderen beim Spiel zuzusehen. Aus der Distanz des Zuschauers machte es ihm durchaus Spaß, die kniffligen Situationen zu ergrübeln. Aber nicht, wenn er selbst mitten auf dem Spielfeld stand und die ausweglose Situation sich zwischen seiner Wohnungstür und seinem Wohnzimmer abspielte.

»Hallo Ian«, grüßte Mario halblaut.

»Alles okay?«

»Hi, hallo ... Ja, ne, alles gut«, antwortete Ian.

»Tut mir leid wegen neulich, ich sollte dir nicht so einen Druck machen«, sagte Mario.

Offensichtlich interpretierte er den ins Taumeln geratenen Blick Ians etwas falsch.

»Ach, halb so wild.«

Ian versuchte sich an einem Lächeln. Hätte Mario seinen Freund nicht besser gekannt, hätte er seine Mimik aber wohl eher für ein Zeichen eines sich anbahnenden Schlaganfalls gedeutet.

»Hallo?«, rief Luise aus dem Wohnzimmer.

Ihre Blicke trafen sich und Ian zuckte mit den Schultern.

»Ist sie das?«, fragte Mario leise.

Da kam Luise auch schon um die Ecke gesprungen und landete mit einem dumpfen Knall auf beiden Füßen.

»Hallo, ich bin Luise.«

Sie streckte Mario ihre Hand entgegen und dieser hatte alle Mühe, seine Überraschung zu verbergen und sie nicht anzustarren wie einen sprechenden mannshohen Ottermutanten mit Tentakeln, der an seiner Wohnungstür klingelte und ihm ein Zeitungsabo aufschwätzen wollte.

Stattdessen nahm er zögernd ihre Hand.

»Mario.«

»Ist ja witzig, in der Schule wurde ich oft ›Luigi‹ genannt, wir sollten unbedingt mal eine Partie ›Mario Kart‹ zusammen zocken.«

Er wusste nicht recht, was er darauf antworten sollte, und entschied sich für einen Klassiker.

»Danke.«

Simplify, simplify, simplify.

»Komm doch rein, Mario. Luise ist eh gerade auf dem Sprung, oder?«

»Ne, meine Bahn fährt erst in 20 Minuten, Kollege. Ich bleib noch 'nen Moment, wenn's recht ist.«

Ian zuckte schon wieder die Schultern. Die Geste war drauf und dran, sein neuer Standard-Move zu werden.

»Wollt ihr einen Kaffee?«, fragte er und ein Lächeln fiel ihm plötzlich erstaunlich leicht.

Wenn man gegen einen Großmeister verliert, ist das keine Schande. Im Gegenteil, es kann sogar ein Reiz darin liegen, dabei zuzusehen, wie der übermächtige Gegner einen auseinandernimmt. Aus der Aufgabe ergibt sich eine Distanz zum eigenen Spiel.

Ian konnte nun rein gar nichts mehr dagegen tun, dass Mario und Luise noch mehr Zeit miteinander verbrachten. Er fürchtete eigentlich nur, am Ende mehr zu verlieren als bei einem Schachspiel.

***

Sie saßen seit achtzehn Stunden schweigend am Tisch, auch wenn die Uhr behauptete, es seien erst zwei Minuten vergangen. Ian hing dabei in den Seilen, Luise wippte leicht vor lauter überflüssiger Energie und Mario saß, wie immer, kerzengrade und lernte anscheinend das Muster der Raufasertapete auswendig. Schließlich war es Luise, die es nicht mehr aushielt und ihre Worte als Eisbrecher gegen das Packeis der Stille steuerte.

»Und wie lange kennt ihr beide euch schon?«

Mario und Ian schauten sich an. Mit einer kleinen Kopfbewegung deutete Mario Ian an, dass er die Frage beantworten sollte. Aus Reflex sah Ian auf seine Armbanduhr, bevor er Luise antwortete.

»Wir kennen uns seit fast sechs Jahren. Damals ist Mario nach dem Studium hierher gezogen.«

»Was haste denn studiert, Kollege?«, fragte Luise freundlich.

Von ihrer Wortwahl irritiert, räusperte sich Mario und sah zu Ian rüber. Dieser wollte schon wieder mit den Schultern zucken, merkte es aber rechtzeitig und drehte stattdessen die Handinnenflächen nach oben.

Als er feststellte, dass das überhaupt keinen Sinn ergab, klatschte er dreimal in die Hände, wie er es eigentlich nur tat, wenn er mit der Arbeit fertig war. Fairerweise muss man sagen, dass das noch weniger Sinn ergab.

Mario zog die Augenbrauen zusammen und sah wieder zu Luise. Er musterte sie, aber so sehr er seinen Schrank auch durchforstete, es gab keine Schublade, in die sie gepasst hätte.

Ihre letzte Frage hatte er schon vergessen.

»Ist nicht so schlimm, mir kannste das sagen«, bekräftigte Luise. »Oder biste Proktologe?«, schob sie nach und grinste fröhlich.

»Was?«

»Proktologe. Arsch-Arzt. Das würde ich auch nicht sagen.«

Ian konnte sich ein Grinsen nicht verkneifen, als sein sonst so schlagfertiger Freund sprachlos zusah, wie Luise drauf losplapperte.

Doch statt ihr zu antworten, wendete Mario sich schließlich an Ian.

»Ich wollte eigentlich mit dir über die Party reden. Frau Wenninger hat zugesagt.«

»Echt? Das ist doch super!«, entgegnete Ian und versuchte, begeistert zu klingen.

Mario musterte ihn und wirkte ebenfalls nicht gerade euphorisch, sondern eher besorgt.

»Oh, eine Party, das klingt nice«, kommentierte Luise. »Worum geht's und wann ist es so weit?«

Nur halb in ihre Richtung schauend, antwortete Mario ihr kalt: »Es geht um seinen Geburtstag und ich wüsste nicht, was dich das angeht.«

Ihre erschreckte Reaktion darauf ignorierte er komplett und wandte sich stattdessen nochmal an Ian.

»Wir sollten das zum Anlass nehmen, alles nochmal gründlich zu durchdenken. Wir sollten zum Beispiel über die Narzissen reden. Ich fände Hyazinthen vielleicht doch besser. Die passen auch farblich besser ins Alte Rathaus. Aber es sind eben leider nur noch zwei Tage.«

Statt zu antworten, sah Ian zu Luise und wusste sofort, dass hier gerade etwas gewaltig schieflief. Dazu hätte er die unkontrollierte Talfahrt ihres Blickes nicht gebraucht. Er wollte sich in ein Auffangnetz verwandeln und sie weich landen lassen, aber es war ihm plötzlich schmerzhaft bewusst, dass er eben nur er selbst war und nicht im Ansatz einem Auffangnetz ähnelte.

»Du … du hast in zwei Tagen Geburtstag?«, fragte Luise zögernd.

Ian nickte. Es war nicht zu übersehen, dass diese Information Luise mehr kränkte als die Tatsache, dass Mario sie so hart angegangen war.

»Wieso hast du mir denn nichts davon erzählt?«

Er zuckte unwillkürlich mit den Schultern.

»Das ist doch Scheiße. Wieso hast du Geburtstag und erzählst mir nichts? Ich dachte, du magst mich …«

»Ich mag dich ja auch.«

Mario stöhnte leise auf. Luise warf ihm einen giftigen Blick zu und dann Ian. Es ärgerte sie umso mehr, dass er offensichtlich nicht auf diese Grenzüberschreitung Marios reagieren wollte.

Sie schlug mit der flachen Hand auf den Tisch, weil dieser Raum keine Stille verdient hatte.

»Dann hättest du mir doch von deinem Geburtstag erzählt. Oder bin ich dir peinlich?«

Ian suchte nach Worten, aber sein Sprachvermögen war ein Kartenhaus und die Situation ein Wirbelsturm.

»Na, dann feier halt alleine«, sagte Luise und stand auf.

»Tschüss«, sagte Mario.

»Deine gehässige Art kannste dir klemmen, Kollege«, kommentierte Luise. »Selber tschüss«, sagte sie Richtung Ian und war verschwunden, bevor dieser überhaupt verstanden hatte, dass er nicht mehr wusste, wo vorne und hinten war. Das Schachbrett hatte sich zu einer Kugel gewölbt, war vom Tisch gerollt und die Figuren explodierten.

11. Das Wissen der Narzissen

Das Staubkorn, das Ian vorhin aus dem Gesicht gefallen war, zog inzwischen auf einem leichten Luftzug seine Bahnen durch die Wohnung. Mit wachsendem Entsetzen stellte es fest, dass es offensichtlich ganz alleine auf der Welt war. Am Wohnzimmertisch saßen zwei sehr große Sachen mit Armen und Beinen und ratlosen Köpfen, die im Gegensatz zum Staubkorn zwar sprechen konnten, aber von dieser Fähigkeit keinen Gebrauch machten.

Ian wunderte es nicht besonders, dass es still war, denn er wusste, dass 29 Prozent der Deutschen sich in einer Streitsituation einfach so lange anschweigen, bis sich das Problem von alleine gelöst hat oder in Vergessenheit geraten ist. Wie lange das dauerte, variierte vermutlich von Fall zu Fall. Aber in der aktuellen Situation hätte das Staubkorn das Ende der Stille wohl nicht mehr erlebt, sondern wäre von einer Milbe gefressen worden. Und die Milbe dann von einer Wespenlarve. Und die Wespe von einer Kreuzspinne.

Ian spürte regelrecht, wie sich die Nahrungskette um seinen Hals zuzog. Gleichzeitig war ihm klar, dass er etwas tun musste, denn 78 Prozent der Deutschen legen in einer Freundschaft großen Wert darauf, dass man über alles reden kann. Also nahm er sich ein Herz, ergriff das Wort und hörte sich selbst zu.

»Ganz schönes Wetter eigenlicht, für diese Jahreszeit. Bisschen windig, aber schöne Sonne, so insgesamt.«

»Du hast schon wieder ›eigenlicht‹ gesagt.«

»Sorry«, sagte Ian reflexhaft.

Er hätte sich auf die Zunge beißen können, denn im Grunde fand er, dass es an Mario war, sich hier zu entschuldigen. Wobei es weniger um den Vorwurf ging, dass er sich über Ians Standard-Versprecher lustig machte. Es war ihm allerdings klar, dass das von alleine niemals passieren würde und dass sie wohl noch morgen über Eigenlicht und Wetter reden würden, wenn er sich jetzt nicht einen Ruck gab.

»Ich finde ja nicht, dass du so grob zu Luise hättest sein müssen.«

Marios Blick wechselte von Irritation zu offenem Entsetzen und es dauerte eine ganze Weile, bis er darauf antworten konnte. Die Antwort rieb ihm über die trockene, raue Zunge.

»Wie bitte? Wo war ich denn grob zu ihr?«

»Als du ›Tschüss‹ gesagt hast zum Beispiel.«

Mario atmete laut und genervt aus.

»Das letzte Mal, als ich es gecheckt habe, war das eine ganz normale Verabschiedung. Immerhin habe ich sie nicht ›Arsch-Arzt‹ genannt.«

»Sie hat dich auch nicht so genannt.«

»Darüber kann man streiten«, sagte Mario mit hochgezogener Braue.

»Das machen wir ja gerade.«

Das Staubkorn fiel unweit von den beiden auf eines der beiden Sofakissen. Ein hochgradig gefährlicher Platz für ein Staubkorn.

Nach nur zwei Jahren besteht ein Zehntel eines Kissens aus Milben. Die Kissen mit dem verschlungenen Blumenmuster auf Ians Sofa waren die ausgedienten alten Kissen seiner Mutter und mindestens zwanzig Jahre alt. Im Grunde musste es sich also um Stoffbeutel halten, die zu ziemlich genau hundert Prozent mit Milben gefüllt waren.

Ian hing allerdings dem Irrglauben an, dass die Milben alle verhungert sein mussten, weil es ja in seiner Wohnung überhaupt keinen Staub mehr gab. Ansonsten würde er monatlich die alten Kissen durch neue ersetzen, wenn nicht sogar täglich.

Ian ekelte sich vor Milben und vermied es, darüber nachzudenken, denn mit einem weiteren Blick auf eine mikroskopische Abbildung eines dieser winzigen Spinnentiere hätte er vermutlich sämtliche Kissen für immer aus seiner Wohnung verbannen müssen. Aus ähnlichen Gründen hatte er in der Schule im Biologiebuch immer den Absatz überspringen müssen, in dem geschildert wurde, wie viele Bakterien im menschlichen Körper leben.

Ansonsten wüsste er, dass auf und in jedem Menschen zwei Kilogramm Bakterien leben. Und zählt man die Zellen, die wir in unserem Körper herumtragen, so ist nur ein Zehntel davon menschlich. Der Rest sind eben Bakterien, die insbesondere in den Schleimhäuten und im Darm leben und dort überaus wichtige Funktionen für uns erfüllen.

Ian hätte in Anbetracht dieser Informationen trotzdem aus der Haut fahren wollen.

So ähnlich ging es ihm jetzt, wenn auch aus anderen Gründen.

»Woher weiß sie überhaupt, wo du wohnst?«, fragte Mario und zersägte damit die Stille.

Ian reagierte wie ein erschreckter Maulwurf, den man soeben aus der sicheren Erde seiner eigenen Gedanken gezogen hatte und nun in die Sonne hielt.

»Sie hat einen Namen!«, protestierte er. »Und sie weiß, wo ich wohne, weil ich es ihr gesagt habe.«

»Na, das ist ja beruhigend.«

Ian wusste, dass Mario ihn mit den Anspielungen auf seine Stalkerin provozieren wollte und ärgerlicherweise gelang ihm das auch. Tief durchatmend konzentrierte er sich einen Moment auf die Raufasertapete, von der auch Mario seine Energie zu beziehen schien.

Sein Freund stand in diesem Moment auf und ging in Richtung des Balkons, aus seiner Tasche zog er seine Schachtel Zigarillos und zeigte sie demonstrativ schüttelnd in Ians Richtung. Es blieb Ian nichts anderes über, als Mario auf den Balkon zu folgen, wo dieser sich einen der braunen Stengel in den Mund steckte wie einen dicken Nagel aus vergilbtem Papier. Dem Glimmen und Qualmen und Aschen und Ausweichen der Blicke war nichts hinzuzufügen. So standen sie schweigend nebeneinander wie die Häuser einer Geisterstadt und sogar der Wind drehte ab, um woanders zu wehen. Erst als beide wieder drinnen am Tisch saßen, fand Ian die nächsten Worte.

»Ich weiß gar nicht, was dich an Luise stört.«

Mario reagierte, indem er nur eine Augenbraue hochzog. Als wäre es selbstverständlich, dass Ian die Antwort auf diese Frage kannte.

»Mal ehrlich, sie hat doch weder dir noch mir etwas getan.«

»Naja, mich hat sie ›Arsch-Arzt‹ genannt.«

»Hat sie nicht. Außerdem bist du doch gar kein Proktologe. Du bist Rechtsanwalt.«

»Zum Glück wusste sie das nicht. Sonst wäre ich vermutlich ›Arsch-Anwalt‹.«

Jetzt war es Ian, der genervt ausatmete.

»Das ist doch unlogisch, dann wäre ein Proktologe ja jemand, der seinen Finger in Gesetzbücher steckt und nach geschwollenen Paragrafen tastet.«

Mario sah Ian an und plötzlich mussten beide auflachen.

»Du bist auch so ein geschwollener Paragraph«, sagte Mario.

Durch die Luftbewegung im Raum geriet das Staubkorn auf dem Sofakissen wieder in Bewegung und schwebte davon. Die enttäuschten Blicke der ausgehungerten Milben verfolgten es auf seiner Bahn, aber nicht lange, denn Milben haben keine Adleraugen.

»Hör mal, ich gebe ja zu, dass Luise ein bisschen frech ist. Aber ich glaube, ich mag sie wirklich gerne. Und sie ist so wenig eine Stalkerin wie du ein Proktologe bist.«

»Meinetwegen«, entgegnete Mario. »Aber warum hat sie ein Piercing in der Mitte der Nase? Ist sie ein Zuchtbulle?«

»Ich dachte, für die Witze, die nicht witzig sind, bin ich hier zuständig«, entgegnete Ian.

Dass sie beide irgendwie parallel lockerließen, war ihm nicht nur deswegen eine Erleichterung, weil er sich generell ungern mit Mario stritt, sondern noch genereller ungern überhaupt stritt.

Bei Mario lag die Sache etwas anders, sonst wäre er vermutlich auch kein Rechtsanwalt geworden.

»Ich hoffe halt nur, dass du dich nicht so sehr von deiner Feier ablenken lässt, da muss wirklich noch einiges vorbereitet werden.«

Mario hatte sich das Thema bis hierhin aufgespart, denn er wusste sehr wohl, dass sein Beharren zuletzt zu reichlich Stress zwischen den beiden geführt hatte. Aber auch Ian war sich dieses Umstands bewusst und wollte eine weitere Konfrontation vermeiden.

»Was gibt es denn da noch für wichtige Fragen? Ich dachte, das würde alles Frau Pullmann regeln.«

»Im Grunde schon. Aber ich hab nochmal mit ihrer Tochter Elisa telefoniert wegen der Blumen. Ich hab mich da ein bisschen schlaugemacht, was die Bedeutung von Narzissen angeht.«

»Die Bedeutung von Narzissen?«

»Ja, der Name bezieht sich ja auf die Geschichte des Jünglings Narziss. Ist so ein alter Grieche gewesen, der sich selbst so schön fand, dass er schließlich vor seinem Spiegelbild verhungert ist.«

»Ja, ja, ich bin mit der Geschichte vertraut«, antwortete Ian.

»Ich finde halt, dass das vielleicht ein falsches Zeichen aussendet. Nicht, dass deine Gäste dich nachher für selbstverliebt halten.«

»Na, das wollen wir doch auf jeden Fall vermeiden«, kommentierte Ian sarkastisch.

»Im Ernst, Ian. Das mag für dich nur am Rande relevant sein, aber manche Menschen legen da großen Wert drauf.«

»Ich merke das schon. Also, was schlägst du vor?«

Spätestens jetzt hatte die Erleichterung auch Mario erreicht. Damit, dass Ian ihm eine Frage zur Gestaltung der Party stellte, gab er ihm das Gefühl zurück, die Kontrolle zu haben. Sein Tonfall änderte sich sofort.

»Wie vorhin schon gesagt, ich halte Hyazinthen für eine bessere Wahl. Ich glaube, Frau Wenninger mag Hyanzinthen.«

»Hüahzinken?«, imitierte Ian seinen Tonfall, was ihm eine weitere hochgezogene Augenbraue einbrachte.

»Und was bedeuten die?«

Er versuchte, sein Interesse nicht allzu geheuchelt klingen zu lassen. Das wäre Mario allerdings eh nicht aufgefallen, denn er war wieder in seinem Element.

»Die heißen Hyazinthen und sind die Blumen des Sonnengottes Apollo. Das wird der Landtagsabgeordneten gefallen. Sie stehen für Frieden, Schönheit und Macht.«

»So wie ich«, sagte Ian grinsend.

»Ja. Genau wie du.«

***

Mitten am spannendsten Punkt des Gesprächs, als sie durchdiskutiert hatten, ob die Servietten farblich eher ergänzend oder kontrastierend zu den Hyazinthen gewählt werden sollten, und sich endlich zur Form der Aschenbecher auf den beiden Stehtischen auf der kleinen Terrasse des Saals widmen konnten, klingelte es an der Tür.

Ian war sofort aus dem Häuschen, allerdings nur innerlich. Äußerlich saß er weiterhin drinnen neben Mario und versuchte, cool zu bleiben. Zu diesem Zweck probierte er mimisch eine neue Mischung aus Ryan Gosling und James

Dean. Allerdings spielte, realistisch betrachtet, Ians Cool-
ness eher in einer Liga mit einer Porzellanschüssel voll lau-
warmem Birchermüsli.

»Das wird nochmal Luise sein«, sagte er und stand
langsam auf.

»Hm-hm«, bestätigte Mario.

»Versteck dich im Putzschrank!«

Einen Moment lang ließ er seinen Befehl im Raum stehen und genoss dabei Marios schockierten Gesichtsausdruck.

»Das war ein Witz«, erklärte er schließlich.

»Aha. Okay. Hast du nicht eben erst zugegeben, dass
ich bei uns beiden für die Witze zuständig bin?«

»Du hast wohl Angst vor meiner Konkurrenz!«

Mario lachte ein sehr knappes Lachen, das nicht einmal
für ein »Haha« reichte, sondern nach einer Silbe endete.

»Ha! Gut, okay. Der war jetzt ein bisschen lustig.«

»Ahnbarer Larry«, murmelte Ian und ging zur Tür.

»Was soll denn das überhaupt sein – ein ahnbarer Larry?«, rief Mario im hinterher.

Doch Ian ignorierte den Ruf und drückte mit dem Buzzer
die Tür auf. Er lauschte genau hin, aber diesmal waren es
nicht die schlurfenden Schritte, mit denen Luise vorhin die
Treppe hochgekommen war. Vielleicht war sie inzwischen
aber auch einfach nur fitter. Immerhin hatten sie viel Kaffee
getrunken. Wie ein Bogenschütze an der Scharte einer be-
lagerten Burg starrte Ian gespannt durch den Türspalt. Aber
am Horizont tauchten nicht die berittenen Ritter Barbarossas auf und auch nicht Luise, sondern seine Mutter.

Eine Ritterarmee hätte Ian aber tatsächlich nicht viel
mehr überrascht.

»Mutter?«, fragte er.

»Ja, das höre ich oft«, antwortete sie.

Mit einem letzten großen Schritt blieb sie vor der Wohnungstür stehen. In ihrer Hand hielt sie etwas, das in das Papier einer Konditorei eingewickelt war.

»Öffne dich, mein ganzes Herze.«

»Wie bitte?«

»Das ist ein Stück von Bach, mein Sohn. Und die Aufforderung, deiner Mutter die Tür aufzumachen und sie hereinzulassen.«

Ian öffnete die Tür. Während seine Mutter sich an ihm vorbeidrängte, schaute er noch einmal raus, um sich zu versichern, dass nicht doch Luise hinter ihr die Treppe hochkam. Mit einem Stirnrunzeln zog er schließlich die Scharte seiner Burg zu.

Die Truppen Barbarossas, die im nächsten Moment auf ihren edlen Rössern um die Ecke des Treppenhauses hochgeritten kamen, schauten enttäuscht auf die verschlossene Tür.

»Ich hab Bienenstich mitgebracht«, sagte drinnen seine Mutter zu Ian.

»Das ist aber eine schöne Überraschung.«

»Hör mal, auf den Arm nehmen kann ich mich selbst. Wir essen bei jedem unserer Treffen Bienenstich. Das ist so überraschend wie Schnee im Winter.«

Er verkniff sich einen Kommentar über den Klimawandel, zumal er gerade gestern erst einen Artikel darüber gelesen hatte, dass der Eindruck, es habe früher öfter »Weiße Weihnacht« gegeben als heute, schlicht falsch war. Weiße Weihnachten kommen heute genauso oft vor wie vor fünfzig Jahren.

Generell aber wusste Ian sehr gut zu vermeiden, in Gegenwart seiner Mutter das Wort »früher« in den Mund zu nehmen. Damit öffnete man nur die verbale Büchse der Pandora. Stattdessen trottete er seiner Mutter hinterher und wäre fast in ihren Rücken gelaufen, als sie abrupt innehielt.

»Ian, du hast mir ja gar nicht erzählt, dass du Besuch da hast!«

»Hallo, Frau Günter«, sagte Mario und erhob sich, um ihr die Hand zu schütteln.

Sie lächelte wohlwollend über sein gutes Benehmen.

»Hallo, Mario. Hätte ich gewusst, dass Sie da sind, hätte ich mehr Kuchen mitgebracht.«

Ihr vorwurfsvoller Blick in Richtung Ian ergab aus dessen Sicht überhaupt keinen Sinn, da sie ja nicht verabredet gewesen waren. Doch er blieb still und nickte nur. Hätte er jetzt etwas angemerkt, hätte das Gespräch aber schnell darauf hinauslaufen können, dass sie darauf bestand, in Zukunft sofort und in Echtzeit darüber informiert zu werden, wer ihn wann und weshalb besuchte.

Also verkniff sich Ian erneut jede weitere Bemerkung und machte sich daran, noch einmal Kaffee aufzusetzen.

»Kein Problem, Frau Günter. Ich muss sowieso los.«

»Das ist aber schade, Mario. Wir sehen uns so selten.«

Mario lächelte knapp und winkte Ian zu.

»Tschüss, Ian«, sagte er.

»Hau rein, du heftiger Dude«, sagte Ian, möglichst beiläufig.

Irgendwo weit, weit entfernt gaben sich Ryan Gosling und der Geist von James Dean ein High Five. Ians Kommentar verfehlte seine Wirkung nicht, Mario war schon wieder ganz durcheinander und verließ rätselnd und schulterzuckend die Szenerie.

Während kurz darauf die Tür ins Schloss fiel und Mario sich im Hausflur über die Hufspuren wunderte, machte sich drinnen Ians Mutter daran, den Bienenstich zu entwickeln. Parallel stellte Ian zwei Kuchenteller auf den Tisch und legte Gabeln und einen Tortenheber dazu.

»Kaffee ist auch sofort fertig«, erklärte er.

»Ist deine Kaffeemaschine kaputt?«, fragte seine Mutter und deutete auf die Espressokanne.

»Nein, nein. Ich wollte einfach mal was Neues ausprobieren.«

Seine Mutter nickte und schob den Tortenheber unter Ians Stück vom Kuchen.

»Die junge Dame scheint dir gut zu tun.«

Ian schüttelte den Kopf.

»Die Espressokanne hab ich mir ganz alleine gekauft. Das hat mit ihr nicht viel zu tun.«

Das stimmte zwar nur so halb, aber Ian wollte vermeiden, dass seine Mutter im Hinterkopf bereits anfing, den dann bald zu erwartenden Enkelkindern Namen zu geben. Zumal er mit seinem Namen bedient genug war. Wenn es nach seiner Mutter ginge, müsste er seine Kinder vermutlich Velix nennen oder Torothea oder Schlimmeres. »*Das sind meine Kinder, Yionas und Baula.*« Ian schüttelte sich. Die Stimme seiner Mutter zog den Winddrachen seiner Gedanken auf den Boden zurück.

»Ich meinte nicht die Espressokanne, ich meinte dein Lächeln und die rosigen Wangen.«

Sein Gesicht wurde tatsächlich etwas rosa und er überlegte schon, sich hinter seinem Stück Bienenstich zu verstecken. Doch das Zischen der Espressokanne rettete ihn.

»Das ging aber schnell«, kommentierte seine Mutter.

»Zeit ist eine Dimension der Wahrnehmung des Erlebten«, sagte Ian.

»Vielleicht solltest du doch noch an die Uni gehen. Aber vorher machst du mir lieber noch meinen Kaffee fertig. Oder kannst du das auch nicht?«

Ihren Running Gag überhörte Ian, denn er schweifte in Gedanken schon wieder ab.

Die Art, wie die Zeit verging, hatte Ian aber schon immer begeistert. Das war so genau messbar, statistisch so gut greifbar, aber dann doch in jedem Moment anders. Wenn er auf die U-Bahn wartete, zog sich die Zeit gleich geplatzten Kaugummiblasen in alle Richtungen und klebte in seinem Gesicht. Wenn er hingegen den Teppich vor seinem Büro ausbürstete, dann flog die Zeit nur so dahin, weil er so viel Freude bei der Arbeit hatte. Die herrlich duftenden Dämpfe des Reinigungsmittels taten ihr Übriges, um die Wahrnehmung zu katapultieren. Dazu kam, dass die Zeit mit fortschreitender Lebensdauer immer schneller zu verlaufen schien. Als Kind hatte Ian den Eindruck gehabt, dass sechs Wochen Sommerferien ein unendlich langer Zeitraum waren. Waren es heute noch sechs Wochen bis Weihnachten, musste er sich schon beeilen, um rechtzeitig alle Geschenke zu kriegen. Dabei kaufte er immer nur etwas für seine Mutter und Mario. Einmal hatte er Herrn Hagens auch ein kleines Geschenk besorgt, eine chinesische Winke-Katze. Doch bereits bei der Übergabe hatte Herr Hagens ihn abgeblockt und ihn aufgefordert, derlei liederliche Bestechungen zu unterlassen. In dieser Situation hatte die Zeit sogar kurz komplett stillgestanden und dann ordentlich gequietscht und geknarzt, als sie weiterlief.

Im Buch eines Zeitforschers hatte Ian gelesen, dass aufgrund dieser empfundenen Beschleunigung des Lebens ein Mensch im Alter von zehn Jahren bereits die Hälfte seiner gefühlten Lebenszeit hinter sich hat.

»Nein wirklich«, erklärte Ian seiner Mutter, »die Zeit vergeht schneller, wenn man sich angeregt unterhält oder konzentriert beschäftigt ist.«

»Und wenn man über 50 Jahre alt ist, dann ist alle drei Monate Weihnachten«, entgegnete sie lakonisch. »Insofern hoffe ich, dass ich den Kaffee noch vor der Bescherung kriege.«

Ian schüttelte den Kopf und eilte in die Küche. Währenddessen pumpte sie aus einer Dose Fertigsahne eine mehr als ordentliche Portion auf ihren Teller.

»Ich hatte eigentlich gehofft, dass ich diese Luise hier antreffe«, sagte seine Mutter mit vollem Mund, als er wieder an den Tisch kam.

Aus dem Umstand, dass er nicht sofort etwas antwortete, zog sie sofort Schlüsse.

»Ist etwas nicht in Ordnung?«

»Ach nein, ich weiß nicht«, entgegnete Ian.

Er wusste, dass es keine Chance gab, seiner Mutter nicht zu erzählen, was los war. Sie war Feuer und Flamme, was das Beziehungsleben ihres Sohnes anging, seit es ein solches gab.

»Luise hat sich gerade ein bisschen mit Mario gestritten.«

»Ich bring ihn um«, kommentierte seine Mutter leise, während sie sich das letzte Stück Bienenstich samt Sahne zwischen ihre dritten Zähne schaufelte.

»Sie war aber auch sauer, weil ich sie nicht auf meinen Geburtstag eingeladen habe.«

Sie sah ihn entgeistert an.

»Wie kommt man denn auf so eine bekloppte Idee? Sag mal, stand bei dir die Schaukel zu nah an der Hauswand?«

Sein Gesicht verzog sich in einer Mischung aus Scham und milder Verärgerung.

»Du weißt, wo unsere Schaukel stand. Auf dem Spielplatz im Park.«

»Na, genau. Und da würde ich gerne mal wieder hin. Aber ohne Enkel geht das nicht. Da sehe ich ja aus wie die kinderfressende Hexe Hildegard auf Futtersuche.«

Ian sparte sich weitere Kommentare. Da gab es in einer Diskussion mit seiner Mutter eh kein Land zu gewinnen. Im Gegenzug sah sie an seinem gequälten Gesicht, dass ihn die Sache echt wurmte. Er stocherte lustlos in seinem Bienenstich herum, als wolle er den Kuchen wieder zu Teig zurückmatschen.

Sie versuchte einen anderen Ansatz und sprach mit sanfter Stimme weiter.

»Aber komm, Ian. Dieses Problem zu lösen, ist ja nun wirklich kein Hexenwerk. Sprich einfach mit ihr und lade sie nachträglich ein.«

»Das ist nicht ganz so einfach.«

»Das ist nicht ganz so schwierig«, erwiderte sie sofort und mit Nachdruck.

Er seufzte und atmete dabei, ganz ohne es zu merken, das Staubkorn ein, dessen lange Reise durch das Zimmer damit sein Ende fand.

»Ich kann sie doch nicht einfach anrufen.«

»Du kannst sie doch ganz einfach anrufen.«

Es mochte sein, dass er einen Papagei in der Familie hatte. Aber in diesem Fall war der Vogel komplett umgekehrt gepolt. Statt weiter an den Wörtern und Sätzen zu drehen, bis ihm schwindelig wurde, beschloss Ian Günter, lieber dreimal zu klatschen und die Ruinen seines Bienenstiches zu verzehren. Er wagte es, still zu hoffen, dass Luise heute Abend trotz allem zum Date erscheinen würde.

12. Paradiesvogel im Sinkflug

Caro hatte die kleine Lautsprecherbox aus ihrer Handtasche in eine der Rillen des alten Holztisches gelegt und sie so zu einem Küchenradio umfunktioniert. Selbst in Zimmerlautstärke verfehlten die treibenden Beats von Modeselektor nicht ihre Wirkung, Caro wippte mit den Füßen, während sie Zwiebeln zu Würfeln hackte.

Luise hatte ihr erklärt, dass man dabei nur durch den Mund atmen sollte, um zu vermeiden, dass der Zwiebelduft in die Nase stieg und die Augen den Tränenreflex auslösten. Den Tipp hatte sie aus dem Internet. Und es schien tatsächlich zu funktionieren.

Caros Vater hatte ihr immer gesagt, man solle einfach beim Bearbeiten einer Zwiebel einen Schluck Wasser im Mund haben, damit die Augen nicht tränen. Erfahrungsgemäß half aber ein Schluck Wasser im Mund nicht nur überhaupt nicht gegen Tränen, sondern fördert vor allem auch den Reflex, zu lachen. Da musste nicht mal jemand einen Witz erzählen, damit man losprustete.

Dann saß man da, mit Tränen in den Augen, den unfreiwillig schwimmenden Zwiebelstücken vor sich auf dem Brettchen und lachte sich grundlos kaputt.

Heute war sie davor allerdings doppelt gesichert, denn es fehlte nicht nur der Schluck Wasser im Mund. Auch die traurigen Augen von Luise, die seit zehn Minuten schweigend auf ihrem Küchensofa hing wie ein hingeworfenes Kirschkernkissen, verboten jeden Anflug von Heiterkeit im Voraus.

Caro traute sich nicht, zu fragen, ob noch etwas passiert sei, weil ihr schlechtes Gewissen wegen des verlorenen Handys im Zugdepot zu sehr drückte. Natürlich musste sie befürchten, dass dies als Grund für die schlechte Laune Luises auch schon ausreichend war, auch wenn die Stimmung noch deutlicher schlechter schien als zuvor.

Also hackte Caro weiter, schwieg und wippte und wartete, bis Luise das Gespräch begann.

»Und? Klappt?«

»Ja, Mann, ich muss null heulen.«

»Wofür zum Fick sind denn die ganzen Zwiebeln?«

»Ich koche eine Zwiebelsuppe«, antwortete Caro.

Ein Lächeln huschte dabei über ihre Lippen. Wenn Luise so ordinär redete, konnte es ihr nicht ganz schlecht gehen. Es war zwar keine feststehende Formel, die Traurigkeit in Korrelation mit der deutschen Sprache setzte, aber solange der Fluchtreflex weg vom Beamtendeutsch noch funktionierte, war innerlich noch ein Rest Hoffnung vorhanden. Und immer, wenn Caro mal wegen eines abgelaufenen Reisepasses oder einer Ummeldung ins Bürgeramt musste, schien sich dieser Verdacht zu bestätigen. Da saßen die Leute aufgereiht in einer Haltung, die nahelegte, dass der Stock in ihrem Arsch ein Besenstiel war, und füllten Formulare aus mit einer Leidenschaft und Glut im Herzen, die an ein Pfund Sand erinnerte.

Die einzigen Farbtupfer in ihrem Leben schienen stets die Kaffeetassen mit lustigen Sprüchen oder gar Comic-figuren darauf zu sein. Bei den ganz Ausgeflippten hing auch schon mal eine Postkarte in Signalfarben an der Pinn-wand, auf der ein Witz über die Qualitäten eines Wochen-tages und der zugehörigen Kaffeemenge gemacht wurde.

Ob ihre Einschätzung so richtig war, konnte Caro nicht sagen. Aber eine Sache war sicher: Dort wurde immer lu-penreines Hochdeutsch gesprochen und Ernsthaftigkeit war so selbstverständlich wie Atmung.

Da war es doch beruhigend, wenn Luise trotz Atmung und Ernsthaftigkeit nochmal ein Wort einstreute, das aus den wohlfrisierten Zahnradmenschen niemals gekommen wäre.

»Seit wann kochst du denn?«, fragte Luise.

»Seit einer halben Stunde.«

»Sehr witzig, Kollege.«

»Kochen macht Bock, könntest du auch mal versuchen, Alter.«

»Leider gerade überhaupt keine ...«

Luise tippte auf eine imaginäre Armbanduhr.

»... Lust.«

Sie grinste und Caro nahm das als endgültiges Zeichen, dass das Gespräch nun weit genug gelaufen war, dass sie ihre Frage stellen konnte.

»Sag mal, ist was passiert?«

Luises Lächeln fiel aus ihrem Gesicht und brach mit ei-nem leisen Klimpern am Küchenboden entzwei. Sie muss-te es erst wieder einsammeln und tief einatmen, bevor sie antworten konnte.

»Ach, im Moment geht alles den Bach runter. Du hast auch noch nix Neues gehört von meinem Handy, oder?«

»Artur und Jerry haben sich gestern gemeldet. Sie meinten, es wäre besser, wenn wir Funkstille halten, solange das noch offen ist. Ist wahrscheinlich klüger, zumal Jerry ja noch auf Bewährung draußen ist, wegen dem Frosch und dem Kiosk.«

»Ja, ist wahrscheinlich besser.«

»Aber sonst gibt es nichts Neues. Eigentlich ein gutes Zeichen, glaube ich.«

Das Lächeln, das Caro an dieser Stelle versuchte, hing wie eine Fahne bei Windstille am Mast, denn so ganz überzeugt von ihrer Aussage war sie selbst nicht. Ein paar Tränen stiegen ihr in die Augen. Sie hatte beim Reden vergessen, sich darauf zu konzentrieren, durch den Mund zu atmen, und der Haufen roher Zwiebelstücke vor ihr auf dem Brettchen tat sein Werk.

»Na, dann hör doch wenigstens du auf, zu heulen«, kommentierte Luise.

»Das sind die Zwiebeln«, grinste Caro, während ihr die Tränen durchs Gesicht liefen.

»Ich werde sie jetzt zur Strafe kochen.«

Sie stand auf und kippte die Stückchen in einen großen Topf auf dem Herd rechts neben ihr. Mit dem Messer schob sie die letzten Reste nach und klopfte dieses dann am Rand ab. Luise sah ihr zu, wie sie sich ein Stück von der Küchenrolle abriss und sich damit die Tränen aus dem Gesicht wischte.

»Besser?«, fragte Caro.

Mit einem professionellen Blick musterte Luise sie.

»Ich weiß nicht, heulend hast du mir irgendwie auch gut gefallen.«

Sie richtete sich ein wenig auf, während Caros nächster Versuch, zu lächeln, schon ein bisschen besser verlief. In Luises Spruch steckte schon ein Fünkchen Wahrheit. Nicht weil sie wollte, dass Caro litt, sondern weil sie es überhaupt nicht ausstehen konnte, wenn sich jemand verstellte.

All die Millionen falscher Zähne, die beim falschen Lächeln am anderen Ende der Selfiestange hingen, all diese bei Instagram gefilterten und durch Photoshop gebügelten, faltenfrei gelogenen Happyfaces, all diese Selbstverleugnung beim Heischen nach virtueller oder realer Zuneigung, nach einem Like oder einem Lächeln, nervten Luise zutiefst. Am schlimmsten war es auf den großflächigen Werbeplakaten überall in der Stadt, die zurechtmontierte Frauen in halbnackten Posen und mit übermenschlich glänzender Haut, unnatürlich leuchtenden Augen und einem computergenerierten Schmollmundschmunzeln feilboten. Kein Wunder, dass im Schatten dieser Plakate eine jede und ein jeder an seinem Selbstbild zweifelte – oder dazu überging, sich ebenfalls digital zu überarbeiten. Mit dem Nebeneffekt, dass sich die Menschen dann nicht mehr auf die Straße trauen konnten, da man ja sonst bemerkt hätte, dass sie ihrem online dargebotenen Bild nicht im Geringsten entsprachen. Und wenn das Bedürfnis nach menschlicher Nähe sie dann doch einmal raustrieb, stürzten sie wie Lemminge von der Tinderklippe.

Nein, Luise freute sich mehr über eine ehrliche Träne, eine Portion echter Wut oder einen realen Ekel als über zehn Fake-Lächeln und tausend Likes.

Sollte Caro ruhig weinen. Im Gegenzug wollte auch Luise ehrlich mit Caro sein.

»Ich hab mich mit Ian gestritten«, gab sie schließlich zu.

Sie war sich gar nicht sicher, warum sich das überhaupt wie ein Geständnis anfühlte, denn sie hatte Caro gegenüber ja gar nichts falsch gemacht. Aber sie wusste auch, dass Caro nicht die erste Vorsitzende des Ian-Günter-Fanclubs war.

Caro verkniff sich eine Bemerkung darüber, dass sie dann wohl bald die Besitzerin des Kate-Moss-Pullovers sein würde.

»Was ist passiert?«, fragte sie stattdessen.

»Er hat mir nicht erzählt, dass er übermorgen Geburtstag hat.«

»Wird er hundert?«

»Das ist kein Witz, Caro.«

»Sorry.«

»Ich meine, ich hab gedacht, dass wir uns wirklich gut verstehen und so. Also warum lädt er mich nicht zu seinem Geburtstag ein?«

»Vielleicht bist du zu cool.«

Luise sah Caro strafend an und diese nahm sich beiläufig eine Knoblauchzehe aus dem Gemüsekorb auf der Arbeitsfläche. Erst, als sie sich wieder an den zerfurchten Tisch setzte, antwortete sie.

»Ich meine das im Ernst. Das wird vielleicht eher so eine spießige Nummer und er hat vielleicht Sorge, dass du da nicht so richtig reinpasst. Machen wir uns nichts vor.«

Sie zeigte mit der flachen Hand an Luise rauf und runter.

»Was ist denn an mir falsch?«

»Gar nichts ist an dir falsch. Grüne Jeans, Sweater mit Kate Moss, Holzarmreifen, Piercing inner Nase, Dutt auffem Kopp, zerlatschte Sneaker und ein Gesicht wie eine leicht angetrunkene Göttin. Ich liebe dich, wie du bist.«

»Aber?«

»Aber du trägst halt keinen Anzug und kein Abend-kleid.«

»Das ist doch auch keine Beerdigung, sondern ein Ge-burtstag.«

Caro lächelte.

»Hör mal, ich dachte, du bist hier die Spießerflüsterin. Du weißt doch, dass so ein Geburtstag nicht automatisch bedeutet, dass man druff wie hulle und nackt wie Larry im Berghain raven geht.«

Caro begann, die Knoblauchzehen zu schälen und mit viel Fingerspitzengefühl in winzige Würfelchen zu schneiden.

»Schade eigentlich«, sagte Luise. »Aber ja, du hast schon Recht. Die gehen nicht ins Berghain, sondern sind im Alten Rathaus. More boring wird's nicht.«

»Die wissen ja nicht, was sie verpassen«, antwortete Caro.

»Das ist ja genau der Punkt. Ian weiß eigenlicht schon sehr genau, was er verpasst. Mich nämlich.«

Caro ließ das Messer los und sprang für eine theatrali-sche Verkündung auf.

»Darauf einen Dujardin.«

Aus dem Eisfach im Kühlschrank holte sie eine Halbli-terflasche Jägermeister. Luise war ebenfalls aufgestanden und knallte zwei Pinnchen aus der Anrichte auf den Tisch. Mit schnellem Schwung goss Caro ein.

»Der Tisch hat auch immer Durst«, kommentierte sie, als dabei einiges daneben ging.

»Ist auch gut für das Holz.«

Luise griff sich ein Pinnchen, Caro streckte ihres dem Himmel entgegen wie eine aztekische Priesterin, die auf der Spitze einer Pyramide eine Opfergabe an die Götter hinaufreichte.

»Auf die weltbeste Luise. Wer sie verpasst, hat was verpasst«, rief sie dabei.

Sie stürzten den Jägermeister auf ex in den Hals, wo er wie ein halbgefrorener Gebirgsbach hinabfloss. Luise konnte die Kälte bis runter in den Magen spüren. Mit einem lauten Klacken landete ihr Glas wieder auf dem Tisch und mit einem leisen Plumpsen landete sie wieder auf dem Sofa.

»Perfekt.«

***

Die Suppe köchelte auf dem Herd und verbreitete einen intensiven Geruch. Auch die Musik war inzwischen etwas lauter, Caro hatte Stephan Bodzin aufgelegt und das pumpende Vierviertel schob ihre Gedanken vor sich her. Das war vermutlich auch einer der Gründe, warum die Jägermeisterflasche inzwischen leer auf dem Tisch neben der Box stand.

Caro hatte sich ihre Fensterglasbrille falschherum aufgesetzt, als habe sie eine kurzsichtige Stirn und tanzte vor dem Herd umher. Im Gegensatz wirkte Luises rhythmisches Kopfnicken fast schon wie ein Stillstand. Kurz zuvor war sie allerdings noch auf dem Sofa herumgesprungen und hatte angekündigt, das Sitzmöbelstück »kaputtzugabbern«.

»Was soll das denn sein?«, hatte Caro gefragt.

»Das weiß man immer erst, wenn etwas kaputtgegabbert ist.«

So weit war es allerdings nicht gekommen, nach ein paar Mal Hüpfen war Luise erschöpft auf das Sofa gesunken. Und seitdem nickte sie dort vor sich hin, als habe sie einen bejahenden Wackeldackel irgendwo in ihrer Ahnenreihe.

»Ich weiß nicht«, sagte sie plötzlich, »ich hab irgendwie Schiss.«

»Weil du nicht tanzt«, entgegnete Caro, ohne innezuhalten.

»Sehr witzig.«

Ihr leicht angesäuerter Tonfall brachte Caro zum Stillstand. Sie drückte an der Seite ihrer Box die Musik etwas leiser und sah Luise mit glasigen Augen an.

»Was denn, Luigi?«

»Ach, die Sache mit dem Telefon ...«

»Vergiss das Scheißhandy, Alter«, unterbrach sie Caro.

»Bei dem Teil war der Akku längst leer, als die das gefunden haben. Und die Karte war irgendso'n Prepaid-Schnickschnack, das können die niemals nachverfolgen.«

Luise bohrte sie mit Blicken an, während sich auf ihrer Stirn eine maßstabsgetreue Nachbildung des Grand Canyons bildete.

»Laber nicht.«

»Ich laber nicht«, antwortete Caro trocken. »Ich schwör. Können wir jetzt tanzen?«

»Hm.«

Luise starrte auf die leere Flasche Jägermeister.

»Ach, komm schon. Lass uns doch einfach einen Teller frischer Zwiebelsuppe snacken und dann ins Lexy fahren, da legt heute Kalkbrenner auf.«

»Paul?«

»Fritz!«

»Scheiß auf Fritz!«

»Ja, meinetwegen, scheiß auf ihn. Lass uns hinfahren und ihm ordentlich auf den Kopf kacken.«

Luise konnte sich ein Grinsen nicht verkneifen.

»Wie dem Maulwurf?«, fragte sie.

»Du hast einem Maulwurf auf den Kopf gekackt?«, fragte Caro zurück.

»Nein, Kollege, das ist ein Kinder...«

Mit der flachen Hand schlug Caro auf den Tisch.

»Ich weiß, dass das ein Kinderbuch ist.«

Sie streckte Luise die Zunge raus, als wäre sie Einstein auf Pille.

»Komm schon, Alter, lass uns losziehen. Rock 'n' Roll, dies das, Aderlass!«

Luise hob endlich den Blick und sah Caro gerade in die Augen.

»Ich möchte mich lieber mit Ian treffen«, sagte sie.

Die Wörter waren leise gesprochen, aber schlugen ein wie ein gusseiserner Streithammer auf einen Gong.

Plötzlich war es totenstill im Raum. Luise wusste, dass sie soeben einen unwiderruflichen Schalter umgelegt hatte. Die Wände klappten nach außen und dahinter lag eine leere, weiße Eben, die sich bis zum Horizont zog. Vom Wegfall der Wände zunächst beeindruckt, blieb die Decke der Küche weiterhin über ihnen in der Luft hängen. Doch sie hing dort wie eine unausgesprochene Drohung.

»Nicht im Ernst, oder?«, fragte Caro.

Sie spürte, wie ihr die Wut hinter die Gesichtshaut schoss und durch ihre Poren Luise entgegenschreien wollte. Ihre Haare wollten Feuer werden.

»Ich muss das irgendwie wenigstens klären«, erklärte Luise mit Löschwasserlächeln. »Für mich.«

»Was gibt es denn da noch zu klären? Du bist du und er ist scheiße! End of story!«

»Aber ...«

»Aber er hat dich nicht mal zu seinem Geburtstag eingeladen. Hör mal, Luigi, ich merke ja, dass du ihn magst. Keine Ahnung, warum, aber wir haben alle unsere seltsamen Fetische. Aber der Typ mag dich einfach nicht zurück. Das kann ja auch gar nicht klappen. Er hat einen Aktenkoffer und du hast ein Beutelchen mit MDMA.«

Luise wusste nicht recht, was sie sagen sollte.

»Du machst dich nur kaputt«, fügte Caro hinzu.

Sie legte den Finger auf die Box, um die Musik wieder hochzudrehen. Schon bevor es so weit war, wippte ihr Kopf weiter im Takt.

»Warte.«

»Was denn?«, zischte Caro.

Sie war ein Dampfdrucktopf mit Hass statt Zwiebelsuppe. Und sie war kurz vor einer gewaltigen Explosion. Luise stand langsam auf und verließ den Raum. Caro konnte ihr nicht mal hinterhergucken, so sehr rauschte ihr der Schädel vor Emotionen und Gedanken. In der Türschwelle blieb Luise noch einmal stehen.

»Ich muss da einfach hin.«

»Fick dich«, antwortete Caro leise, weiterhin ohne in ihre Richtung zu schauen. Aber das sah und hörte Luise schon nicht mehr, denn sie hatte den Raum verlassen.

Tränen schossen in Caros Augen, wie verspätete Vorboten der Zwiebelsuppe.

Dann, ganz tonlos, fiel ihr die Decke auf den Kopf.

13. Date mit Gerät

Fee strich sich durch den Bart und betrachtete dabei sein verzerrtes Spiegelbild in der kurvigen Chrom-Oberfläche der Espressomaschine auf der Theke vor ihm. Er war im klassischen Sinne kein schöner Mann, aber in der Reflektion hatte er immerhin ein Gesicht, dessen obere Hälfte nach links etwa doppelt so breit war. Das, so befand er, konnte zumindest als originelles Alleinstellungsmerkmal durchgehen. Ein letztes Mal ging er mit dem feuchten Lappen über das Metall, um den Glanz zu perfektionieren. Denn, so war er sich absolut sicher, nur eine strahlende Espressomaschine fühlte sich wohl genug, um den ganzen Tag mit Wasser und Bohnen gefüttert zu werden und auf der anderen Seite besten Kaffee auszuscheiden.

Vor dem Laden stand wie immer der Kundenstopper, den er am Wochenende bis 22 Uhr auf dem Gehweg stehenließ. Heute war darauf zu lesen: »Starlight Espresso – Macht Dampf wie eine Lok!«

Nicht sein stärkster Spruch, dachte Fee, aber dafür glänzte die Kaffeemaschine heute besonders schön.

Ab 18 Uhr gab es in »Fees Café« immer ein kleines Abendessen á la carte. Wobei »á la carte« jetzt vielleicht ein bisschen viel gesagt ist, denn auf der Karte stand immer nur ein einziges Gericht, das Fee in der winzigen Küche auf Zuruf schnell aufwärmen konnte. Im Gegensatz zum Kaffee war das Essen nie besonders gut, aber dafür zum Ausgleich sehr teuer.

Ian las den laminierten DIN-A-4-Zettel, auf dem in der Mitte in kleinen Lettern das Wort »Chilli con Carne« stand, jetzt zum zehnten Mal. 11 Euro schien ihm immer noch ein ziemlich hoher Preis, solange nicht davon auszugehen war, dass statt Hackfleisch Goldnuggets verwendet wurden. Immerhin war der Koch eine Fee, da konnte man nie so genau wissen.

Wie viele Deutsche an Feen glauben, wusste Ian nicht. Aber einer der interessantesten Statistiken, die er in den letzten Monaten gefunden hatte, hatte er kürzlich entnommen, dass 43 Prozent der Deutschen daran glauben, dass ein vierblättriges Kleeblatt Glück bringt. Immerhin jeder Zehnte glaubte, dass Schwalbennester Glück bringen, und erstaunliche zwei Prozent der Deutschen geben an, daran zu glauben, dass es Glück brächte, einen Buckel zu berühren. Davon hatte Ian vorher noch nicht einmal gehört. In einem Artikel, den er daraufhin rausgesucht hatte, war zu lesen, dass es schon in der Antike weit verbreitet war, dass sich Herrscher einen Buckligen am Hof hielten, da man diesen nachsagte, sie könnten böse Geister vertreiben. Als er das gelesen hatte, war er davon so überrascht, dass er seiner Mutter beim Kuchenessen davon erzählte. Ian konnte einfach nicht glauben, dass die Leute so etwas glaubten. Seine Mutter hatte geantwortet, er solle den Ball flach halten, immerhin glaube er fest an Statistiken. Es war ihm müßig vorgekommen, mit ihr darüber zu streiten, also hatte er nur genickt und unzufrieden gebrummt. Ungefähr so, wie er jetzt auch brummte.

Ein Blick auf seine Uhr verriet Ian, dass es 20:14 Uhr war. Fast eine Viertelstunde nach der verabredeten Zeit.

Meistens ging Ian nicht auswärts essen, auch wenn das etwa 52 Prozent der Deutschen gelegentlich taten und jeder Zehnte sogar regelmäßig. Das war bei ihm weniger eine Geldfrage als vielmehr der Umstand, dass er es komisch fand, in einem Restaurant alleine zu essen. Zuhause hingegen erschien ihm das ein ganz natürlicher Vorgang. Außer beim Kuchenessen, denn Ian hätte niemals einen Bienenstich verzehrt, ohne seine Mutter in der Nähe zu wissen.

Zu den Dingen, die Ian mochte, zählten: Statistik, seine Mutter, Luise und die von ihm gefühlte Ordnung der Dinge.

»Darf es etwas sein?«, fragte Fee.

Ian zuckte zusammen, als er aus seinen Gedanken gerissen wurde.

»Äh, Entschuldigung.«

»Schon in Ordnung«, antwortete Fee und lächelte.

Ian sah auf seine Uhr. 20:14 Uhr.

Als Nächstes ging sein Blick zur alten Holztür mit der eingelassenen Glasscheibe. Dann fiel sein Blick wieder auf die Uhr. Immer noch 20:14 Uhr.

Vielleicht war die Zeit ja stehengeblieben, dachte er. Und fragte sich sofort danach zwei Dinge gleichzeitig: Würde Luise überhaupt noch kommen und hatte er überhaupt Geld mitgenommen, um das Essen hier zu bezahlen?

Ein Griff in die Innentasche des Jacketts beantwortete zumindest eine der beiden Fragen. Das weiche, glatte Papier der Geldscheine zwischen Zeigefinger und Daumen beruhigte Ian ein bisschen. Er würde also zumindest nicht verhungern, während er sich totwartete.

»So ein Unsinn«, tadelte er sich leise selbst für seine Ungeduld.

»Vielleicht sollte ich Luise einfach mal anrufen.«

Bevor er das Smartphone aus der anderen Innentasche holte, sah er noch einmal kurz auf seine Armbanduhr.

Überraschenderweise zeigte sie 20:13 Uhr an.

Wenn die Zeit nun also rückwärts lief, dann hatte Luise vielleicht doch noch Chancen, pünktlich zu erscheinen. Oder war die Uhr etwa doch kaputt? Sie war doch neulich in der U-Bahn schon einmal so seltsam stehengeblieben. Ian wollte sich ablenken und sah zurück auf die Karte mit dem einen Gericht.

Eine Weile lang grübelte er, ob Chilli con Carne nur aus Zufall die gleichen Anfangsbuchstaben hatte wie der Chaos Computer Club und kam zu dem Schluss: Ja. Als er wieder zur Tür sah, fiel ihm auf, dass Fee die ganze Zeit neben ihm stehengeblieben war und ihn freundlich anlächelte.

»Kann ich Ihnen helfen?«, fragte Ian höflich.

»Nein, nein! Die Frage ist, ob ich Ihnen helfen kann!«, fragte Fee noch höflicher zurück.

»Ach.«

»Ich meine, ich will Sie ja nicht stressen, aber Sie sitzen ja hier in meinem Café«, erklärte Fee.

»Da ist viel Wahres dran«, nickte Ian.

»Dann hätte ich gerne erstmal ein Glas Apfelschorle.«

»Rock 'n' Roll!«, kommentierte Fee leise.

»Wie bitte?«

»Kommt sofort«, sagte Fee deutlich und drehte sich

Richtung Bar um. Ian sah ihm einen Moment lang nach, bevor er wieder auf seine Uhr guckte. 20:12 Uhr. Die Zeit lief also nun wohl endgültig rückwärts. An der Bar sprang gerade ein halber Liter Apfelschorle aus dem Glas in die Flasche zurück, die Fee schräg darüber hielt. Ian schüttelte den Kopf. Beim zweiten Hinsehen stellte sich das als optische Täuschung heraus, denn inzwischen war das Glas voll und Fee stellte die Flasche zurück in den Kühlschrank unter der Theke. Da hatte Ian sich wohl den Verlauf der Zeit von seiner Uhr diktieren lassen.

Auch wenn er sich inzwischen ernsthaft Sorgen machte, ob Luise noch erscheinen würde, sein Kopf war offensichtlich bereit, im Zweifelsfall als Alleinunterhalter zu funktionieren und ihn ohne Langeweile durch den Abend zu bringen.

***

Das Glas mit der Apfelschorle war bis auf einen Anstandsrest geleert, als die Holztür aufschwang und Luise mit hechelndem Atem hineingestürmt kam. Hektisch sah sie sich im Raum um. Ihr Schal hing an einer Seite bis zu den Knien und auch ihr Dutt neigte sich etwas windschief nach links.

Ihre Züge lockerten sich und ein Lächeln trabte unkontrollierte hindurch, als sie Ian an seinem Tisch entdeckte. Sie eilte zu ihm herüber und nickte auf dem Weg Fee kurz zu, der ihren Gruß lässig lächelnd erwiderte.

»Sorry, dass ich zu spät bin«, sagte Luise.

Ian hielt ihre seine Armbanduhr hin. 20:02 Uhr zeigte diese an.

»Ach, die zwei Minuten«, winkte Ian ab.

Verwundert sah Luise auf seinen Arm und dann zu ihm hoch. Einen Moment erwog sie, etwas zu entgegnen, aber dann zuckte sie nur die Schultern. Wer war sie schon, den Lauf der Zeit in Frage zu stellen?

»Danke jedenfalls, dass du auf mich gewartet hat«, sagte sie und deutete auf sein fast leeres Glas. Ian nickte und versuchte, aus ihrem Gesicht zu erkennen, wie ihre Laune momentan war. Aber in dieser Übung war er noch nie gut gewesen. Fee schwebte heran auf einer kleinen rosafarbenen Wolke.

»Luise, meine Liebe!«

Die Angesprochene stand auf und umarmte Fee innig. Auf jeden Fall inniger, als ihre Begrüßung für Ian ausgefallen war, wie er bemerkte.

»Kann ich euch beiden Hübschen etwas zu knabbern bringen?«

»Zweimal das Tagesessen und zwei Ouzo, bitte.«

Sie ließ den zweiten Teil der Bestellung bemüht beiläufig fallen, um ihren Plan nicht zu offenbaren, ihre Jägermeisterfahne hinter einer Ouzofahne zu verstecken.

Ian schien nichts zu bemerken, er nickte nur knapp und versuchte sich an einem Lächeln. Auch in dieser Übung war er noch nie besonders gut gewesen. Manchmal wirkte er auf Luise, als habe er sein Gesicht letzte Woche bei einer Tombola gewonnen und sei noch dabei, alle Funktionen durchzuprobieren.

»Jawohl«, bestätigte Fee ihre Bestellung.

»Besser zwei Ouzo als zehn Jägermeister, sage ich immer«, zwinkerte er Luise zu.

Für den Bruchteil einer Sekunde riss sie die Augen auf, aber fasste sich sofort wieder.

Fee war ja viel näher an ihrem Gesicht gewesen. Ian konnte noch nichts bemerkt haben. Ohnehin war sie, nachdem sie von Caros Wohnung regelrecht hierher*gerannt* war, wieder komplett nüchtern.

Als Fee kehrtmachte und auf die Küche zusteuerte, wandte sich Ian an Luise.

»Ich wollte heute eigenlicht nichts trinken.«

Im letzten Moment konnte er sich bremsen, den Grund dafür laut zu sagen, denn es ging natürlich darum, dass er so kurz vor seiner Geburtstagsfeier nicht abstürzen wollte. Und er hatte gelesen, dass ab dreißig ein ordentlicher Kater nach dem Trinken schon mal über zwei Tage dauern könnte. Womöglich galt das ja auch schon für die zwei Tage, die in den 30. Geburtstag hineinliefen.

»Du hast ›eigenlicht‹ gesagt«, bemerkte Luise.

»Ja, sorry, das passiert mir manchmal.«

»Mir auch!«, rief Luise aus.

Ian sah sie ungläubig an. Auf den Gedanken, er könnte nicht der Einzige sein, der diesen blöden Versprecher machte, war er noch nie gekommen. Vielleicht gab es Dutzende, Hunderte Menschen, denen es auch so ging. Ob es irgendwo eine Selbsthilfegruppe gab oder gar eine Fachtagung in einem Messehotel? Warum eigenlicht nicht?

»Ich hab neulich herausgefunden«, fuhr Luise fort, »dass das tatsächlich auch etwas heißt. Eigenlicht ist es, wenn das Auge etwas sieht, ohne dass ein optischer Reiz ausgeübt worden wäre.«

»Das kann zum Beispiel durch chemische Reize oder Druck hervorgerufen werden«, ergänzte Ian.

»Genau wie die gute Laune bei der tanzenden Menge in einem Club.«

»Wie bitte?«, fragte Ian.

»Klar, Kollege, die wird auch durch Bassdruck hervorgerufen – oder eben durch chemische Reize.«

Dass das Lächeln, das sie darauf folgen ließ, etwas Gutes bedeutete, war selbst Ian klar. Im selben Moment wurde ihm bewusst, dass allein ihre Anwesenheit ein Grund war, davon auszugehen, dass sie nicht mehr komplett sauer auf ihn war.

Klack, klack. Wie das Einrasten einer Achterbahn auf dem Weg nach oben klackerte es kurz, als die beiden Ouzo-Gläser auf den Tisch trafen.

»Suppe kommt auch gleich«, sagte Fee, der schon wieder auf dem Rückweg zur Küche war. Ian sah ihm einen Moment lang nach, bevor er wieder auf seine Uhr guckte. Er grinste und deutete Luise an, einen Blick darauf zu werfen. 19:54 Uhr.

»Du bist überpünktlich«, sagte er.

»Ne, is klar, Kollege.«

Eine Weile lang sahen sie sich in die Augen und lächelten sich in den Mund. Ian hätte sich den Moment gerne in etwas Frischhaltefolie gewickelt und zu Hause in den Vorratsschrank neben das Glas mit dem Café-Geruch gelegt.

»Tut mir leid«, sagte er schließlich und der Ernst floss zurück in seine Züge. »Mario kann echt ein Arsch sein.«

»Vielleicht hätte er doch Arsch-Arzt werden sollen«, kommentierte Luise.

Sein Mundwinkel zuckte, aber er musste noch einen Moment bei der Sache bleiben.

»Und ich kann auch ein Arsch sein«, fügte er hinzu.

»Weißt du, was dich von einem Arsch unterscheidet?«, fragte Luise nach einem Moment.

Ian schüttelte den Kopf.

»Du machst zwar auch manchmal Scheiße, aber eben nicht nur.«

Sie hob ihr Glas mit dem Ouzo hoch.

»Darauf stoßen wir an«, proklamierte sie.

Ian ließ sich nicht zweimal bitten. Der Schnaps floss langsam seinen Rachen hinab, als sei er eine Expedition auf der Suche nach seiner Mitte. Er spürte dem Schluck nach, bis er in seinem Magen angekommen war und dort begann, sein unheiliges Werk zu verrichten.

»Hör mal«, sagte Ian und griff nach ihrer Hand.

»Was denn?«

»Natürlich kannst du zu meinem Geburtstag kommen.«

»Oh, wie großzügig.«

»Nein, ich meine, ich lade dich hiermit herzlich ein. Ich würde mich sehr freuen, wenn du kommst.«

Luise verengte ihre Augen zu schmalen Schlitzen.

»Wie sehr?«, fragte sie.

»Wie ein ahnbarer Larry.«

Mit einer kreisenden Handbewegung deutete Luise ihm an, weiterzusprechen.

»Ich würde mich freuen wie ein Schnitzel auf die Panierung. Wie ein hungriger Biber auf den Wald. Wie das Meer auf den Mond.«

Luise schüttelte den Kopf.

»Nette Ansätze, aber ein Endboss bist du immer noch nicht.«

»Kommst du bitte trotzdem auf meinen Geburtstag?«

»Was ist denn der Dresscode?«

»Du dürftest auch in einem Kartoffelsack kommen und wärst die schönste Frau am Platz.«

»Oh, vielen Dank, Herr Günter. Sehr charmant.«

Erst eine stille Minute später fiel Ian auf, dass sie noch gar nicht auf seine Frage geantwortet hatte. Da stand Fee auch schon am Tisch und tauschte die leeren Ouzo-Gläser gegen zwei volle Teller mit Chili con Carne.

»Guten Appetit, ihr Lovebirds«, sagte er und schwebte wieder hinfort. Wie ein Komet zog er einen kleinen Schweif hinter sich her, jedoch bestand seiner nicht aus Eiskristallen, die von Sonnenwinden in die Leere des Alls gefegt wurden, sondern aus einem kleinen Regenbogen mit Glitzer.

Luise griff schon nach dem Löffel, als Ian nochmal das Wort ergriff.

»Sag schon, kommst du jetzt zu meinem Geburtstag?«

»Aber klar«, antwortete sie und zwinkerte ihn an. »Ich muss nur noch meinen Kartoffelsack aus der Reinigung holen.«

14. Gatecrash

Der Saal im Alten Rathaus war gefüllt mit entspannter Soul-Musik, sanftem Geplätscher und einem sehr hintergründigen Geruch nach einem Putzmittel mit Zitronenaroma auf alter Wand und altem Boden.

Von den Stehtischen aus strahlten die Hyazinthen stolz in den Raum, als wüssten sie, dass man mit ihnen jeden Buchstabierwettbewerb gewinnen konnte. Ihre besonders satten Farben kamen von der regenreichen Saison in den spanischen Ebenen, hatte ihnen Elisa Pullmann, genannt »die Floristin«, beim Einrichten des Raumes berichtet und dabei nicht weniger stolz gewirkt als die Blume selbst.

Ian sah sich langsam um. Die ersten Minuten seiner Party schienen perfekt zu laufen und ein Teil von ihm gab sich der Hoffnung anheim, dass es so weitergehen könnte. Die ersten Gäste waren eingetroffen und hielten sich farblich eher zurück, Schwarz- und Grautöne dominierten die Abendgarderobe. Auch Ian trug zur Feier des Tages mal einen schwarzen Anzug, ganz ohne Nadelstreifen. Die dunkelrote Krawatte, die mit einigen dezenten Spektralmustern einen Akzent setzte, war die Idee seiner Mutter gewesen.

Zuerst war Ian nicht besonders begeistert von der Idee gewesen, aber dann dachte er, dass die Farbe seiner Krawatte vermutlich sein kleinstes Problem werden würde.

Er hatte sich nämlich noch nicht durchringen können, Mario davon zu berichten, dass er Luise doch eingeladen hatte. Der würde das allerdings natürlich spätestens bei ihrer Ankunft mitkriegen, eine Konfrontation stand also unweigerlich bevor. Nach allem, was Ian von der der Theorie sozialer Räume verstanden hatte, würde er vermutlich genau zwischen den beiden landen und wie ein Weizenkorn zu Mehl gemahlen und im Wind verstreut werden. Insgeheim spekulierte Ian jedoch darauf, dass bis zu Luises Ankunft auch die Landtagsabgeordnete anwesend sein würde. In ihrer Gegenwart würde Mario sich zu benehmen wissen, egal, wie sauer er wäre. Er würde ihn mit Blicken meucheln, aber wenigstens nicht mit einer beidhändigen Streitaxt. Über die Ironie, dass er nun fast ebenso sehr auf die Ankunft von Frau Wenninger hoffte, musste Ian ein wenig in sein Sektglas hinein schmunzeln.

Und dass Luise nicht vor der notorisch pünktlichen Frau Wenninger hier sein würde, das galt ihm als so sicher wie der zweite Hauptsatz der Thermodynamik. Wobei dieser vielleicht ein schlechtes Beispiel war, denn er sagte voraus, dass die Entropie im Universum stetig weiter zunimmt. Ian hatte in einem YouTube-Video über dieses Phänomen des wachsenden Chaos das eindrückliche Beispiel eines Wissenschaftlers gehört:

Wenn man ein fertiges Puzzle vom Tisch fallen lässt, wird es immer in einem Durcheinander enden. Wenn man ein Durcheinander aus Puzzleteilen vom Tisch fallen lässt, werden diese nie geordnet auf dem Boden landen. Und selbst, wenn sich der Mensch in seinem Kopf Gedanken macht und dadurch ein winziges bisschen Ordnung ins Universum bringt, sorgt gleichzeitig seine ausströmende Körperwärme in seinem Umfeld für wesentlich mehr Unordnung. Nachdem Ian dieses Video gesehen hatte, hatte er erstmal die Heizung in seiner Wohnung runtergedreht.

»Kurz vor acht Uhr«, sagte Mario plötzlich neben ihm am Stehtisch. »Frau Wenninger sollte jeden Moment hier sein.«

Mit beiden Händen zog Mario an seiner Krawatte herum. Er versuchte scheinbar, den Knoten des Gehänges in die Mitte seines Kragens zu platzieren und gleichzeitig dafür zu sorgen, dass der Rest nicht schief hing.

»Hast du deine Autogrammkarten bereit?«, fragte Ian.

»Sehr witzig, Ian. Hatten wir nicht darüber gesprochen, dass ich hier für die Gags zuständig bin?«

»Na, dann sag doch mal was Lustiges«, schlug Ian vor. Er grinste Mario an und nahm dann einen großen Schluck aus dem Sektglas.

»Du bist mir heute ein bisschen zu gut drauf«, kommentierte Mario.

»Es ist mein Geburtstag, da darf ich gut drauf sein.«

Mario musterte ihn, zuckte dann aber mit den Schultern und trank ebenfalls einen ordentlichen Schluck vom Sekt.

»Wird schon alles passen. Schade, dass deine Mutter nicht kommen wollte.«

»Soll das der Versuch werden, meine gute Laune zu drücken?«

»Sonst geht's noch, oder? Du hast aber einen reichlich paranoiden Enthusiasmus ...«

Sie lächelten sich an und Ian hatte keine Ahnung, ob es am Sekt lag, dass er plötzlich glaubte, der Abend könnte doch noch sehr schön werden. Vielleicht machte er sich ja einfach zu viele Sorgen. Was daran liegen konnte, dass er keinerlei Statistik zum Thema »Streit auf Geburtstagspartys« hatte finden können und daher nicht abzusehen war, wie der Abend ausgehen würde.

Zwei Herren in grauen Nadelstreifenanzügen betraten den Raum, hielten an und sahen sich um, offenbar auf der Suche nach den Gastgebern. Mario stubste Ian in die Seite.

»Das sind Breunig und Koch, Mitarbeiter von der Wenninger. Es geht los.«

Er hatte die Sätze in Ians Ohr geraunt, ohne seinen Blick von den beiden Leuten zu nehmen. Jetzt startete er eilig los und packte Ian sanft, aber sorgfältig am Arm. Ian ließ sich ohne Weiteres von Mario abführen, schlug dann aber seine Hand mit einem gezielten Stoß von seinem Arm.

»Hey«, protestierte Mario, der sich dabei ein bisschen wehgetan hatte.

»Hallo Frau Dr. Wenninger«, sagte Ian.

Die Landtagsabgeordnete hatte soeben den Raum betreten. Sie trug einen beigen Hosenanzug, hatte den Kurzhaarschnitt hochtoupiert und als Gesichtsausdruck hatte sie das Modell »moderates Desinteresse« gewählt. Auch ihr Parfum konnte Ian nicht zuordnen. Es roch, als wollte es sagen: »Ich bin ein Parfum, ist doch egal, wie ich rieche. Hauptsache, ich rieche nach Parfum. Bitte gehen Sie weiter und lassen Sie mich in Ruhe.«

Als Frau Wenninger Ian erblickte, flog ein professionelles Lächeln an ihrem Gesicht vorbei, ohne sich daran zu verfangen.

»Herr Günter, herzlichen Glückwünsche zu Ihrem Geburtstag. Vielen Dank für die Einladung, über die ich mich sehr gefreut habe. Ich hoffe, das Präsent hält eine angenehme Überraschung für Sie parat.«

Sie sprach so sehr in offiziellem Tonfall, dass Ian sich wunderte, dass sie ihre Ansprache nicht mit den Worten beendete: »Mit freundlichen Grüßen, Ihre Frau Dr. Wenninger, MdL.«

Stattdessen nickte sie Herrn Koch zu, der in seine Aktentasche griff und ein Geschenk herausholte, das sehr offensichtlich eine in Papier gewickelte Weinflasche war.

Ian nickte höflich und stellte das Geschenk auf den vorbereiteten Geschenketisch, knapp neben der Eingangstür.

»Sehr geehrte Frau Wenninger, ich möchte mich herzlich für das Geschenk bedanken. Es ist mir zudem eine helle Freude und eine besondere Ehre, dass Sie diesen Anlass mit ihrer Anwesenheit veredeln«, sagte er.

Die Imitation ihres Tonfalls und Duktus war vielleicht etwas zu deutlich ausgefallen. Eine Sorgenfalte klopfte an Marios Stirn. Frau Wenninger aber reagierte nicht darauf oder ließ sich ihre Reaktion nicht anmerken. Mario war ganz hin und weg von ihrer professionellen Ausstrahlung.

Von links näherte sich plötzlich der Hausmeister, immer noch im Schottenrock, genau wie letzte Woche. Vor der Brust trug er einen stattlichen Dudelsack. Er hielt zwischen den beiden an und zupfte Mario am Ärmel seines Jacketts.

»Sorry, wo geht es denn hier zur Toilette?«, fragte er in leierndem Ton.

»Wie bitte? Sie sind doch der Hausmeister hier!«

Mario bemühte sich trotz seiner Irritation um Freundlichkeit und sogar ein Lächeln, denn ihm war nicht entgangen, dass Frau Wenninger die Szene mitverfolgte.

»Ja klaro, Freundchen«, entgegnete der Hausmeister, »ich bin Hausmeister, ne! Aber ich bin auch sehr, sehr betrunken!«

Ian konnte sich ein Grinsen nicht verkneifen, hakte sich dann aber schnell beim Hausmeister unter und führte ihn zur Tür.

Mario wandte sich an Frau Wenninger.

»Herzlich willkommen auch von meiner Seite, hochverehrte Frau Wenninger. Darf ich Ihnen vielleicht etwas zu trinken bringen?«

Vorsichtig lenkte er sie in Richtung der Bar, genau auf der anderen Seite des Raumes, so dass sie Ian und dem Hausmeister nicht hinterhergucken konnte.

Aus dem Flur hörte man einen hellen Piepton aus dem Dudelsack, der aber sofort wieder abbrach und Ians Stimme, die sehr laut sprach.

»Nein!«

***

Als Kind hatte Luise geglaubt, ein Spaghettiträger sei ein Kellner in einem italienischen Restaurant. Es gehört zu den kleineren Wachstumsschmerzen, dass man während der Pubertät bemerkt, dass derlei kindliche Überzeugungen manchmal keine Verankerung in der Realität hatten. Manche muss man sich mühsam abgewöhnen, um ernst genommen zu werden, andere erschrecken einen regelrecht und fallen von einem ab, wie Strampelanzüge, die zu klein geworden sind. Aber während Luise den pummligen weißroten Weihnachtsmann mittlerweile als Werbefigur für einen Zuckerwasserhersteller regelrecht verabscheute, durfte sich der Spaghettiträger heute auf ihre Schulter legen und ihr schmales, schwarzes Kleid tragen. Sie hatte noch überlegt, den Kate-Moss-Pullover über das Kleid zu ziehen, allein schon aus rituellem Willen. Immerhin hatte sie Ian noch nie ohne diesen Pullover gesehen. Eine halbe Stunde hatte sie vor dem Spiegel gestanden und ihn immer wieder aus- und angezogen. Am Ende hatte sie sich aber dagegen entschieden, weil sie glaubte, dass sie vermutlich die Einzige wäre, die auf diesem Fest einen Sweater tragen würde.

Und damit lag sie durchaus richtig, wie sie beim Betreten des Raumes sofort bemerkte. Das schlichte Kleid konnte kaum kaschieren, dass sie mit dem Dutt und dem Piercing hier optisch aus der Reihe fiel wie eine Murmel im Würfelregal. Unsicher sah sie sich um. Aus den Boxen kam erstaunlich passabler loungiger Sound, der DJ war wohl ebenso fehl am Platz wie sie, dachte Luise. Entweder das, oder Mario und Ian hatten aus Versehen einen guten Musikgeschmack bewiesen. Auf den Stehtischen standen in kleinen unscheinbaren Glasvasen Blumen, von denen Luise gar nicht sagen konnte, ob sie langweiliger aussahen als die Menschen, die an den Stehtischen lehnten, einander zunickten und gleichförmige Brummgeräusche von sich gaben. Das war schon kein Smalltalk mehr, das war die Steigerung davon, die Caro und sie immer Tinytalk nannten.

An der rechten Seite des Raumes, gegenüber des DJs, fiel ihr ein zwei Meter breiter Zimmerbrunnen mit Plastik-

felsen und Plastikseerosen ins Auge, der getrost als plät-
schernder Gipfel der Geschmacklosigkeit gelten konnte.

Während ihr Blick daran unfreiwillig hängen blieb wie
an einem Buckligen, konnte sie nicht sehen, dass an der
anderen Seite des Raumes gerade Ian auf Mario traf.

»Problem gelöst. Der Hausmeister ist auf dem Klo und
kommt vermutlich so schnell nicht wieder raus«, sagte Ian.

Mario stand dabei gerade direkt neben dem DJ und hat-
te sich ein Lied von den Beach Boys wünschen wollen. Der
DJ hatte behauptet, keine »Peach Poys« zu kennen und
vermutlich auch nicht kennen zu wollen. Statt sich über
diese Frechheit und Unkenntnis aufzuregen, wandte sich
Mario nun zu Ian. Doch gerade als er den Mund für eine
Antwort öffnen wollte, fiel sein Blick über Ians Schulter zur
Eingangstür des Saales.

»Was macht denn der Zuchtbulle hier?«, entfuhr es ihm
leise.

Ian folgte seinem Blick und entdeckte Luise an der offenen Doppeltür des Saales.

»Luise«, entfuhr es ihm leise.

»Ian«, sagte Mario.

»Herr Günter«, sagte Frau Wenninger, die mit ihrem Drink
in der Hand zielsicher auf den Gastgeber zugesteuert war.

Hinter ihr, wie Entenküken beim ersten Ausflug in den
Teich hinter ihrer Entenmutter, schwammen Herr Koch
und Herr Breunig und füllten ihre Nadelstreifenanzüge
weiterhin so exakt aus, als wären sie dafür und nur dafür
geschaffen. Aber Ian ignorierte sie alle und eilte in Luises
Richtung. Ein kleiner Slalom um die Stehtische und schon
stand er bei ihr, bevor sie ihn bemerkt hatte. Ihre Augen
waren gerade offenbar auf den Zimmerbrunnen gerichtet,

den Mario gestern noch geordert hatte, um dem Event den letzten Schliff zu verleihen.

»Hässliches Teil, oder?«, fragte Ian und deutete mit dem Kopf auf das plätschernde Etwas in der Ecke.

Luise erschreckte sich einen Sekundenbruchteil und wäre ihm dann fast spontan um den Hals gefallen. Sie riss sich aber zusammen und kanalisierte die Energie in ein Lächeln, das die Trauerweiden in fünfhundert Kilometern Umkreis in Partypappeln verwandelte.

»Du hingegen siehst atemberaubend aus«, fügte er hinzu und deutete auf ihr Kleid.

»Oh, vielen Dank, der Herr. Du aber auch.«

»Möchtest du etwas trinken?«

»Erstmal möchte ich dir zum Geburtstag gratulieren!«

»Na, dann mal los«, grinste er.

Luise hatte eigentlich gedacht, das Thema sei mit dem Nebensatz abgehakt und sie könnte ihm jetzt einfach sein Geschenk überreichen und zum gemütlichen Teil des Abends übergehen. Insofern war sie von seiner Aufforderung etwas überrumpelt.

In schwierigen Situationen neigte Luise zu zwei Dingen: nervösem Lachen und Überkompensation. Einem Impuls folgend, begann sie also, »Happy birthday« zu singen. Das konnte man allerdings nur am Text erkennen, da Luise keinen einzigen Ton traf, dafür aber immer lauter wurde. Luise hatte dieses Gefühl, das man hat, wenn man etwas Unpassendes sagt und es schon während des Sprechens merkt. Allerdings konnte man mit dem Reden dann meistens einfach aufhören, weil ja niemand wusste, wie es weitergehen würde. Bei einem Lied war das natürlich anders, da musste sie jetzt durch. Sie spürte, wie sich immer mehr

Blicke auf sie richteten, doch es gab kein Zurück. Es fühlte sich an, als habe sie nicht nur zum Kellner im italienischen Restaurant »Spaghettiträger« gesagt, sondern müsste das jetzt noch zwanzig Mal wiederholen.

Ian allerdings fand es ganz reizend und bemerkte erst dadurch, dass der DJ die Musik leiser drehte, dass die Aufmerksamkeit des gesamten Raumes auf ihnen lag. Einige der Gäste stiegen sogar in den Gesang mit ein, aber selbst das Geplätscher des Brunnens war näher an der Melodie des Originals.

Als sie fertig gesungen hatten, war es für einige Momente komplett still im Raum. Dann ertönte ein leises Klatschen. Es war Frau Wenninger, die da aus Höflichkeit mit dem Applaus begann. Ihrem Vorbild folgend applaudierte schnell der ganze Saal und Luise verbeugte sich mehrfach und machte abschließend einen Knicks.

»Okay«, sagte sie, als es stiller wurde, »jetzt möchte ich bitte dringend einen Drink. Oder zwei. Oder acht.«

»Ich fand es sehr schön! Danke dir!«

»Herr Günter, du bist ein guter Charmeur, aber ein ganz schlechter Lügner«, hätte Luise an dieser Stelle sagen können. Aber sie verließ sich darauf, dass ihre Mimik diesen Job übernahm. Und tatsächlich sagte in dem Fall ein Gesichtsausdruck mehr als tausend Worte.

»Sekt?«, fragte Ian schnell.

»Einen Eimer voll, bitte«, antwortete sie.

»Warte einen Moment, ich bin sofort zurück.«

»Wenn du in zwei Minuten nicht zurück bist, suche mich im Stockwerk unter uns.«

Ian hielt noch einmal inne und sah sie fragend an.

»Ich werde bis dahin komplett durch den Boden gesunken sein.«

Eine abwinkende Geste später schnürte er ein Lächeln in eine Servierte und ließ es ihr als kleines Picknick da, an dem sie bis zu seiner Rückkehr naschen konnte. Dann löste er sich in einen Lichtstreifen auf, der sich in Richtung Bar bewegte.

***

Obwohl er explizit zwei Eimer Sekt bestellt hatte, stellte die Kellnerin ihm nur zwei ganz reguläre Sektflöten auf den Tresen. Er sah sie mit einem kritischen Blick an und sie zuckte die Schultern und stellte dann die halbvolle Flasche daneben.

»Die können Sie gerne mitnehmen, wenn Sie so durstig sind.«

Ian griff sich die beiden Gläser und öffnete den Mund. Doch etwas stupste in seine Seite, bevor er antworten konnte. Es war Mario, der hektisch atmete.

»Ian, ganz kurz, ich hab Frau Wenninger erzählt, Luise sei deine Schwester, okay?«

»Wie bitte?«

»Ian, ganz kurz, ich hab Frau Wenninger erzählt, Luise sei deine Schwester, okay?«

»Das habe ich schon verstanden«, entgegnete Ian.

»Wieso fragst du dann?«

Mario sah sich hektisch um, ob der Planet Frau Wenninger oder einer ihrer beiden Trabanten in eine Umlaufbahn um ihr Gespräch herum eingeschwenkt waren. Er befürchtete, in ihrer Atmosphäre zu verglühen.

»Warum erzählst du so einen Quatsch?«

»Ich weiß auch nicht, ich war durcheinander, sorry. Da war dieser Gesang und alles war so schräg und dann hat mich Frau Wenninger gefragt, wer die junge Dame sei.«

Er seufzte, aber Ian ließ nicht ab.

»Und?«, fragte er.

»In dem Moment habe ich halt Panik gekriegt und gedacht, dass wir es vielleicht besser verkaufen können, wenn wir sagen, dass du eine schräge Schwester hast als eine schräge Freundin. Dafür kann man ja nichts.«

»Wieso willst du überhaupt etwas verkaufen? Wir sind doch keine ... Mir doch egal, was die Alte denkt ... Das ist schließlich mein Geburtstag.«

Ian hatte sich in Rage geredet und bemerkte erst nach einer Weile, dass Mario mit einer Hand eine sägende Geste an seinem Hals machte. Das sollte wohl heißen, dass Ian die Klappe halten sollte. Ihm fiel auf, dass Marios Blick zwischen seinem Gesicht und etwas hinter seinem Rücken wanderte. Und dabei vor Angst kalt leuchtete. Ian überlegte fieberhaft, was er zuletzt gesagt hatte, was Frau Wenninger gehört haben könnte und ob etwas dabei gewesen sei, dass sie auf sich beziehen könnte.

Er drehte sich sehr langsam zu ihr um und ihm fiel ein Ayers Rock vom Herzen, weil sie ihr berüchtigtes professionelles Lächeln aufgelegt hatte.

»Herr Günter, ich möchte lobend hervorheben, dass dies eine rundum sehr angenehme Festivität ist. Die Musikauswahl ihres Diskjockey ist dabei von einer besonderen Finesse gekennzeichnet. Auch die gesangliche Darbietung ihrer Schwester war sehr originell.«

Ian konnte nicht bestreiten, dass auch er beeindruckt war von der Erscheinung dieser Frau und ihrer gewählten

Ausdrucksweise, auch wenn ihm nicht ganz klar war, wieso sie so hölzern sprach. Schon wieder trug sie ihre Worte in einem Tonfall vor, als würde sie einen vorformulierten Brief verlesen. Bevor er darauf eine angemessene Entgegnung in seinem Kopf zusammenstellen konnte, nahm jemand eines der beiden Sektgläser aus seiner Hand.

»Danke dir«, hauchte Luise.

»Ich hab dir noch ein Geschenk mitgebracht.«

Dann griff sie mit der freien Hand seinen Hals und drückte ihm einen Kuss auf, lange und wild, mit vollem Zungeneinsatz. Ian war im ersten Moment völlig überrascht, stieg dann aber entschlossen mit ein.

Von der Seite hörte er, wie Mario zu Frau Wenninger sagte: »Seine Schwester und er haben eine sehr innige Beziehung.«

***

Mit einem Mal änderte sich die Musik. Statt entspanntem Soul knallte ein satter Detroit-House aus den Boxen. Auch die Lautstärke war deutlich lauter.

Ian ließ von Luise ab und sah zum DJ rüber. Was er dort sah, konnte er erstmal überhaupt nicht erfassen.

Da stand Artur an den Plattentellern und direkt daneben Jerry, der sich komplett aufgepumpt hatte und den eigentlichen DJ davon abhielt, an die Musikanlage zurückzukommen.

»Was ist denn hier los?«, fragte Ian Luise.

Aber als er sich zu ihr drehte, sah er, dass sie mit aufgerissenen Augen in eine ganz andere Richtung schaute. Ian folgte ihrem Blick und entdeckte am Buffet Caro und eine weitere junge Frau. Erst konnte er ihr Gesicht nicht recht zuordnen, aber dann wurde ihm klar, dass das die andere Frau war, die bei seiner ersten Begegnung mit Luise mit in der U-Bahn gewesen war. Die Frauen waren gerade dabei, sich gegenseitig aus drei Metern Entfernung Häppchen in den Mund zu werfen. Luise hatte Caro und die zweite Caro sofort erkannt und wusste auch gleich, was hier gespielt wurde. Eine Hundertstelsekunde später wurde ihr klar, wie das Ganze auf alle anderen Gäste wirken musste – und auf Ian selbst.

Sie wandte sich an ihn.

»Ich habe nichts damit zu tun«, sagte sie.

Ian war gar nicht auf den Gedanken gekommen.

»Natürlich nicht«, sagte Mario sarkastisch.

»Was ist hier los?«, fragte Frau Wenninger.

Ian fühlte sich wie ein Nagel, der von immer weiteren Hammerschlägen in die Wand geprügelt wurde. Aus der anderen Ecke des Raumes ertönte ein Schrei. Eine andere junge Frau mit blau gefärbten Haaren, die Ian und Luise noch nie vorher gesehen hatten, hatte sich offenbar hinter der Theke eine Flasche Spüli geschnappt, den Deckel abgeschraubt und diese komplett in den Zimmerbrunnen entleert. Da das Wasser darin durch das Plätschern aus dem oberen Ende des Plastikfelsens immer in Bewegung war, quoll nun Schaum heraus, wie Lava, Asche und Qualm aus einem pubertären Vulkan. Schnell war der Boden im ganzen Bereich um den Brunnen davon bedeckt. Ein Ende war dabei nicht abzusehen, denn durch die kontinuierliche Wasserrotation des Brunnens entstanden immer weitere Schaumberge.

»Woohoo! Schaumparty!«, rief die zweite Caro und rannte vom Buffet in Richtung des Schaums.

Die erste Caro hingegen hatte Luise und Ian entdeckt und lief langsam auf die beiden zu. In ihrer Hand sah Ian eine Literflasche Gin. Luise hingegen fiel als Erstes und auf Entfernung auf, dass Caro mit dem Kiefer mahlende Bewegungen machte. Sie musste voll auf Sendung sein, der Himmel mochte wissen, wie viel MDMA, Pepp und derlei mehr sie sich geklinkt hatte.

Marios Stirn hatte sich derweil in einen Springbrunnen aus Schweiß entwickelt, während sein Blick durch den Raum hetzte, wie ein Kaninchen in einem Wolfsrudel. Er wandte sich an Frau Wenninger.

»Frau Wenninger, ich habe keine Ahnung, wer ...«

Er unterbrach sich selbst, als er sah, dass Frau Wenninger, Herr Breunig und Herr Koch urplötzlich nicht mehr neben ihm standen. Sie hatten sich ganz offensichtlich in einer art konservativem Zaubertrick in Luft aufgelöst. Vielleicht hatten sie aber auch einfach nur den Saal verlassen und er sein Zeitgefühl verloren.

»Caro, was soll die Scheiße?«, fragte Luise.

Doch ihre Freundin ignorierte sie und starrte mit glasigem Blick, aber grinsend auf Mario, dessen Stimmung in einem unkontrollierten Sinkflug war.

»Geiler Frack«, sagte Caro zu ihm.

Sie hatte dabei eine Unwucht in der Betonung, als hätten die Worte vorm Sprechen zu lange auf einem Karussell gesessen.

»Äh ...«, entgegnete Mario.

»Lass uns spielen, dass du der Penguin bist und ich bin der Joker und wir jagen Batman!«, schlug Caro vor.

»Was?«

Mit einem gezielten Schlag traf Luise die Flasche in Caros Hand. Sie flog in einem kleinen Bogen auf den harten kalten Boden und zersprang in eine Suppe aus Gin und Scherben. Caro sah in Zeitlupe hinter der Flasche her auf den Boden und dann grinsend zu Luise.

»Das ist aber nicht nett!«, stellte sie fest.

»Halt deine Fresse«, schrie Luise sie an.

Einige der Besucher, die nahe zu den beiden gestanden hatten, platzen sofort vom Schalldruck wie überreife Wasserbomben. Auch die Musik verstummte und sämtliche Partygäste, auch die Ungeladenen, hielten mitten in ihren Bewegungen inne, als habe jemand die Pause-Taste an der Fernbedienung der Wirklichkeit gedrückt. Nur der Zimmerbrunnen blubberte und schäumte weiter. Mittlerweile war der halbe Raum in Schaum getaucht und der ganze Raum in Schweigen.

Caro versuchte, den Kopf geradezuhalten und Luise anzusehen, hatte aber deutliche Schwierigkeiten, überhaupt etwas zu fixieren.

»Was soll die Scheiße?«, fragte Luise nochmal.

Sie sprach immer noch sehr laut und wütend, brüllte aber nicht mehr. Ihre Worte waren dennoch wie Kettensägen. Caro war jedoch kaum beeindruckt, sondern grinste weiter.

»Wir wollten hier mal ein bisschen Stimmung reinbringen. Macht man doch so unter Freunden!«

»Verdammt, Caro. Wenn wir Freundinnen wären, dann würdest du so einen Scheiß überhaupt nicht machen! Du machst uns alles kaputt!«

Caro lachte höhnisch.

»Ich mach alles kaputt? Du machst alles kaputt! Guck dich doch mal an in deinem Scheißkleidchen mit deinem bescheuerten Sektglas. Ich erkenn dich überhaupt nicht wieder, Alter. Die ganze Nummer ist voll nach hinten losgegangen, merkst du das nicht?«

»Das Einzige, was hier nach hinten losgeht, bist du«, zischte Luise.

»Der Spießerflüsterer ist wohl selbst verspießt«, entgegnete Caro.

Inzwischen war auch ihr das Grinsen vergangen.

»Raus hier!«, befahl Luise kalt.

»Ey, Luigi, wir wollten nur ein bisschen …«

Doch Luise ließ sie nicht zu Ende reden. Ihr platzte der Kragen und sie brüllte erneut, bis die Wände des Saales zu zittern schienen.

»Verpisst euch! Alle zusammen! Wenn ihr bis drei nicht draußen seid, rufe ich die Bullen!«

Caro zuckte zusammen. Artur und Jerry erkannten den Ernst der Lage und folgten der zweiten Caro und dem blauhaarigen Mädchen eilig hinaus.

»Luise …«, sagte Caro nochmal.

»Raus!«

Nun drehte auch Caro sich um und verließ mit hängendem Kopf den Saal. Erst jetzt löste sich Ian aus seiner Schreckstarre.

»Was zur Hölle ist denn hier passiert?«, fragte er, eher sich selbst als jemand anderen.

Sein Blick schweifte durch den Raum auf die Spuren der Verwüstung, die innerhalb von Minuten aus dem friedlichen und sehr geordneten Fest ein schaumiges Schlachtfeld gemacht hatten. Mario stand neben ihm, aber auch neben sich selbst. Er hatte einen Gesichtsausdruck wie die Fehlermeldung eines wegen Überlastung abgestürzten Computers. Die übrigen Partygäste sahen ratlos Ian an und er merkte, dass er nun etwas sagen musste. Aus dieser Situation konnte Mario ihm nicht raushelfen.

»Freundinnen und Freunde, liebe Parteimitglieder. Es tut mir leid, was hier eben passiert ist. Die Polizei ist alarmiert und wird sich um die Situation kümmern. Ich kann verstehen, wenn Sie nach Hause gehen wollen, aber wenn Sie Lust haben, stehen wir noch ein bisschen im Schaum und trinken einen Sekt. Ich würde mich freuen.«

»Ich halte das nicht aus«, sagte Luise und Tränen stiegen ihr in die Augen. Sie rannte plötzlich zum Ausgang. »Es tut mir leid«, rief sie noch.

Dann war sie fast aus Ians Blickfeld verschwunden. Doch in dem Moment, als sie den Türrahmen erreicht hatte, fror sie mit weit geöffneten Augen in der Bewegung ein. An ihr vorbei trat der Hausmeister in den Saal ein. Er trug allerdings keinen Schottenrock mehr und die Frage, ob er darunter eine Unterhose getragen hatte, war damit auch endgültig geklärt. In seinen Händen hielt er einen Dudelsack, auf dem er lautstark versuchte, die irische Volksweise »Oh Danny boy« zu intonieren.

»Das ist die schlimmste Party der Welt«, kommentierte Mario.

Und er konnte überhaupt nicht verstehen, dass Ian neben ihm sich plötzlich kaputtlachte.

***

Am unteren Ende der glattgeschliffenen Marmortreppe mit dem durch Messingleisten fixierten roten Teppich hielt Luise an und griff in ihre Handtasche. Draußen war es deutlich kühler und sie wollte sich schnell ihren Sweater überziehen, bevor sie sich auf den Bürgersteig stellte und auf den Einschlag eines Kometen in ihren Kopf hoffen würde. Man muss ja nicht frieren, nur weil man sich zu Tode schämt.

Der Pullover lag ganz unten, wie ein Piratenschatz, vergraben unter Ladekabel, Zigarettenschachtel, Deo, Lippenstift, einem vergilbten Stadtführer von Erlangen, einer Packung Kaugummi mit Erdbeergeschmack, Taschentücher, Binden, einer daumengroßen Holzlokomotive, einem Miniaturmegafon und einer leeren CD-Hülle der niederländischen Boygroup »Caught in the act«, deren Fan sie in den 90ern gewesen wäre, wenn ihr Herz nicht noch Rolf Zuckowski gehört hätte. Dann waren da noch Pfefferspray und eine Pfeffermühle, die sie aus einem Restaurant geklaut hatte. Zudem ein schwarzer breiter Edding, eine vierfarbige Auswahl von Copecs, ein Bleistift, ein halbes Dutzend Aufkleber, eine kleine Flasche Weinbrand, ein zerknittertes Etwas, das im 20. Jahrhundert wohl mal eine Postkarte gewesen sein konnte, und eine fein säuberlich mit Fineliner auf liniertes und laminiertes Papier fixierte Bestandsliste all der Dinge, die Luise in eben dieser Handtasche mit sich führte. Da war sie ordentlich.

Als sie den Pullover herauszog, hörte sie hinter sich auf der Treppe gedämpfte Schritte. Jemand war ihr aus dem Saal gefolgt. Entweder Mario, der ihr den Kopf abreißen wollte, oder Ian, der mit dem abgerissenen Kopf Fußball spielen würde. Oder der Hausmeister, der darauf Dudelsack spielen wollte. Oder alle drei. Luise wollte es lieber gar nicht wissen und eilte Richtung Tür, nachdem sie in den Sweater geschlüpft war.

»Warte!«

Es war Ians Stimme, die sie hinter sich hörte. Sie entschloss sich, sie zu ignorieren. Sicherlich, sie hatte eine Standpauke verdient oder auch eine mittlere Hexenverbrennung, aber sie war gerade nicht in der Lage, sich damit auseinanderzusetzen.

Luise wollte einfach nur weg.

»Luise, warte!«

Mit der Hand an der Klinke der hohen Holztür, die irgendein Idiot zwischen sie und ihren Fluchtweg montiert hatte, blieb Luise stehen. Die Tür war schon einen Spalt breit geöffnet und ein frischer Wind hielt seine Fahne hinein. Ian griff ihren anderen Arm und drehte sie sanft zu sich um. Sie ließ es passieren, als sei sie die Seite eines Buches, die umgeblättert wird. Ihre Augen blieben jedoch auf den Boden gerichtet, sie sah zum ersten Mal genauer auf Ians Schuhe. Kein Wunder, dass sie ihr vorher noch nicht wirklich aufgefallen waren. Sie hatten keinerlei Eigenschaften, weder eine Form noch eine Farbe.

»Luise, guck mich mal an!«

Der ruhige Tonfall wirkte wie eine Angelschnur an ihren Augenlidern und sie hob langsam und vorsichtig ihren Blick. Ian lächelte. War das ein Trick oder war er tatsächlich nicht sauer?

»Tut mir leid.«

Sie presste die Worte hervor wie Drillinge.

»Das muss dir nicht leid tun, du hast doch überhaupt nichts gemacht. Ich weiß, dass du nichts mit diesem Überfall zu tun hast.«

»Hatte ich wirklich nicht. Keine Ahnung, was mit Caro los ist. Ich glaube, die spinnt jetzt vollkommen. Ich hab so keinen Bock mehr auf die Alte, echt jetzt.«

»Vielleicht ist sie eifersüchtig«, mutmaßte Ian.

»Vielleicht ist sie einfach scheiße.«

Tränen liefen über ihr Gesicht, ein winziger Wasserfall, hinter dem sich Rehe versteckten. Ian zog Luise näher an sich ran, wobei ihre Hand sich von der Klinke löste und die schwere Tür wieder ins Schloss fiel.

Er drückte ihren Kopf an seine Schulter.

»Ist doch halb so wild«, flüsterte er. »Ich fand es sogar ein bisschen witzig.«

Luise löste ihren Kopf und sah ihn mit hochgezogener Augenbraue an.

»Im Ernst, spätestens der Einmarsch des Hausmeisters war doch prunkvoll und prächtig. Besser als Hyazinthen auf Stehtischen und ein Plastikzimmerbrunnen als Backgroundtänzer. Das war der zweite Hauptsatz der Thermodynamik in voller Aktion.«

»Du spinnst, Kollege.«

»Das sagt die Richtige«, lächelte er.

Dann küssten sie sich und hatten keine Ahnung mehr. Vor allem wussten sie nicht, dass auf der anderen Seite der Tür, die soeben ins Schloss gefallen war, Caro stand. Sie war zurückgekommen, um zu versuchen, noch einmal mit Luise zu reden.

Sie hatte alles gehört, was Luise über sie gesagt hatte.

15. Der Name der Rose

Eine dünne Duftspur von Scheuermilch und Altherrenrasierwasser lag in der Luft im Treppenhaus, wie an jedem Montagnachmittag, wenn die Putzfrau am Morgen ihre Runde auf den Stufen gedreht hatte. Seine Mutter hatte ihm gegenüber mal den Verdacht geäußert, dass die Putzfrau wohl das Rasierwasser trank, denn ganz normal konnte man nicht sein, wenn man ein solches Treppenhaus einmal in der Woche mit Scheuermilch durchschrubbte. Nachdem Ian sie dann einmal im Vorbeigehen bei der Arbeit auf den Stufen gesehen hatte, konnte er sich auch vorstellen, dass es umgekehrt war und sie mit Rasierwasser putzte und die Scheuermilch trank. Das hätte zumindest den Schaum vor ihrem Mund erklärt, die grobporige Haut und den starren Blick, mit dem sie ihn fixiert hatte.

Dieses Bild hatte sich in seinen Kopf gebrannt und glühte immer wieder auf, sobald hier im Treppenhaus diese aparte Geruchsmischung in seine Nase stieg.

Doch Ian hatte heute keine Nase dafür, denn vor ihm lag der Geruch von Luise und zwar samt seiner Quelle, denn Luise lief direkt vor ihm. Doch selbst darauf konnte er sich nicht richtig konzentrieren, denn vor ihnen lag eine erste Begegnung, vor der Ian ziemlich aufgeregt war. Er hielt auf der richtigen Etage neben Luise an, die vor ihm gelaufen und an der Tür neben dem Salzteig-Namensschild stehen geblieben war.

»Das ist sie«, erklärte Ian.

Er deutete mit einer Hand auf die bedruckte Fußmatte vor der Wohnungstür.

»Deine Mutter ist eine Fußmatte.«

»Das Foto.«

»Deine Mutter ist ein Foto auf einer Fußmatte? Dafür bist du aber beeindruckend dreidimensional geworden, Kollege.«

Von der anderen Seite hörte man durch die geschlossene Tür ein Jauchzen. Seine Mutter hatte sie offenbar durch den Türspion gesehen und jubilierte nun, dass es Ian tatsächlich gelungen war, eine richtige Frau zu finden und sogar mit hierherzubringen.

»Ja, verdammt! Er zieht es durch! Das ist mein Junge! Das ist mein Junge«, hörte man sie dumpf von drinnen rufen. Den stampfenden Geräuschen nach zu urteilen, führte sie obendrein ein Freudentänzchen auf.

Draußen sah Luise kurz zu Ian rüber, der etwas verschämt lächelte und die Handinnenflächen nach oben hielt. Luise grinste von Ohr zu Ohr.

»Halleluja! Er hat es geschafft! Das ist mein Junge!«

Dann kehrte plötzlich wieder Stille ein, langsam öffnete sich die Tür und seine Mutter stand mit einem stillen, höflichen Lächeln dahinter.

»Einen wunderschönen guten Tag, ihr beiden«, begrüßte sie freundlich.

»Was für eine Freude, dass ihr es geschafft habt. Kommt doch herein.«

Mit ein paar kleinen Schritten für die Menschheit, aber großen Schritten für Ian Günter, betraten sie die Wohnung seiner Mutter. Während er sich setzte, um die Schuhe aus- und die Hausschuhe anzuziehen, warf seine Mutter noch einmal einen Kontrollblick ins Treppenhaus und schloss dann langsam die Tür.

»Die Matte vor der Tür war ein Geschenk von den Kalobskis aus dem ersten Stock«, erklärte sie Luise.

Luise sah zu Ian rüber, der sich hingesetzt hatte, um seine Schuhe gegen Hausschuhe zu tauschen. Er nickte ihr zu.

»Das sind die Nachbarn, die hier ...«, erklärte er.

»Ja genau«, ging seine Mutter dazwischen.

»Die Kalobski hat leider nur noch ein Wollknäuel im Schädel. Der kann man eigentlich nicht böse sein. Aber ich meine, wer legt sich denn eine Matte mit dem eigenen Gesicht vor die Tür?«

»Stimmt. Da treten einem ja ständig alle ins Gesicht«, sagte Luise.

Ians Mutter nickte anerkennend. Den günstigen Moment nutzend, streckte Luise ihr die Hand entgegen.

»Hallo, ich bin Luise«, sagte sie.

»Es ist mir eine Freude. Mein Name ist Rose.«

Ein dumpfes Geräusch erklang. Ian war vor Schreck von dem Bänkchen, auf dem er sich die Hausschuhe anzog, gerutscht und lag nun seitlich gekrümmt auf dem Boden.

»Ian!«, rief Luise.

»Alles in Ordnung?«, fragte seine Mutter.

»Ja, ja«, antwortete Ian, noch einen Schockmoment in Embryonalstellung verbleibend. Erst dann setzte er sich langsam wieder auf das Bänkchen und zog sich betont unbeeindruckt den zweiten Hausschuh über.

»Ich bin nur ausgerutscht.«

»Im Sitzen?«

Luise und Rose sahen ihn mit einem ähnlichen verwunderten Gesichtsausdruck an. Er zuckte mit den Schultern.

»Ich habe eine sehr rutschige Hose an«, erklärte er.

Die Frauen sahen sich an und zuckten dann synchron mit den Schultern, bevor seine Mutter das Wort ergriff.

»Ich habe ein paar stabile Gurte im Werkschrank. Wenn du magst, können wir dich gleich für das Kuchenessen am Stuhl fixieren.«

Ian seufzte und stand auf.

»Es wird schon gehen«, sagte er. »Ich habe das im Griff.«

In seinem Kopf überschlugen sich die Gedanken. Seine Mutter hieß also Rose. Rose! Nun, dachte er, wenn sie schon hieß wie eine Blume, dann wenigstens nicht Hyazinthe oder Narzisse. Dann hätte er sie vermutlich schon aus symmetrischen Gründen doch überredet, gegen ihren Willen auf seine Party zu kommen. Wer weiß, was dann passiert wäre. Vermutlich wäre sie mit dem schottischen Hausmeister durchgebrannt. Das wäre die logische Fortsetzung dieses chaotischen Abends gewesen.

Oder zumindest die thermodynamische Fortsetzung.

»Na, dann nehmt doch schon mal Platz am Tisch, ich war vorhin noch in der Konditorei und habe extra was für uns besorgt.«

»Ist es Bienenstich?«, fragte Luise.

Einen Moment war Rose verwundert, dann sah sie Ian an.

»Hast du uns verraten?«

»Erwischt«, sagte er und lächelte schmal.

»Ich finde, eine Vorliebe für Bienenstich muss man auch nicht verstecken. Bei Schwarzwälder Kirschtorte oder Frankfurter Kranz sieht das schon ganz anders aus«, erklärte Luise.

Ians Mutter nickte anerkennend.

»Das Mädchen gefällt mir, die ist nicht auf den Mund gefallen.«

»Ich hab ja auch keine rutschige Hose an.«

»Hah!«, rief Rose aus.

Sie ging in die Küche, um den Kaffee zu holen, und ließ den beiden ein begeistertes Lächeln da, das sie gerecht unter sich aufteilten. Luise nahm Platz und staunte über die Tatsache, dass neben dem Bienenstich auch noch eine Schüssel Sahne platziert war. Wenn man schon die spießige Kaffee-und-Kuchen-Nummer durchzog, dann durfte die Sahne nicht fehlen. Und wenn die Sahne hier eine Sache nicht tat, dann war das fehlen. Sie war eher sogar zu sehr anwesend, wenn man sich mal die Ausmaße der Schüssel besah.

Luise schätzte die Wahrscheinlichkeit, dass Ians Mutter gleich mit einem klassischen Filterkaffee um die Ecke kommen würde, auf knapp über 100 Prozent ein. Das war aber auch keine detektivische Meisterleistung der Spießerflüsterin, sondern schon daran abzulesen, dass eine Dose Kondensmilch auf dem Tisch stand. Es war ewig her, dass Luise Kondensmilch in einer Dose gesehen hatte – in echt und nicht in einer vergilbten Schwarzweiß-Aufnahme aus den 1960ern. Sie bestaunte die Dose von allen Seiten wie ein seltenes archäologisches Artefakt.

»Du bist süß, wenn du so grübelst«, sagte Ian.

»Hör auf, Kollege, gleich werde ich rot.«

Ian wollte sich vorbeugen, um Luise einen Kuss zu geben, aber in dem Moment kam seine Mutter wieder rein.

Sie sah seine Bewegung und grinste.

»Kein Schweinkram hier vor 22 Uhr!«

»Mutter!«, protestierte Ian.

»Okay«, antwortete diese und stellte das kleine Tablett mit den drei Tassen und der Thermoskanne auf den Tisch.

»Dann sagen wir 21:30 Uhr.«

***

»Geschafft! Erste!«, rief Rose.

Mit wachsender Faszination hatte Luise beobachtete, wie Ians Mutter einen Sahneberg auf ihrem Teller angehäuft und dann erobert hatte, der Reinhold Messner Respekt abverlangt hätte. Am Ende war kaum noch zu erkennen gewesen, dass irgendwo darunter ein Stück Kuchen war. Und Luise musste sich schon sehr darauf konzentrieren, nicht nur auf Rose zu starren und dabei am Ende ihr eigenes Kuchenstück zu vergessen. Aus einem höflichen Reflex heraus hatte sie sich auch ein wenig Sahne auf den Kuchenteller gelöffelt, allerdings neben den Bienenstich. Ihr kam Bienenstich mit zusätzlicher Sahne zwar ein bisschen vor wie Deutsch mit deutschen Untertiteln, aber hier galt es, sich der exotischen Kultur der Ureinwohner anzupassen.

»Zweiter!«, sagte Ian, der seinen Teller inzwischen auch leergeputzt hatte.

»Die Letzte muss abspülen«, sagte Rose zu Luise.

»Klar, kein Problem«, antwortete sie mit vollem Mund.

»Quatsch! Das war ein Gag! So weit kommt es noch, dass in meiner Wohnung ein Gast die Küchenarbeit übernimmt!«, protestierte Rose.

»Seit wann müssen Gäste denn nicht mehr spülen? Ich hab hier schon hundertmal gespült«, sagte Ian.

»Du bist kein Gast, du bist mein Sohn.«

Mit einer kurz hochgezogenen Augenbraue quittierte er diese Bemerkung seiner Mutter. Er hatte gar nicht gewusst, dass sich diese beiden Positionen gegenseitig ausschlossen. Aber es war klar, dass ein kritisches Nachhaken nach der logischen Basis dieser Behauptung ihn kein Stück weiterbringen würde.

Also nahm er sich lieber noch ein Stück Bienenstich und begann, die Reste der Sahne aus der Schüssel zu kratzen.

»Na, erzählt mal, wie habt ihr euch kennengelernt?«, fragte Rose.

»Mutter, das habe ich dir doch schon erzählt.«

»Dann würde ich es gerne nochmal von der jungen Dame hören.«

»Ich hab Ian in der U-Bahn aufgerissen«, erzählte Luise.

»Er ist mir gleich aufgefallen, weil er so einen süßen Aktenkoffer hatte und ein noch süßeres Lächeln.«

»Das hat er von mir! Und dann hast du ihn einfach angesprochen?«

»Klar, warum nicht?«

»Ja, warum eigenlicht nicht?«, fragte Ian. »Ich bin doch wunderschön!«

Die beiden Frauen sahen ihn gleichzeitig an, als gelte es, die Weltmeisterschaften im Synchronkopfdrehen zu gewinnen.

»Aber ja, mein Sohn, du bist wunderschön, kein Zweifel. Auch da kommst du ganz nach mir. Zu meiner Zeit war es einfach nicht üblich, dass junge Damen in der U-Bahn junge Herren ansprachen. Aber ich finde das sehr,

sehr gut. Manche Leute muss man halt zu ihrem Glück zwingen.«

Ian ließ die Bemerkung locker an sich abperlen und schob ein Stück Bienenstich auf seine Gabel.

»Zum Bienenstich muss man mich jedenfalls nicht zwingen. Großes, nices Omnomnom.«

»Was?«, fragte Rose.

»Er sagt, dass es ihm gut schmeckt.«

»Und warum sagt er das nicht, wenn er das sagt?«

»Nun, er hat es in meinem Dialekt gesagt.«

Mit einem Nicken stand Rose auf, nahm den Teller vor Luise weg und stellte ihn unter ihren eigenen Teller. Sie begann am liebsten mit dem Abräumen des Tisches, wenn Ian noch am Essen war, dann beeilte sich der Junge nämlich endlich mal. Beim Abräumen wandte sie sich nochmal an Luise.

»Aha, wie schön. Was ist denn das für ein Dialekt? Pfälzisch?«

»Ne, das ist eher urbanisch«, erklärte Luise und Ian nickte bekräftigend.

»Na, solange ihr beiden euch einig seid«, lächelte Rose. »Ich finde es ja sehr lieb, dass du Luises Sprache lernen willst«, fügte sie in Richtung ihres Sohnes hinzu.

»Ja, aber ich kann es noch nicht so richtig. Ich bin dran.«

Statt etwas zu erwidern, nickte Rose nur und kippte sich etwas Kaffee aus der Thermoskanne nach. Allerdings kamen nur noch einzelne Tropfen zum Vorschein.

»Naja, du hast ja noch viel Zeit zum Lernen. Jetzt mach erstmal lieber einen Kaffee, oder kannst du das auch nicht?«

»Doch, das kann er«, sagte Luise.

»Sehr gut sogar.«

Ian lächelte ihr dankbar zu.

»Na, dann mal los«, rief seine Mutter und drückte ihm noch die gebrauchten Teller in die Hand.

»Und beeil dich, ich höre nämlich schon die Weihnachtsglöckchen läuten.«

Mit einem Lächeln verschwand Ian in der Küche. Das Treffen zwischen seiner Mutter und Luise verlief irgendwie nicht so, wie er es sich vorgestellt hatte. Wobei er sich im Voraus rein gar nicht im Klaren war, wie der Nachmittag verlaufen würde. Aber auf jeden Fall verlief es viel besser als alle Szenarien, die er sich ausgemalt hatte. Zum Beispiel hatte sich noch keine von den beiden in eine Vase verwandelt und war vom Tisch gefallen. Und seine Gedanken wanderten kaum zu der Tatsache, dass Mario sich seit dem Zwischenfall auf der Party nicht mehr bei ihm gemeldet hatte.

Stattdessen geriet er in den Sog, der zwischen Luise und seiner Mutter entstand, und surfte auf den Wellen, die das Gespräch warf. Da war es auch auszuhalten, dass es nur Filterkaffee gab.

16. Offenbarungsneid

Der geöffnete Aktenkoffer auf seinem Schreibtisch war ein beiger Ochsenfrosch, aus dem als Zunge ein schwarzer Ordner ragte. Ian war sich allerdings ziemlich sicher, dass auch sein Aktenkoffer bis gestern schwarz gewesen war.

Zu den Dingen, die Ian schon seit seiner Kindheit mochte, zählten: Himbeeren, Bienenstich und Anschlussfehler in Filmen zu suchen.

Solche Anschlussfehler kamen im Prinzip in jedem Spielfilm vor. Mal stand ein Glas nach einem Kameraschwenk woanders auf dem Tisch, mal war das nasse Hemd des Protagonisten in der nächsten Einstellung plötzlich trocken. Als Jugendlicher hatte er sich darüber schrecklich aufgeregt, aber mittlerweile fand er es oft spannender, nach solchen Details zu suchen, als die Handlung zu verfolgen. Es mochte bei vielen Filmen allerdings auch an der Handlung liegen, dass Ian sich lieber auf die Suche nach Fehlern machte.

Irgendwann war ihm der Gedanke gekommen, dass es auch in der Realität Anschlussfehler geben könnte. Bis jetzt hatte er keine gefunden, aber er hielt weiter regelmäßig Ausschau. Ian konnte sich in Anbetracht des gegenwärtigen Zustands des Universums zumindest nur schwer vorstellen, dass Gott oder der Physik oder der Natur keine Fehler unterliefen. Völlig unverändert jedoch stand die kleine Stellwand mit den zwei Pixeln, die er letzte Woche gemalt hatte, an der Seite seines Büros. Wenn er sich von seinem Schreibtischstuhl mit den quietschenden Rollen ein bisschen nach vorne lehnte und die Augen zusammenkniff, konnte er auch den neongelben Punkt sehen, den Luise daneben gemalt hatte. Der war zwar nur wenig kleiner als seine Quadrate, jedoch durch den Lichteinfall gerade wirklich nur schlecht vom Weiß des Hintergrunds zu unterscheiden. Vielleicht war er auch schon ein bisschen verblasst oder verlor im Kontrast zu dem satten, kantigen Schwarz auf Entfernung einen Teil seiner Wirkung.

Im selben klaren Weiß wie der Hintergrund der Stellwand war jedenfalls auch das Briefpapier gehalten, dass er vor sich auf dem Schreibtisch ausgebreitet hatte. Ein bisschen zu weiß, wie Ian befand. Mit der Rückseite eines der schwarzen Droa-Filzstifte, deren Geruch er so mochte, klopfte Ian gegen das Blatt, auf der Suche nach Worten, die sich irgendwo in seinem Kopf vor ihm versteckt haben mussten, als er gerade im Aufzug bis zehn gezählt hatte. Er murmelte Wortfetzen vor sich hin, die ein Außensteher wohl weniger für akustische Zeichen eines intensiven Denkprozesses, als vielmehr deutliche Indizien für schwindende Hirnsubstanz gewertet hätte.

»Werte Luise. Ne. Hochverehrte. Ne, Quatsch. Beliebte Luise. Ich glaube ich bleibe bei ›Liebe Luise‹.«

Er nickte sich selbst bekräftigend zu. Mit der linken Hand zog er den Deckel vom Filzstift und notierte die ersten Worte. Der Filzstift zog dabei sehr breite Linien, sodass die Grußformel fast ein Viertel des Blattes füllte. Das jedoch war nebensächlich. Die Idee zählte.

Zwischen 2008 und 2014 ist die Menge der beförderten Briefe in Deutschland von 17,5 Milliarden im Jahr auf 11,9 Milliarden gesunken. Einen Brief zu schreiben, war also nicht mehr sehr angesagt und schien Ian daher sehr originell. Auf den zweiten Blick war ein Brief unter 11,9 Milliarden ja nun auch nicht so wahnsinnig individuell. Statistisch gesehen bekam jeder Mensch etwa jeden zweiten Tag einen Brief – also auch Luise? Nur von wem sie diese Briefe bekam, das konnte Ian nicht errechnen. Also musste er sich beim Schreiben schon besondere Mühe geben, um aus dieser statistischen Menge hervorzustechen. Er musste Minderheit werden. Warum denn eigentlich nicht durch eine besonders große Schrift?, dachte er.

Wieder klopfte er mit der Rückseite auf das Papier.

»Und jetzt? Mmmh ... Ich wollte dir schreiben, ne, das merkt sie ja. Äh ... Der Tag mit dir war schön. Die Tage mit dir waren schön.«

Ian setzte den Stift an, zögerte dann aber doch. Bei dieser Schriftgröße musste er seine Worte sehr wohl wählen. Und bei dieser Papiergröße. Mit mehr Fläche hätte er natürlich mehr machen können. Auf die Rückseite eines der riesigen Werbeplakate an den Fassaden der Hochhäuser in der Innenstadt hätte er selbst mit dem dicken Filzstift Shakespeares Gesamtwerke schreiben können. Stattdessen befand sich dort wohl nur gewöhnlicher Leim. Ian mahnte sich zur Konzentration.

»Ich genieße jeden Moment. Du hast mir gezeigt, äh, du bist so anders. Ich genieße andere Momente. Ne. Ich bin im Moment anders. Quatsch.«

Ian seufzte, während sich auf seiner Stirn eine maß-stabsgetreue Nachbildung eines norwegischen Fjords aus Falten bildete. Wann hatte er überhaupt zum letzten Mal einen Liebesbrief geschrieben? Hatte er überhaupt schon mal so etwas verfasst? Natürlich.

»Ruth Dierksen«, sagte er laut.

Er erschrak vor seiner eigenen Stimme und dem Klang, den sie diesen Worten gab. Den Namen hatte er schon ewig nicht mehr gehört. Ian war mit 14 Jahren unsterblich in Ruth verliebt gewesen, aber das unterschied ihn nicht von allen anderen pubertierenden Jungs an seiner Schule. Ruth hatte lange blonde Haare und strahlend blaue Au-gen, sie sah aus wie die Schablone, nach der eher fan-tasielose Zeichner eine Prinzessin entwerfen würden. Sie passte sich unglücklicherweise dem verrosteten Frauen-bild grimmscher Märchen auch in ihrer Lebensgestaltung an und wartete den ganzen Tag nur darauf, dass ein Prinz kam.

Wer schon einmal einem Klischee begegnet ist, kann sich denken, wie das ausging. Eines Tages kam tatsächlich ein Prinz, er ritt auf einem frisierten schwarzen Motorrol-ler und besiegte im Faustkampf einen Drachen für Ruth. Der Drache stellte sich bei näherer Betrachtung als Ruths Vater heraus. Ian erfuhr nie, was genau da vorgefallen war.

Auf dem Schulhof waren nicht einmal Gerüchte zu hö-ren. Man hörte nur das Plätschern der Tränen der Jünglin-ge, deren Sehnsucht von heute an ins Leere greifen würde. Denn am selben Tag hatte der Prinz die holde Prinzessin Ruth auf seinen Roller gesetzt und war mit ihr für immer verschwunden. Und so endete die Geschichte des schöns-ten Mädchens an seiner Schule. Zumindest für Ian, der noch einige Wochen danach jeden Abend mit Schwimm-ringen zu Bett ging, um nicht in seinen Tränen zu ertrinken.

Irgendwann jedoch verblasste die Erinnerung, die Trä-nen trockneten und seitdem hatte er nicht mehr wirklich geweint. Weder nachts noch tagsüber – und besonders nicht in Anwesenheit anderer Leute. Mit viel Aufwand lenkte er seine Gedanken zurück auf das Papier vor sei-ner Nase.

»Luise, du bist noch schöner als Ruth Dierksen. So ein Quatsch. Die kennen sich doch gar nicht.«

Ian schüttelte den Kopf. So kam er nicht voran.

»Liebe Luise. Die Tage mit dir waren schön. Du bist an-ders als die Frauen, die ich bisher kannte.«

Das ist gut, dachte er. Da war Ruth Dierksen ja qua-si schon als Anspielung mit drin. Er fing an, zu schreiben, und plötzlich flossen die Worte schneller aus ihm her-aus als damals die Tränen. Für eine Weile verstummte das Denken und wurde ersetzt durch das Quietschen des Stif-tes auf dem Papier. Als er schließlich las, was er geschrie-ben hatte, war er selbst überrascht. Zuletzt stand da der interessante Satz: »Du bist kein ahnbarer Larry, du bist eine unahnbare Larryne.« Ian starrte einen Moment lang stumm auf die Formulierung.

»Unahnbare Larryne«, murmelte er und strich sich mit Daumen und Zeigefinger der linken Hand über die ge-schlossenen Augen.

»Toll gemacht, Ian«, lobte er sich schließlich und klopf-te sich dabei sarkastisch auf die Schulter.

Andererseits, so dachte er weiter, vielleicht war das nicht ganz so falsch, vielleicht war das sogar bekloppt ge-nug, um Luise zu gefallen.

***

Als die Tür aufsprang, lächelte Ian gerade versonnen vor sich hin und schnüffelte an der Spitze seines Filzstiftes.

»Oh, scheiße«, dachte er.

»Oh«, sagte er.

Herr Hagens stand in der Tür und trug einen verärgerten Gesichtsausdruck und zudem eine Gurke in der linken Hand.

Mit einer unauffälligen Handbewegung schob Ian einen Aktenordner über den fast fertigen Brief.

»Was heißt hier ›Oh‹?«, schimpfte Herr Hagens. Er sah sich hektisch um und sein Blick blieb an der Stellwand hängen. Er deutete mit der Gurke darauf. »Ich könnte sagen ›Oh‹, wenn ich die Wand hinter Ihnen ansehe.«

Ian folgte mit seinem versonnenen Blick der Richtung, die die Gurke wies.

»Wissen Sie, wie viele Pixel ich da sehe?«, fragte Herr Hagens wütend.

Ian gab keine Antwort. Natürlich hörte er Herrn Hagens Stimme. Aber sie klang für ihn nicht wie Worte, sondern wie eine Art atonaler Musik. Das ergab für seine ungeübten Ohren jetzt alles erstmal keinen Sinn. Und sein Gehirn verweigerte die Hilfe bei der Verarbeitung der Daten, denn er war auf den Gedanken konzentriert, was für einen wunderschönen Hals Luise zwischen Kopf und Korpus hatte. So einen schönen Hals hatte keine andere. Mehr noch, so einen schönen Hals hatte selbst Luise nirgendwo sonst, dachte Ian. Nur genau da, wo er hingehörte.

Auf Herrn Hagens wirkte Ians besonnenes Lächeln nur wie ein Zeichen dafür, dass er nicht ganz zu ihm durchge-

drungen war. Er wiederholte daher seine Frage noch einmal und drehte seinen internen Lautstärkeregler bis an
den Rand des roten Bereichs.

»Wissen Sie, wie viele Pixel ich da sehe?«

Nichts passierte.

»Wie! Viele! Pixel! Sehe! Ich! Da!«

Er betonte jedes einzelne Wort und deutete dabei erneut auf die Wand, diesmal zitterte die Gurke in seiner
Hand. In dieser Pose verharrte er, bis Ian leicht den Kopf
schüttelte. Dann gab sich Herr Hagens selbst die Antwort.

»Ich sehe da ganz genau nur ein einziges schwarzes
Quadrat und ein halbes. Und ein bisschen buntes Gekleckse daneben. Buntes Gekleckse, Herr Günter. Das war alles
letzte Woche auch schon da! Was machen Sie hier eigentlich den ganzen Tag?«

Diesmal hatte Ian einige Wortfetzen mitgekriegt, aber
sein Kopf hing sich an der Tatsache auf, dass Herr Hagens
das Vorkommen der Farbe Gelb für sich allein schon als
bunt empfand. Erst jetzt fiel ihm die Gurke in Herr Hagens
Hand so richtig auf.

Was war da denn los? Ian starrte auf das grüne Stück
Pflanze, das immer noch vibrierend auf die Stellwand gerichtet war. Hatte Herr Hagens seinen Zeigestock und seinen Laserpointer am selben Tag verloren und ergab sich
nun dem tragischen Schicksal, indem er sie durch eine
Gurke ersetzte?

»Die Gurke gehört zur Familie der Kürbisse und hatte
vor der Glattzüchtung durch den Menschen eine Kruste«,
sagte Ian leise.

»Wie bitte?«

Herr Hagens starrte Ian fassungslos an.

»Hören Sie mal, Herr Günter! Starren Sie nicht so auf meine Gurke! Ich habe auch Augen! Schauen Sie mich gefälligst an, wenn ich mit Ihnen rede!«

»Oh, Entschuldigung«, presste Ian hervor.

Er zwang sich, in die rotleuchtende Gesichtslandschaft seines Vorgesetzten zu schauen. Der war mit seinem Wutanfall noch lange nicht fertig.

»Ich habe Ihnen eine Frage gestellt. Was machen Sie hier eigentlich den ganzen Tag?«

»Äh, ich arbeite«, antwortete Ian.

Das brachte Herrn Hagens erst so richtig in Rage.

»Woran denn? Ich sehe keine Ergebnisse, außer diesem Quatsch hinter Ihnen an der Wand. Die Farbeimer, die ich Ihnen gebracht habe, sind auch noch nicht zu neuem Schwarz verrührt, sondern stehen unangetastet in der Ecke. Herr Günter! Was, wenn jetzt einer der Aktionäre hier reinkommt? Was soll ich dem sagen? Dass die Scheißgurke ein Scheißkürbis ist?«

Inzwischen war seine Stimme in den roten Bereich übergegangen und kleinere Flammen hatten sich rund um seine Zunge gebildet. Mit der Gurke zerschnitt er dabei die Luft vor sich, als wäre er ein betrunkener Pirat und die Feldfrucht sein Krummsäbel. Bei dem Gedanken musste Ian schon wieder lächeln. Allerdings kam Ians Lächeln bei Herrn Hagens überhaupt nicht gut an, sondern entfachte seine Wut nur noch weiter.

»Herr Günter! Was ist mit Ihnen los? Die Chinesen haben eine Maschine, die macht 50 Pixel in der Minute. Und sie schaffen eineinhalb Pixel in eineinhalb Wochen. Ich habe keine Lust, wegen Ihnen Hieroglyphen zu lernen.«

»Tut mir leid.«

Dass ich jetzt nicht bei Luise bin, ergänzte er stumm.

»Ich brauche kein Bedauern, ich brauche schwarze Pixel. Und zwar sehr viele und sehr schnell.«

Mit einem dumpfen Knacken schlug Herr Hagens die Gurke auf den Schreibtisch, ließ sie los und schnappte sich stattdessen einen der schwarzen Stifte und das Geodreieck mit eingelassener Wasserwaage.

Ian bestaunte die Geschwindigkeit und die Präzision, in der Herr Hagens den gelben Punkt auf der Stellwand mit einem absolut perfekten schwarzen Pixel übermalt hatte.

»Ich kann das nicht alles alleine machen.«

Er streckte Ian den Stift entgegen und sein Unterton ließ klar erkennen, dass es zu körperlicher Züchtigung kommen würde, wenn Ian jetzt nicht übernahm. Also fügte dieser sich in sein Schicksal und griff nach dem Stift.

Herr Hagens ließ diesen allerdings nicht sofort los, sondern zog noch einmal daran, so dass Ian einen Schritt auf ihn zu machen musste. Ihre Gesichter waren nun wesentlich näher aneinander, als es Ian angemessen erschien. Er konnte Herrn Hagens Atem riechen, eine Mischung aus Pfefferminzbonbon, Kaffee und Zahnbelag. Aus Reflex schloss Ian die Augen. Doch natürlich wollte Herr Hagens keinen Kuss mit Zunge, sondern war nur so nah gekommen, um Ian eine verbale Kopfnuss zu verpassen.

»Jetzt aber zackig. Wenn Sie bis heute, 17 Uhr, nicht 200 Pixel an diese Wand gebracht haben, dann schmeiße ich Sie raus. Und rühren Sie die Eimer da in der Ecke endlich zusammen, wir brauchen mehr Schwarz! Das ist hier keine Kunst, das ist Business! Wenn ich Kunst will, geh ich kacken!«

Mit diesen Worten schnappte er sich seine Gurke vom Tisch und verließ schnaubend das Büro, wie immer ohne ein Abschiedswort, aber diesmal mit schwungvoll geknallter Tür. Ian sah auf das Werkzeug in seinen Händen und auf die Stellwand vor ihm und begann widerwillig mit einem Pixel.

***

Nach dem siebten Pixel setze die Routine ein. Das Gehirn schaltete ab und die Muskeln in den Fingern übernahmen die Kontrolle über die jahrelang eingeschliffenen Bewegungsabläufe. Die Nase ergab sich einer verliebten Nymphe gleich dem Geruch des Droa-Stiftes. Die Gedanken begannen an diesem Punkt üblicherweise, um Statistiken zu kreisen, um einen Fernsehbericht zu einer Dartmeisterschaft, den Verlauf eines berühmten Schachspiels oder eine neue Nachbarschaftsfehde zwischen seiner Mutter und wer auch immer ihr im Treppenhaus in die Quere gekommen war oder ihr Gesicht auf eine Fußmatte hatte drucken lassen.

Heute mischte sich Luise in all diese Gedanken.

Er sah ihr Gesicht in den Tortengrafiken und Tabellen seiner liebsten Statistiken, sah sie auf Dartscheiben, Schachbrettern und Fußmatten.

Während er versuchte, sich mit Statistiken abzulenken, fragte er sich schon einen Moment später, wie hoch die statistische Wahrscheinlichkeit war, dass sie irgendwann vorher in ihrem Leben schon einmal achtlos aneinander vorbeigelaufen waren. Vermutlich war die Wahrscheinlichkeit ziemlich hoch. Aktuelle Forschungen haben ergeben, dass im Zeitalter sozialer Medien jeder Mensch jeden anderen Menschen um dreieinhalb Ecken kennt. Das Problem war, dass die meisten Menschen einfach nicht um ein paar Ecken herum nachdenken wollten. Mal abgesehen davon, dass Ian sich keine halbe Ecke vorstellen konnte. Er zog stattdessen an der Kante des Geodreiecks entlang eine Linie.

»Hallo Ian.«

»Hallo«, antwortete Ian, ohne seinen Blick von der Stellwand zu nehmen. Hochkonzentriert vollendete er den 39. Pixel und war damit kurz vor dem nächsten Zehnerschritt, für ihn immer ein besonderer Moment.

Eilig setzte er den Stift und das Geodreieck erneut an und zog die obere Linie für den Rahmen, diesmal mit dem Uhrzeigersinn. Dann zog er eine zweite Linie im exakten rechten Winkel dazu abwärts. Als er das Quadrat vollendet hatte, malte er es mit drei exakt waagrechten Linien aus.

Das sah doch ganz ordentlich aus, dachte er bei einem Schritt zurück, wenn er in dem Tempo weiter arbeitete, schaffte er die 200 Pixel doch noch.

Er erschrak. Ganz langsam drehte Ian sich um. Plötzlich stand da eine junge Frau, mitten in seinem Büro. Es war Caro.

»Hallo«, wiederholte sie.

Als sie bemerkte, dass er durch ihre Anwesenheit in eine Mischung aus Verärgerung, Unsicherheit und viel, viel Schweigen verfallen war, fuhr sie fort.

»Tut mir leid wegen des Brunnens auf der Party.«

»Der Brunnen?«

»Ja, die Sache mit dem Schaum, dies das, du weißt schon.«

»Aha«, machte Ian eher, als dass er es sagte.

Caro schliff mit dem Fuß über den Teppichboden und sah auf die Stellwand. Eine Weile blieb ihr Blick an der Exaktheit der Kanten der Pixel hängen, bevor sie sich zusammenriss und weitersprach.

»Ja, und der Rest auch, meinetwegen.«

»In Ordnung«, nickte Ian und hoffte, die Sache sei damit abgehakt.

Schließlich gab es viel zu tun und die Sache mit seiner Party wurmte ihn tatsächlich nicht so sehr, wie Caro offensichtlich vermutete.

Als er bemerkte, dass sie, statt nun zu gehen, in eine Mischung aus Verärgerung, Unsicherheit und viel, viel Schweigen verfallen war, setzte er nach.

»Caro, warum bist du hier?«

Eigentlich war es Ian, dem in Gesprächen manchmal einzelne Informationen aus der Nase gezogen werden mussten. Jetzt, da die Vorzeichen andersherum standen, wurde ihm schlagartig sein eigenes Verhalten bewusst und das trug nicht gerade dazu bei, seine Stimmung aufzuhellen. Nach einer Weile kam sie dann doch aus ihrer Deckung hervor.

»Luise hat dich ja an dem Morgen in der U-Bahn angesprochen.«

»Ja, ich war dabei«, ging Ian dazwischen.

Er gab sich keinerlei Mühe mehr, seinen genervten Tonfall zu verbergen. Ihm war schmerzlich bewusst, dass er sie nicht rauswerfen konnte, ohne große Aufmerksamkeit zu erregen. Größere Aufmerksamkeit jedenfalls, als es seiner Situation in der Firma gut tun würde.

Zum Glück sprach Caro weiter.

»Ja. Und dann habt ihr euch getroffen und alles war gut und so.«

»So könnte man es sagen. Aber worauf willst du hinaus?«

»Nun ja, und da ist das Problem. In Wahrheit …«

Caro hielt inne und sah ihm gerade in die Augen.

»Was?«, fragte er.

Eine Weile lang hielt er ihrem Blick stand, dann sah er auf ihre Füße. Das Vor und Zurück ihres Fußes hatte eine gerade, breite Spur im Teppich erzeugt, eine kleine leere Glätte inmitten des fransigen Wildwuchses. Ein zugefrorener Teich in einer Wiese, auf dessen dünnem Eis sie stand und das Sirren und Knarzen erster Risse unter sich hörte.

Der nächste Schritt musste gesetzt werden.

»In Wahrheit war das nur eine Wette«, sagte sie schließlich.

»Was war eine Wette? Jetzt sprich doch nicht in Rätseln, Mädchen!«

»Nun … Luise und ich, wir haben dich gesehen und dachten, du bist der krasseste Spießer der Welt. Und da haben wir gewettet, ob sie es schafft, dir den Stock aus dem Arsch zu ziehen, dich mit in einen Club zu nehmen und so. So kam das alles.«

Ian stand auf, sah sich nach links und rechts um und setzte sich dann wieder.

»Was habt ihr gemacht?«

Caro blieb stumm.

Wenn ihre Unsicherheit gespielt war, dann konnte Ian das nicht erkennen. Er schlug mit der flachen Hand auf den Tisch und spürte den Schmerz von der Hand durch den Arm bis in den Kopf hochziehen.

»Was habt ihr gemacht?«, fragte er nochmal, mit bebender Stimme. »Das ist mein Leben, da könnt ihr doch nicht einfach so reinpfuschen. Ich bin drauf und dran, meinen Job zu verlieren wegen eurer blöden Wette!«

In diesem Moment ging die Tür halb auf. Herr Hagens steckte den Kopf hinein, sah auf Ian, sah auf Caro, dann auf die Stellwand, dann auf die Farbeimer, dann biss er in die Gurke in seiner Hand, sah wieder auf die Stellwand, auf Caro und schließlich auf Ian.

»Sie sind gefeuert«, sagte er tonlos und zog den Kopf zurück durch den Türspalt wie eine Schildkröte, deren Panzer das Großraumbüro war. Von der Wut, die ihn vorhin bei seiner Ansprache an Ian noch getrieben hatte, war nichts mehr zu spüren. Er schien auch emotional mit dem Kapitel Ian Günter bereits abgeschlossen zu haben.

Die Tür fiel wieder ins Schloss.

»Ich korrigiere«, sagte Ian, »Ich habe meinen Job verloren wegen eurer blöden Wette.«

»Tut mir leid.«

Caro fand immer noch nicht den Mut in sich, um vom Boden aufzusehen. Ian hingegen fand einen anwachsenden Druck, der sich von der Mitte seines Bauches nach oben drängte, seine Wirbelsäule hochschlang, seinen Kopf ins Dunkle tauchen wollte und einen Fluchtweg über seine Zunge suchte.

Dass sie einfach so dastand, defensiv in sich zurückgebogen, zu Boden starrend, das machte ihn nur noch wütender.

»Eine Wette! Das kannst du dir sonst wohin stecken. Eine Wette?«

Er sah auf seine Armbanduhr und stellte fest, dass er sie ja abgelegt hatte, weil sie nicht mehr funktionierte.

Die vierzig Pixel auf der Stellwand verschwammen vor seinen Augen. Er wusste überhaupt nicht mehr, wohin mit sich und seinen Gedanken. Als das Büro anfing, sich um ihn herumzudrehen wie eine stotternde Waschmaschine, schloss er die Augen und versuchte, sich auf seine Atmung zu konzentrieren.

Simplify, simplify, simplify.

So wie es ihm sein Schachlehrer beigebracht hatte. Alle unnötigen Figuren vom Feld. Jetzt hieß das: nicht reden, nicht denken, nur atmen.

Nach einer Weile öffnete er langsam wieder die Augen und sah Caro immer noch in der gleichen Pose vor sich stehen wie eine Statue.

»Das kann nicht stimmen«, sagte er schließlich leise.

»Es stimmt aber«, erwiderte die Statue.

»Das glaube ich einfach nicht.«

Mit einem Schwung stieß er den Aktenkoffer vom Tisch, der krachend zu Boden ging. Caro zuckte zusammen. Mit einer so heftigen Reaktion hatte sie nicht gerechnet. Ian sprang auf und griff sich sein Jackett.

»Warte«, sagte Caro und endlich hob sie ihren Kopf und sah ihn an.

»Worauf soll ich warten? Ich hab mein ganzes Leben lang gewartet. Ohne überhaupt zu wissen, dass ich warte. Ich hab mich von Ausrede zu Ausrede geschlängelt, um die Verantwortung abzugeben. Ich hab mich immer hinten angestellt, weil ich dachte, das ist das, was ich will.

Aber das ist nicht das, was ich will. Scheiß auf diesen Job. Scheiß auf die bescheuerte Party. Scheiß auf den Plastikzimmerbrunnen. Scheiß auf die Hyazinthen. Ich will zu Luise. Und wenn ich für sie nur ein dummer Wetteinsatz war, dann ist mir alles scheißegal, dann spring ich aus dem Fenster.«

Caro sah sich um.

»Wir sind im Erdgeschoss«, sagte sie.

»Soll das ein Witz sein?«

»Nein, wir sind wirklich im Erdgeschoss.«

Bevor Ian etwas sagen konnte, sprang die Tür auf. Diesmal weit genug, dass Herr Hagens komplett eintreten konnte.

»Was ist denn das für ein Chaos hier drin! Wer ist diese Frau? Sie sind gefeuert, alle beide! Verlassen Sie mein Gebäude!«

Herr Hagens zeigte mit den Resten der Gurke auf die offene Tür und blieb in dieser Pose stehen wie ein lebendes Notausgangsschild.

Ian ging tatsächlich eilig auf die Tür zu, griff sich dann aber doch aus der Ecke einen der Farbeimer. Mit einer Hand zog er den Deckel ab und sah in das helle, schwappende Grün darunter.

Dann kippte er den kompletten Eimer über den Kopf von Herrn Hagens.

Sein Chef war so überwältigt, dass er überhaupt nicht reagieren konnte. Geschockt blieb er genau in der Pose stehen, bis Ian nicht nur den Raum längst verlassen hatte, sondern bereits draußen auf der Straße war. Dann erst ließ Herr Hagens die Gurke fallen, klappte den Arm ein und verließ das Büro, wobei er langsam laufend saftige grüne Fußstapfen auf dem Teppich hinterließ.

»Ach du Scheiße«, entfuhr es Caro, die immer noch wie angewurzelt mitten im Büro stand, mittlerweile ganz allein und völlig überfordert.

Sie sah sich um, als würde ihr das dabei helfen, zu verarbeiten, was hier gerade passiert war. Dabei fiel ihr Blick auf den Schreibtisch, wo ein handschriftlicher Brief unter einem Aktenordner hervorlugte.

In sehr großen Buchstaben stand dort Luises Name.

Einem Impuls folgend, griff sie danach und begann zu lesen.

»Ach du Scheiße«, entfuhr es ihr erneut.

17. Die Dornen der Rose

Mit jedem weiteren Versuch eines Anrufs kam sich Ian dümmer vor. Offenbar hatte Luise ihr Handy ausgeschaltet, denn es kam nicht mal zum Freizeichen. Würde sie jetzt ihr Handy wieder anschalten, würde sie verpasste Anrufe in dreistelliger Millionenhöhe haben. Alle aus der letzten halben Stunde.

In seiner Ratlosigkeit war Ian bei Fees Café vorbeigelaufen, in der abwegigen Hoffnung, sie könnte dort sitzen. Aber ein Blick durch die Fensterfront offenbarte, dass drinnen nur zwei Rentnerinnen saßen und beidhändig versuchten, ihre Kuchengabeln wie Presslufthammer in offenbar sehr gut durchgebackene Stücke Marmorkuchen zu rammen. Selbst Fee war nicht da, hinter der Theke stand ein junger Mann mit faustgroßen Ringen in den Ohren, in die er lässig seine Kopfhörer gehängt hatte.

Ian schüttelte ungläubig den Kopf.

Hier war alles immer schon anders gewesen, aber jetzt war es anders als anders und trotzdem nicht normal. Er fühlte sich, als würde er sich selbst beim Denken zuhören und nichts verstehen. Als würde er in einer Sprache denken, die er nicht beherrschte.

Eine Sache jedoch war wie immer: Der Kundenstopper, der aufgeklappt auf dem Bürgersteig vor dem Café seine Wache hielt und Passanten hineinlocken sollte. Heute stand darauf: »Feenomenal drinnen – draußen nur Menschen«.

Ian war sich nicht mal sicher, ob das jetzt ein Wortspiel sein sollte oder einfach albern war. Wahrscheinlich traf beides zu. Hier würde er jedenfalls nicht weiterkommen. Weit und breit kein Zeichen von Luise und niemand, den er nach ihr fragen konnte.

Beim Moonways brauchte er gar nicht erst vorbeigehen, denn die öffneten heute ohnehin erst um 23 Uhr und tagsüber trieben sich in der Ecke deutlich weniger Leute rum als nachts, aber dafür nicht weniger seltsame.

Da ihm jeder weitere Anhaltspunkt fehlte, wo er nach Luise suchen konnte, machte sich Ian auf den Weg zu seiner Mutter. Rose wohnte nicht weit weg und er wollte im Moment auf gar keinen Fall allein sein. Im Hausflur seiner Mutter roch es nach Rauch, was Ian aber nicht beunruhigte. Das war kein Zeichen dafür, dass die grobporige Putzfrau versucht hatte, die Scheuermilch und das Rasierwasser in Brand zu setzen und das Treppenhaus zu flambieren. Ian war bestens und vielfach darüber informiert worden, dass Herr Geldorf aus dem dritten OG regelmäßig das Treppenhaus als Raucherraum nutzte, seit seine Frau ihm das nicht mehr in der Wohnung erlaubte.

Also hechtete Ian die Treppen hinauf und hielt inne. Vor der Tür seiner Mutter lag auf dem Boden eine Fußmatte mit dem Bild einer älteren Frau. Aber es war nicht seine Mutter, die dort abgebildet war, sondern Frau Kalobski. Offenbar hatte jemand die Matten ausgetauscht.

Das Namensschild aus gebackenem Salzteig über der Klingel war jedoch noch das gleiche. Dabei hätte dies, wenn es nach Ian ginge, auch schon vor geraumer Zeit ausgetauscht werden können. Gegen nichts.

Als nach dem dritten Klingeln immer noch kein Geräusch aus der Wohnung zu hören war, begann Ian, sich neben seiner Verzweiflung auch noch Sorgen zu machen. Bestimmt war seine Mutter nur einkaufen, sagte er sich, aber man konnte ja nie so genau wissen.

Er zog das Handy aus seiner Tasche und suchte ihre Nummer raus. Sie war immer noch unter »Mutter« gespeichert und das würde sie wohl auch immer bleiben. Der Name »Rose« war zwar nicht gar so schrecklich, wie er hätte sein können, aber Ian hatte nicht vor, sich in nächster Zeit daran zu gewöhnen. Oder in irgendeiner anderen Zeit. Während die Freizeichen ihr eintöniges Lied sangen, versuchte Ian, sich zur Beruhigung auf eine Statistik zu konzentrieren.

Er hatte erst gestern ein wenig zur Rose recherchiert und herausgefunden, dass die Deutschen pro Jahr im Milliardenbereich Rosen kaufen. Davon kommen allein fast 900.000.000 Rosen aus den Niederlanden. Das war doch mal eine mächtige Zahl, auf die Ian sich konzentrieren konnte. Seine Mutter allerdings mochte zwar eine Rose sein, aber sie war gewiss unter 900.000.000 noch zu finden. Man erkannte sie am Sahneberg und den Sprüchen. Beim tieferen Buddeln war Ian in einem Forum über die Information gestolpert, dass das Verschenken von Blumen den Ruf hatte, außerhalb des Valentinstages hauptsächlich dazu zu dienen, eine verärgerte Partnerin zu besänftigen, was dem Blumenstrauß den Namen »Drachenfutter« eingebracht hatte. In Anbetracht der Statistiken musste es in Deutschland eine Menge Drachen geben. Und eine mindestens ebenso große Menge Partner, die mit schlechtem Gewissen unterwegs waren.

An seinem Ohr endete das Freizeichen und die Mailbox ging dran. Ian legte sofort wieder auf, um erneut durchzuklingeln und gar nicht erst darüber nachzudenken, dass weder Luise noch seine Mutter erreichbar waren.

Er lenkte seine Gedanken wieder auf die Zahlen. In der Importstatistik für Rosen war Ian ein wunderschönes winziges Detail aufgefallen: Im Jahr 2015 sind aus Spanien genau 612 Rosen nach Deutschland importiert worden. Ian hatte zunächst an einen kleinen Scherz am Rande geglaubt, aber die Zahl tauchte in der offiziellen Statistik auf, es schien zu stimmen. Aus den Niederlanden kamen ganz genau 898.968.818 Rosen, aus Spanien ganz genau 612. Irgendjemand war da draußen unterwegs und hatte die ultimative Nische gefunden. Dieser jemand brachte im Schnitt jede Woche einen kleinen Strauß Rosen von Spanien aus quer durch Europa, um Deutschland mit Liebe in homöopathischen Dosen zu füllen.

Die Stimme seiner Mutter am Telefon riss ihn aus den Gedanken.

»Hallo?«

»Hallo, Mutter. Ich stehe gerade bei dir vor der Tür. Wo bist du?«

Ihr Lachen klang blechern durch die Leitung.

»Dann müssten wir uns eigentlich sehen – ich stehe nämlich gerade bei dir vor der Tür.«

***

Mit den Fingerspitzen von Daumen und Zeigefinger öffnete Rose die winzige Schublade an der Kaffeemühle. Ian stand neben ihr in seiner Küche und rührte emsig in der aufgewärmten Milch, um sie schaumig zu schlagen.

»Erinnert mich an das Puppenhaus, mit dem du als Kind immer gespielt hast.«

»Ja, stimmt«, sagte Ian sarkastisch. »Nur dass ich halt nie ein Puppenhaus hatte.«

Seine Mutter zuckte mit den Schultern und ein blubberndes Geräusch entstand. Das waren allerdings nicht die Schultern, sondern der Espresso, der seinen Weg durch die Kanne vollendet hatte.

Mit einer Handbewegung, die er mittlerweile mit professioneller Präzision durchführen konnte, schüttete Ian erst den Milchschaum in zwei Tassen und füllte dann in einem schmalen dunklen Wasserfall jeweils ein wenig Espresso dazu. Als Rose ihren Cappuccino in der Hand hielt, lächelte sie Ian an.

»Hab ich dir schon mal gesagt, dass du sehr gut Kaffee machen kannst?«

»Nein.«

»Dann werde ich wohl meine Gründe gehabt haben.«

»Sehr witzig, Mutter«, kommentierte Ian.

Noch beim Sprechen bemerkte er, dass er sich ein wenig im Tonfall vergriffen hatte und er fügte hinzu:

»Entschuldige. Ich bin wirklich nicht in der Stimmung gerade.«

Rose stellte ihren Kaffee auf die Ablage und fasste ihn mit der rechten Hand am Oberarm. Die Hand war noch warm von der Tasse, das spürte Ian sofort, auch durch den dünnen Kaschmirpullover hindurch.

»Hör mal, Ian. Du machst ganz fantastischen Kaffee. Wirklich.«

Er wich ihrem Blick aus, aber sie wusste, dass er lächelte.

»Und jetzt erzähl mal, was los ist!«, fragte sie.

»Ach, alles ist scheiße.«

Rose nahm die Hand von seinem Arm und runzelte die Stirn. Solche Worte war sie von ihrem Sohn nicht gewohnt, es musste etwas Ernsteres vorliegen. Sie verkniff sich daher die Bemerkung, dass, wenn alles scheiße wäre, er selbst ja auch scheiße wäre und somit alles super zusammenpassen würde.

»Was denn genau?«, fragte sie stattdessen.

»Ach, diese Caro war heute bei mir im Büro.«

»Caro? Diese Freundin von Luise, die bei dir die Party aufgeschäumt hat?«

»Ja, genau die.«

Ian starrte auf seinen Cappuccino, er hatte noch nicht einen Schluck getrunken.

»Und was wollte sie?«

»Sie hat mir erzählt, dass Luise mich gar nicht wirklich mag.«

»Wie bitte?«

»Sie hat mir erzählt, dass Luise mich gar nicht wirklich mag.«

»Das habe ich schon verstanden.«

»Entschuldige. Kann sein, dass ich einen Papagei in der Familie habe.«

Seine Mutter überging die Bemerkung und nahm nachdenklich einen großen Schluck aus ihrer Tasse. Ihr Blick fiel auf das schwarz gerahmte Kindheitsfoto von ihr selbst, das Ian sich an die Wand gehängt hatte. Sie hatte nie ganz verstanden, warum er ausgerechnet dieses Bild so mochte, hatte es ihm aber gerne überlassen, damit er es in einem Rahmen fassen lassen konnte. Jetzt hing sie da, als kleines Mädchen mit skeptischen Blick. Sie konnte sich beim besten Willen nicht mehr daran erinnern, was sie am Tag dieser Aufnahme überhaupt so skeptisch gemacht hatte.

Aber sie wusste, was sie jetzt stutzig machte.

»Wie kommt denn diese Caro überhaupt darauf?«

»Sie hat mir erzählt, dass alles nur eine Wette war.«

»Was war eine Wette?«

»Ich.«

Ihm stiegen die Tränen in die Augen, daher wollte er sich abwenden.

Aber seine Mutter machte einen schnellen Schritt nach vorne und hatte ihn schon in den Arm genommen. Eine Weile standen sie so da, Ian mit hängenden Armen. Rose hielt ihn umschlungen, bis er schließlich nachgab und sie ebenfalls die Arme um sie legte. Ihre Strickjacke war unendlich weich und hätte Zuckerwatte eine Weiterbildung geben können. Sie roch nach dem Weichspüler, den sie schon seit Jahrzehnten benutzte. Nach ihrem süßherben Parfum. Nach ihr.

Ians Gedanken, die eben noch vom höchsten Haus der Stadt gefallen waren, landeten darin wie in einer Kissenburg, die er in seinem alten Zimmer unter dem Poster von Bobby Fisher und der Autogrammkarte von Mark Hamill errichtet hatte. Den Brunnen seiner Augen hatte er für völlig versiegt gehalten, aber nun flossen kleine Ströme über sein Jochbein, die Wangen hinab und stürzten von den Kanten seines Unterkiefers auf Roses Strickjacke.

***

»Komm, wir setzen uns«, schlug Rose nach einer Weile vor. »Und nochmal von vorne, bitte.«

Sie klatschte dreimal.

Ian atmete tief durch, während er seine Tasse neben den Kuchenteller stellte und den Bienenstich in den Blick nahm. Der Bienenstich war sein kulinarischer Nordstern, er stand immer an derselben Stelle, völlig unabhängig von Tageszeit, Wetter oder Stimmung. Zumindest stand er da, bis seine Mutter ihn unter Sahnebergen begrub. Daran konnte er sich orientieren. Von dort konnte er losgehen.

»Ich hab dir doch erzählt, wie Luise mich in der U-Bahn angesprochen hat.«

Rose nickte.

»Und dir wird aufgefallen sein, dass sie ein wenig anders ist als ich.«

»Kaum.«

Ihr mildes Lächeln übersah er und sprach einfach weiter.

»Wie es aussieht, haben Luise und Caro mich damals in der U-Bahn gesehen und gewettet, ob sie es schaffen, aus so einem spießigen Langweiler wie mir einen coolen Typen zu machen.«

»Und das hat dir Caro erzählt?«

»Ja.«

»Die Frau, die auch deinen Geburtstag sabotiert hat?«

»Ja.«

Diesmal sah er ihr Lächeln, aber verstand es nicht.

»Ian, ist dir schon mal die Idee gekommen, dass diese Caro ein Problem damit haben könnte, dass du dich so gut mit Luise verstehst? Sie betreibt auf jeden Fall einen ordentlichen Aufwand, um euch das Leben zu erschweren. Und das macht ja niemand ohne Grund. Was ist also das Interesse, das diese Caro verfolgt, frage ich mich?

Da sie dich nicht kennt, kann es eigentlich nur um Luise gehen. Ist es vielleicht möglich, dass sie eifersüchtig ist?«

Langsam schob sie sich eine Gabel voll Sahne in den Mund und wartete auf Ians Antwort.

Dieser jedoch musste erstmal über ihre Worte grübeln.

»Keine Ahnung«, sagte er schließlich.

»Kann eigentlich nicht sein, weil Luise ja nicht lesbisch ist.«

Rose lachte auf, es klang wie ein kichernder Pudding, weil sie den Mund voll Sahne hatte. Sie musste kauen und schlucken, bevor sie ihm etwas entgegnen konnte.

»Ian, sei doch nicht naiv. Es ist der Liebe doch egal, wo sie hinfällt.«

»Ja, aber deswegen muss man ihr doch kein Bein stellen.«

Sie zeigte mit der Kuchengabel auf ihn.

»Genau das ist der Punkt«, sagte sie. »Du solltest deiner Liebe kein Bein stellen lassen. Was auch immer diese Caro will, ist doch letztlich egal. Wichtig ist, was zwischen dir und Luise ist.«

»Aber das ist ja der Punkt: Auch für Luise bin ich nur eine Wette.«

»Das ist doch nur ein Floh, den dir diese schreckliche Person ins Ohr gesetzt hat. Eifersucht schafft Intrigen, es ist bei Shakespeare nachzulesen.«

Ian trank einen Schluck von seinem Cappuccino, der mittlerweile nur noch lauwarm war. Was seine Mutter sagte, ergab ja schon Sinn, aber passte trotzdem nicht so ganz. Auch wenn er es gerne glauben wollte, dass alles so einfach war und Caro sich diese Geschichte nur ausgedacht hatte.

»Was mir aber nicht einleuchtet, ist, warum Caro nicht einfach was Leichteres behauptet hat. Wenn sie tatsächlich lügt, wäre es doch einfacher und effektiver, wenn sie mir erzählen würde, dass Luise fremdgegangen ist.«

»Es ist doch völlig egal, was Caro behauptet. Und selbst wenn es stimmen sollte, dass Luise am Anfang nur eine Wette auf dich abgeschlossen hat, ist das egal. Habt ihr euch halt durch eine Wette kennengelernt. Na und?

Die Leute lernen sich doch heutzutage auf weitaus bescheuerteren Wegen kennen. Indem sie über ihre Displays wischen oder im Internetz eine Maschine den Job machen lassen. Oder Speeddating. Oder Kuppelshows im Fernsehen, bei denen man sich nackt auf einer Insel kennenlernt, vor laufenden Kameras. Da ist doch eine harmlose Wette nichts dagegen.

Außerdem habe ich euch doch zusammen gesehen. Ich hab gesehen, wie sie dich ansieht. Ich hab gesehen, wie du sie ansiehst. Da ist mehr im Spiel als eine Wette.«

Ian sah seine Mutter an, während der Nachhall ihrer Worte durch den Raum schwebte, und zog die Augenbrauen zusammen.

»Aber sie hat mich betrogen.«

Rose nickte.

»Ich kann mir vorstellen, dass sich das schrecklich anfühlt. Aber eines muss dir klar sein: Als sie der Wette zugestimmt hat, kanntet ihr euch noch gar nicht. Es ist ein bisschen so, als würdest du sagen, dass sie dir fremdgegangen ist, mit ihrem Exfreund vor zehn Jahren. Das ist doch auch kein Betrug, oder?«

»Nein.«

Er grübelte einen Moment und öffnete dann den Mund, um etwas entgegenzusetzen. Doch seine Mutter schnitt ihm das Wort ab, noch bevor er es sich nehmen konnte.

»Ich finde, du solltest wegen eines solchen Unsinns nicht deine Liebe aufgeben.«

Seine Antwort blieb ihm im Hals stecken und verkroch sich dann zurück in eine dunkle Ecke in seinem Innern. Stattdessen nickte er.

»Na, also!«, rief Rose.

»Na, also was?«

»Na, also gehst du jetzt zu ihr.«

»Ich weiß nicht, wo sie wohnt.«

»Aber ich.«

18. Annahmen und Festnahmen

Wann immer Ian über Kopfsteinpflaster lief, kam er nicht umhin, zu denken, dass die Leute früher anders ausgesehen haben mussten. Die Steine des Straßenbelages waren jedenfalls deutlich kleiner als ein heute üblicher Kopf. Gleichzeitig war das uralte Längenmaß »ein Fuß« schon recht genau so lang wie seine Füße.

Von den Türen und der Deckenhöhe in mittelalterlichen Häusern wusste er zudem, dass die Leute damals wohl deutlich kleiner gewesen sein mussten. Wenn er all das zusammennahm, ergab sich in seinem Kopf ein etwas seltsames Bild der damaligen Menschen. Gab es etwa im Mittelalter nur kleine Leute mit winzigen Köpfen und riesigen Füßen? Musste die Evolutionstheorie neu überdacht werden? Oder mussten seine Theorien weniger überdacht werden?

Vor allem, wenn er gerade die Straße entlangrannte, waren solche Grübeleien nicht der beste Plan. Ian versuchte, das Rennen als Rennen zu nehmen. Immerhin gingen über 20 Prozent der Deutschen zumindest ab und zu joggen, jeder Vierte davon regelmäßig. Ian schüttelte den Kopf, um diese Information wie ein Laken abzuwerfen.

Schluss mit den Gedanken, er musste den Fokus nach außen richten: Einen Schritt vor den anderen, die Straße entlang bis zum Ziel. Die Angst, die unter dem Zahlen- und Faktenmeer in seinem Kopf auftauchte, versuchte er zu umarmen und als Motor zu nutzen, um noch schneller zu rennen. Zumal es ja ganz egal war, wer jetzt Recht hatte, ob Caro, seine Mutter oder Mario oder der Rest der Welt. Sobald er bei Luise war, würde sich alles klären und es gab nicht mal im Ansatz eine Möglichkeit, den Ausgang der Situation aus einer Statistik abzuleiten oder eine Wahrscheinlichkeit zu berechnen.

Ian warf die Füße nach vorne und seinen Körper hinterher. Sein Kopf flog ein paar Meter hinter dem Rest und war sehr bemüht, den Anschluss nicht zu verlieren.

***

Es gab Tage, an denen eine geschlossene Wolkendecke wie ein weißes Blatt Papier über den Köpfen hing und darauf wartete, beschrieben zu werden. Und darunter sitzen die Dichterinnen vor ihren weißen Blättern und überlegen, wie sie die Wolken beschreiben sollten. An solchen Tagen war Luise besonders froh, keine Dichterin zu sein, sondern nur eine Luise. Das war meistens auch schon genug Herausforderung, ohne den Versuch, mit einem Stift bis an den Himmel zu reichen.

Als sie vor die Tür ihres Hauses trat, hörte sie im selben Moment, als ihr rechter Fuß den Bürgersteig berührte, wie die Straße ihren Namen ausrief.

»Luise Schickedanz?«

Sie blieb stehen und sah auf den Asphalt unter ihr.

»Ja, liebe Straße?«, fragte sie nach unten.

»Frau Schickedanz?«, wiederholte die Stimme etwas lauter.

Diesmal erkannte Luise, dass die Stimme nicht von unten, sondern von der Seite gekommen war. Sie sah auf und zuckte zusammen. Da standen plötzlich zwei uniformierte Polizisten direkt vor ihr.

»Huch«, entfuhr es ihr.

Die beiden Polizisten musterten sie. Dann wandte sich der kleinere der beiden, ein junger Typ, vermutlich sogar jünger als Luise, wieder an sie.

»Sind Sie Luise Schickedanz?«

»Nein«, sagte Luise.

Sie sah sich unschuldig um. Leider blieben die beiden Polizisten direkt vor ihr stehen und sahen sie zweifelnd an. An eine Flucht war nicht zu denken, Luise musste sich also etwas einfallen lassen.

»Mein Name ist Audi Straßenlaterne«, erklärte sie.

»Sie heißen Audi?«

»Ja, das ist ein tschechischer Vorname. Meine Eltern waren große Autofreaks.«

»Was denn nun von beiden? Tschechen oder Autofreaks?«

Luise kratzte sich an der Nase und zwang sich zu einem freundlichen Lächeln, indem sie mit Daumen und Zeigefinger ihrer linken Hand die Mundwinkel nach oben schob. Auf gar keinen Fall durfte sie sich jetzt eine Unsicherheit anmerken lassen. Diese Wachmenschen konnten Unsicherheit riechen wie ein Spürhund eine Bockwurst mit krimineller Energie. Das war nicht das erste Mal, dass Luise von Polizisten befragt wurde, und sie versuchte, sich auf den Gedanken zu konzentrieren, dass sie hier die Chefin der Situation war. Oder zumindest sein konnte.

»Beides«, antwortete sie. »Meine Eltern waren tschechische Autofreaks.«

»Wissen Sie, was ich glaube?«, fragte der andere Polizist.

Er war etwas älter als sein Kollege und trug allen Ernstes einen Schnauzbart, der vermutlich nicht mal ironisch gemeint war.

»Dass Ponys pubertierende Pferde sind?«, riet Luise.

»Was?«

»Das hat eine Freundin von mir bis ins Erwachsenenalter hinein geglaubt! Lustig, oder? Kann ich jetzt gehen?«

»Nein«, bellte der Kleinere knapp.

Ohne das aufgemalte Lächeln aus ihrem Gesicht zu nehmen, musterte sie ihn. Das Gesicht des Polizisten war von einem hellbraunen Fell überzogen, die Zunge hing ihm seitlich aus dem Mund. Er hatte dunkle kleine Augen, eine schwarze feuchte Nase und ihm lief etwas Geifer von den kleinen Reißzähnen. An den flachen Schultern und den langen, hängenden Ohren erkannte sie schließlich, dass es sich um einen Beagle handeln musste. Einen sprechenden Beagle in Uniform, wenn man es genauer nahm. Wenn sie jetzt ein Stöckchen warf, da war sich Luise sicher, würde er hinterherrennen und es apportieren.

»Ich glaube nicht, dass Ihre Eltern Tschechen sind«, erklärte der andere Polizist.

»Sie kennen meine Eltern doch gar nicht«, protestierte Luise.

»Aber ›Straßenlaterne‹ ist überhaupt kein tschechischer Name.«

»Des Weiteren«, fügte der Kleine hinzu und deutete dabei mit einer kreisenden Bewegung der Pfote hinter sich, ohne sich umzusehen, »stehen wir hier auf dem Bürgersteig, direkt vor einer Straßenlaterne, an der ein Audi geparkt ist.«

»Was für ein irrer Zufall«, rief Luise.

»Ich glaube vielmehr, dass sie sich den Namen gerade ausgedacht haben.«

Luise sah auf ihre Füße. Sie hätte sich dann doch lieber mit der Straße unterhalten. Es dauerte nur einen Sekundenbruchteil, dann sah sie wieder hoch. Sie durfte nicht vergessen, die Chefin zu bleiben.

»Na gut«, sagte sie freundlich. »Sie haben mich erwischt. In Wirklichkeit heiße ich Mercedes Taschenlampe.«

»Jetzt mal Schluss mit den Späßen, junge Dame«, schimpfte der Ältere.

Der Jüngere sprang ihm bei.

»Zeigen Sie uns doch mal ihren Ausweis, Frau Taschenlampe.«

»Äh ... ich hab keinen Personalausweis dabei. Der ist zuhause.«

»Und wo ist dieses Zuhause? Wenn wir keinen Ausweis von Ihnen haben, dann müssen wir Sie zur Feststellung Ihrer Identität mit auf die Wache nehmen.«

»Nun machen Sie schon, Frau Taschenlampe«, bellte der Jüngere. Er war ganz aufgeregt, tippelte auf seinen vier Beinen von links nach rechts und wedelte mit dem Schweif.

Der ältere Polizist drehte langsam seinen Kopf zu seinem Kollegen und sah ihn ernst an.

»Hör mal, Sören, die Frau heißt nicht Taschenlampe.«

Der jüngere Polizist runzelte die Stirn, bis ihm ein Licht aufging.

»Ja, stimmt, das ist auch kein tschechischer Name!«, rief er.

»Sag mal, Sören, geht es noch? Die Frau ist weder Tschechin noch Taschenlampe!«

Luise überlegte für einen Sekundenbruchteil, ob sie die Verwirrung nutzen sollte, um einfach wegzurennen. Die Situation war jedenfalls ernst genug, um es in Betracht zu ziehen, ein solches Risiko einzugehen. Dass die beiden nicht hier waren, um die Rücklichter an ihrem Fahrrad zu kontrollieren, war für sie jedenfalls ziemlich offensichtlich. Panik stieg aus ihrem Bauch wie Wasserdampf aus einem Kühlturm und verfing sich in ihrer Schädelkuppel. Alles weiß.

Der jüngere Polizist musterte sie ausgiebig, sah dann wieder auf seinen älteren Kollegen, der ihn immer noch grimmig anstarrte.

»Aber wer ist sie denn dann?«, fragte der Beagle.

»Das ist Luise Schickedanz!«

»Ach«, sagte der Jüngere überrascht.

»Stimmt's oder hab ich Recht, Frau Schickedanz?«

»Keine Ahnung.«

»Nun, dann kommen Sie jetzt halt mit aufs Revier!«, schimpfte der Ältere. Mittlerweile war er sichtlich genervt von der Entwicklung der Situation. Sein Schnauzbart zitterte beim Reden und seine Augen rollten in ihren Höhlen umher.

»Aber ich bin verabredet«, protestierte Luise.

»Das wird warten müssen, junge Frau. Sie haben eine Verabredung im Polizeirevier, die Vorrang hat.«

Als hätte er geahnt, dass sich Luise nun doch zum Weg-
rennen entschließen wollte, packte er ruppig ihren Oberarm und hielt sie fest. Sie wehrte sich nicht wirklich, gab
aber auch dem Zug nicht nach, als er sie Richtung Strei-
fenwagen führen wollte. Ihre immer noch mangelnde Ko-
operation half ihr allerdings kein Stück weiter, sondern
machte im Gegenteil die beiden Polizisten nur noch wütender. Der Beagle zeigte seine Zähne und knurrte sie an.

»Wenn Sie nicht mitkommen, lege ich Ihnen Handschel-
len an, Frau Taschenlampe.«

»Sören, im Ernst, halt die Klappe!«, fuhr ihn sein Kollege an.

»Die Frau heißt Luise Schickedanz!«

»Das können wir doch gar nicht sicher wissen.«

»Genau, das könnt ihr gar nicht wissen«, bestätigte Luise. »Lasst mich lieber mal los!«

Wenn Luise richtig Angst bekam, pendelte sie wahllos
zwischen Fluchtinstinkt und Aggressionsbereitschaft.

Ebenfalls schwitzend, wenn auch aus ganz anderen
Gründen, kam Ian um die Ecke gerannt. Als er Luise mit
den beiden Polizisten sah und die Panik in ihren Augen,
sprang ein rot lackierter Schalthebel in ihm um.

»Hey!«, schrie er.

»Lasst Luise los! Hey! Was geht'n bei euch, ihr ahnbaren
Larrys? Finger weg!«

Weil er beim Brüllen nicht anhielt, sondern mit Drohge-
bärden auf die anderen zukam, zog der Beagle Sören seine Dienstwaffe aus dem Holster an seiner Flanke.

»Stehenbleiben!«

Das kalte schwarze Metall der Pistole nur zu sehen, traf
Ian wie ein Hammerschlag gegen den Brustkorb.

Er gefror an Ort und Stelle zu einer Eisskulptur.

»Keinen Schritt näher oder ich betrachte dies als Angriff und bin gezwungen, von der Schusswaffe Gebrauch zu machen.«

Selbst der ältere Polizist hielt einen Moment lang inne und starrte ihn an. Gezwungermaßen kam auch Luise zum Stillstand, ihr Blick wechselte panisch zwischen der Pistole und Ian.

»Bist du bekloppt, Sören?«, sagte sein Kollege schließlich.

»Komm mal runter und pack die Pistole weg!«

Als Sören nicht sofort reagierte, wechselte der Ältere in einen klaren und lauten Befehlston.

»Sören, nimm jetzt die Waffe runter! Der Typ ist harmlos!«

Ian sagte nichts und bewegte sich keinen Millimeter. Innerlich musste er dem Polizisten leider Recht geben. Er war harmlos. Deutlich lieber wäre er gefährlich gewesen und hätte die beiden Bullen samt ihrer Waffen mit dem flammenden Atem eines Drachens gegrillt und wäre mit Luise davongeflogen. Seine Dienstwaffe in Zeitlupe wieder einsteckend, starrte Sören weiterhin mit zusammengekniffenen Augen Ian an.

»Pass bloß auf, Freundchen!«, knurrte er.

Tatsächlich passte Ian auf. Er verblieb als atmende Plastikfigur in seiner Pose und bewegte nur minimal die Augen, um die weitere Entwicklung der Situation zu verfolgen. Hinter Sören hatte der Ältere inzwischen Luise auf die Rückbank setzen können. Sie setzte sich nicht mehr zur Wehr, um jede Eskalation zu vermeiden.

Erst als sie im Wagen saß, die beiden Polizisten ebenfalls eingestiegen waren und sie gerade losfuhren, sagte

sie etwas in Ians Richtung. Er konnte sie durch die geschlossene Fensterscheibe zwar nicht hören, aber erkannte an ihren Lippenbewegungen, welches Wort sie da sagte.

»Ian.«

»Luise«, antwortete er leise.

Jetzt schaffte er es, sich aus seinem eingefrorenen
Schockzustand zu befreien und ihr hinterherzuwinken. Sie
antwortete mit einem Lächeln, aber der Ausdruck in ihren
Augen sagte etwas ganz anderes.

Dann war das Auto um die nächste Ecke gebogen und
für immer aus seinem Sichtfeld verschwunden.

Verzweifelt wie noch nie zuvor in seinem Leben setzte
sich Ian auf die Kante des Bürgersteigs und vergrub sein
Gesicht in seinen Händen.

***

Nach einer Zeit, deren Länge Ian unmöglich hätte ange-
ben können, hörte er Schritte auf dem Asphalt, die genau
neben ihm anhielten.

»Was ist passiert?«, fragte eine Frauenstimme.

Ian sah hoch und Caro erschrak.

Seine Augen waren ganz rot und seine Wangen glänzten vor Feuchtigkeit.

»Geh weg!«, sagte Ian.

Aber Caro rührte sich kein Stück.

»Was ist passiert?«, wiederholte sie ihre Frage.

Er sah sie verächtlich an.

»Sie haben Luise abgeführt. Bist du jetzt zufrieden, Kollege?«

»Wer hat Luise abgeführt?«

»Die Bullen natürlich. Wer denn sonst, verfickte Schei-ße? Ich bin dazwischengegangen, da haben sie mich mit einer Knarre bedroht.«

»Fuck«, sagte Caro.

»Das kannst du laut sagen.«

»FUCK!«, sagte Caro sehr laut.

Ian hätte beinah lachen müssen, so absurd und schreck-lich war die Situation. Stattdessen sah er auf den Audi, der direkt vor ihm geparkt war und auf dessen Heckklappe drei sehr hässliche Hundefotos geklebt waren.

»Ich hab nicht einmal eine Ahnung, wohin sie mit Luise fahren. Oder warum. Ich weiß gar nichts mehr.«

»Aber ich weiß das.«

Ihre Antwort quittierte Ian mit einem spöttischen Grin-sen.

»Wieso sollte ich dir irgendetwas glauben? Du willst doch die ganze Zeit nur unsere Beziehung sabotieren!«

»Was?«

»Weil du wahrscheinlich selbst in sie verknallt bist.«

»So ein Unsinn. Luise ist einfach meine beste Freundin.«

»Und warum zerstörst du dann meine Party? Und war-um erzählst du mir schlimme Dinge über sie? Warum stört dich dann, dass sie mich mag?«

Caro presste die Lippen aufeinander.

»Weil ich dachte, dass du überhaupt nicht zu ihr passt.«

»Darum ruinierst du mein Leben? Weil du glaubst, dass du weißt, wer zu wem passt? Du hast auch die Weisheit mit Suppenkellen in dich reingeschaufelt, oder?«

»Nein, ja, sorry. Ich hab Scheiße gebaut. Schon wie-der.«

»Das kann man wohl laut sagen.«

Zu seiner Verwirrung sah Caro wirklich gequält aus. Sie ließ die Schultern hängen, nahm ihre Wollmütze vom Kopf und hinter ihren großen Brillengläsern konnte er sehen, wie sich ihre Augen mit Tränen füllten.

»Ich möchte das wieder gutmachen«, sagte sie leise.

Fast hätte Ian sie in den Arm nehmen wollen, aber er ermahnte sich zur Härte.

»Und warum sollte ich dir das glauben?«, fragte er kühl.

»Ich habe deinen Brief an Luise gefunden.«

Sie zog ein Stück Papier aus der Tasche und Ian erkannte es sofort an der großen Schrift.

»Wieso liest du meine Briefe, Kollege?«

Ihm fiel jetzt selbst auf, dass er Luises Sprache verwendete, aber es fühlte sich gut und richtig an. Caro setzte sich langsam und mit wackligen Knien auf die Kante des Bürgersteigs direkt neben Ian. Sie wollte ihre Hand auf seinen Arm legen, aber er zog ihn weg.

»Es tut mir leid«, sagte sie schließlich.

»Fuck, das tut mir alles so leid. Ich hab dir nicht die ganze Wahrheit gesagt. Die Geschichte mit der Wette stimmt, so hat es angefangen. Aber da kannte dich Luise auch noch nicht. Als sie dich erst mal kennengelernt hatte, war ihr die Wette ganz egal. Sie erwähnte den Versuch, deine wilde Seite zu finden, nicht mal mehr. Im Gegenteil, sie hat mir gesagt, dass sie dich mag. Und an den Wetteinsatz hat sie gar nicht mehr gedacht. Ich glaube, dass es vielleicht auch das war, was mich so genervt hat.«

»Was war denn dein Wetteinsatz?«, fragte Ian und musterte sie.

»Ich hab gesagt, dass ich mir ein Bild von ihrem Unterarm auf meinen Unterarm tätowieren lasse.«

»Und?«

»Und?«

»Ich habe grade einen Eimer Farbe auf meinen Chef gekippt und wäre fast von einem Polizisten erschossen worden. Ist das nicht wild genug?«

»Ich schätze schon«, nickte Caro.

Aus der Innenseite seines Jacketts holte Ian einen Kugelschreiber hervor und hielt ihn Caro hin.

»Dann mal los, wenn deine Geschichte stimmen sollte!«

Mit ungläubigen Augen sah sie ihn an, während er mit dem Stift ein wenig vor ihr herumfuchtelte.

»Ich soll mich hier auf der Straße mit einem Kugelschreiber tätowieren?«, fragte sie.

»Nein, Kollege. Aber du kannst ja schon mal vorzeichnen.«

Caro nickte nochmal und griff nach dem Stift. Sie schob ihren linken Ärmel hoch und begann tatsächlich, mit eher kindlicher Linienführung einen Unterarm auf ihren Arm zu malen. Eine Weile lang sah Ian ihr zu und das beruhigte ihn irgendwie. Sein Atem und seine Angst pendelten sich langsam wieder ein, er spürte, dass er bald wieder klare Gedanken fassen können würde.

»Weswegen haben die Bullen Luise mitgenommen?«, fragte er nach Schweigeminuten.

Das Wort »Bullen« ging ihm derart leicht über die Lippen, dass er schon fast selbst vor sich erschrak. Es war so viel passender, so viel emotionaler.

Caro zögerte merklich mit ihrer Antwort.

»Komm schon, was ist Phase, Kollege?«, hakte Ian nach.

»Ich glaube, es geht um eine Graffiti-Sache.«

Er deutete auf ihren Arm.

»Hat Luise eine Wand auf eine Wand gemalt?«

»Nein, leider nicht, das wäre ja noch in Ordnung. Wir sind nachts in ein Depot eingebrochen und haben Züge bemalt.«

»Laber nicht.«

»Ich laber nicht, das stimmt tatsächlich.«

Damit kehrte die Stille zurück und beide starrten auf die Straße vor sich. Jetzt hätte Regen gepasst, fand Ian, aber selbst das Wetter spielte nicht mehr mit. Von rechts näherte sich ein Auto und fuhr im Schritttempo an ihnen vorbei. Caro und Ian folgten dem Fahrzeug mit ihren Blicken.

Natürlich saß nicht Luise darin, wie Ian einen irrationalen Moment lang gehofft hatte. Stattdessen fuhren dort zwei Rentnerinnen vorüber und Ian erkannte die beiden Frauen. Es waren dieselben, die er vorher in Fees Café gesehen hatte, als sie versuchten, ihren steinharten Marmorkuchen zu essen. Der Zufall flog an ihm vorbei und bog an der nächsten Kreuzung ab.

Ians sah Caro an, die ihren Blick in den leeren Himmel über sich richtete.

»Na, dann werde ich sie jetzt mal da rausholen.«

Erstaunt über die Klarheit und Entschlossenheit in seiner Stimme, drehte sie sich zu ihm und musterte sein Gesicht.

»Und wie willst du das machen?«

»Das lass mal meine Sorge sein. Ich hab da schon eine Idee. Such du dir mal lieber ein Tattoo-Studio. Mal abgesehen davon, dass Tätowierungen derartig spießig sind, dass es funkt. Selbst meine Mutter ist tätowiert und deine vermutlich auch. Aber Strafe muss sein.«

Damit ließ er Caro auf der Bürgersteigkante sitzen, nahm ihr beim Aufstehen den Brief aus der Hand und rannte in die Richtung, aus der er gekommen war.

Sie sah ihm noch eine Weile lang nach und dann auf die krakelige Zeichnung auf ihrem Unterarm.

»Fuck«, sagte sie erneut, aber diesmal in einem ganz anderen Tonfall.

19. Sorry, not sorry

Mario wohnte in einem Loft. Besonders viel Platz war in der Wohnung dabei zwar nicht, aber dafür alles in einem einzigen hellen Raum mit vielen Fenstern untergebracht. Ian hatte sich schon immer gefragt, wo eigentlich ein Loft anfängt und die Einzimmerwohnung aufhört. Allerdings hatte er sich noch nie durchringen können, die Frage an Mario zu richten. Der trug den Umstand, dass er in einem Loft wohnte, nämlich gerne zur Schau. Er erwähnte es so oft, dass Ian trotz der Abwesenheit auch nur der geringsten Begeisterung für Lyrik aufgefallen war, dass »Loft« und »oft« sich reimten.

Es fehlte nicht viel und Mario hätte sich ein T-Shirt gedruckt mit der Aufschrift: »Ich wohne in einem Loft.« Und auf der Rückseite hätte gestanden: »Im Gegensatz zu euch, ihr Verlierer.«

Wenn Ian sich die Wohnung vor Augen rief, bestätigte sich dabei seine Einschätzung, dass es trotzdem nur eine etwas größere Einzimmerwohnung war. Ihm selbst wäre das viel zu wenig gewesen. Aus dem Zensus von 2011 hatte Ian gelernt, dass eine durchschnittliche Wohnung in Deutschland 4,4 Zimmer auf 90 Quadratmeter hat. Die

Zimmeranzahl hatte ihm besonders gut gefallen, denn sie bedeutete, dass der Durchschnittsdeutsche neben Schlafzimmer, Wohnzimmer und Küche noch 1,4 Zimmer für seine durchschnittlichen 1,4 Kinder hat. Weniger gut gefallen hatte Ian die Erkenntnis, dass es in Deutschland Hunderttausende Menschen gibt, die keine eigene Toilette in ihrer Wohnung haben.

Eine solche gab es immerhin bei Mario. Zum Glück war diese tatsächlich auch durch eine Wand vom Rest der Wohnung getrennt. Vielleicht war es ja das, was ein Loft von einer richtigen Einzimmerwohnung unterschied, dachte Ian.

Seine Gedanken flogen, aber wie ein Papierdrache hingen sie dabei am Boden fest, verankert an Luise und vielleicht sogar noch ein bisschen tiefer. Sie war womöglich bereits im Gefängnis und fragte sich, ob ihre Zelle eigentlich nicht auch ein sehr, sehr kleines Loft war.

Ian schüttelte den Kopf und starrte auf seine Hand, auf den Klingelknopf an der Marios Wohnungstür, bis zu der er durch die meist offenstehende Haustür problemlos gelangt war. In dem Moment, als seine Hand den Knopf berührte, sah er plötzlich Mario vor sich stehen, der die Wohnungstür bereits geöffnet hatte und ihn fragend ansah. Da war es jedoch zu spät, die Hand zurückzuziehen. Also hörten sie beide die Glöckchen läuten und sahen sich dabei gegenseitig fragend an.

»Hallo«, sagte Mario schließlich.

Ian erwiderte den Gruß und rührte sich ansonsten genauso wenig wie sein Gegenüber. Ein Stillleben, dass man auf Englisch wohl »awkward« genannt hätte, was mit dem deutschen Wort »unangenehm« nur unzureichend übersetzt ist.

Eines Tages war Ian beim Surfen im Internet auf eine Seite gestoßen, deren Inhalte sich mit derselben Intensität in seine Synapsen gebrannt hatten, mit der sonst nur Statistiken und Schachpartien dort festgehalten waren. Jemand hatte sich die Mühe gemacht, Worte aus allen möglichen Sprachen zu sammeln, die sich in andere Sprachen nicht übersetzen ließen. Und während sich die beiden völlig awkward gegenüberstanden, dachte Ian plötzlich an Worte wie »lagom«, das schwedisch Wort für »mittig« im Sinne von »sehr gut« und »mitten ins Schwarze treffend«.

Wobei die Situation gerade ja eher das Gegenteil von lagom war. Besser passte da das japanische Wort »Ameotoko«, das sich übersetzen lässt mit: »ein Mann, dessen Anwesenheit zu Regenfällen führt«. Wobei Ian nicht ganz klar war, ob in diesem Moment Mario der Ameotoko war oder doch eher er.

So sahen sie sich einfach gegenseitig an und es verging eine komplette »Pisan Zapra«. Das war eines der originellsten Worte und stammt aus der Malai-Sprache. Es bezeichnet die zum Verzehr einer Banane notwendige Zeitspanne.

Weil Ian schon wieder in Gedanken abgedriftet war, ergriff schließlich Mario, der die Stille nicht mehr aushielt, das Wort.

»Komm halt rein«, sagte er und machte eine knappe, aber einladende Geste dazu.

Ian nickte und betrat das Loft.

Es war komplett quadratisch und hatte eine schmale weiße Säule in der Mitte, an die Mario eine kleine Kommode mit seinem Festnetztelefon platziert hatte. Ansonsten waren seine Möbel entlang der Außenwände aufgestellt, wie die dreidimensionale Erweiterung der Tapete.

Das galt auch für den Schreibtisch, den Mario gleichzeitig als Esstisch nutzte. Dort stand gerade ein halbvoller Teller mit Nudeln auf einem Laptop auf einem Aktenordner.

Ein Anblick, der in Ian ähnliche Gefühle auslöste wie das Platzen eines gefüllten Staubsaugerbeutels. Er sah sich lieber weiter um.

In der Ecke, die der Eingangstür gegenüberlag, war eine kleine Küche mit winzigem Kühlschrank und nur zwei elektrischen Herdplatten. Direkt davor hatte sich Mario gestellt und sah ihn fragend an.

»Möchtest du einen Kaffee?«

»Nein, danke«, entgegnete Ian.

Beiden war nach diesen wenigen Worten schon klar, dass dieses Gespräch hier nicht auf einen Streit hinauslaufen würde. Trotzdem standen sie sich schon wieder etwas ratlos gegenüber, nur jetzt halt in der Wohnung, nicht mehr im Hausflur.

In der Sprache Yamana, die von den Bewohnern Feuerlands an der Südspitze Südamerikas gesprochen wird, gibt es das Wort »Mamihlapinatapai«, das es sogar ins Guiness Buch der Rekorde geschafft hat als das weltweit präziseste Wort. Es bezeichnet den Blick zweier Menschen, die sich ansehen und dabei hoffen, dass der jeweils andere mit einer Handlung beginnt, die sich beide wünschen, aber keiner von beiden bringt den Mut auf, den ersten Schritt zu tun.

Eigentlich war Mario für erste Schritte zuständig und Ian eher für das Hinterherlaufen. Aber die Dinge waren nicht nur auf der Geburtstagsparty aus den Fugen geraten.

Also nahm Ian an, dass es wohl seine Rolle war, heute den Schritt über den Tinytalk hinauszuwagen.

»Tut mir leid«, sagte er.

Mario war aufrichtig erstaunt.

»Was denn?«

»Dass die Party nicht so verlaufen ist, wie du sie dir erhofft hattest.«

Statt zu antworten, machte Mario plötzlich eine hektische Abwinkbewegung, die wiederum Ian irritierte. Er sah, dass Mario ihn überhaupt nicht direkt ansah, sondern über seine Schulter linste.

»Ian«, rief Mario, als er bemerkte, dass Ian seine Stirn runzelte und sich langsam umdrehte, um seinen Blick zu folgen.

Das bewirkte natürlich nichts, dieser Dominostein war längst gekippt. Ian drehte sich, um seinem Blick und seiner Geste zu folgen.

Hinter ihm hatte sich die Badezimmertür geöffnet und eine Frau war herausgekommen. Ian traute seinen Augen nicht. Niemand Geringeres als Frau Dr. Birgit Wenninger stand da, mit etwas zerzaustem Haar und etwas schief sitzendem Jackett eines ihrer berüchtigten beigen Hosenanzüge. Dafür diesmal ohne ihre beiden Trabanten.

Einen Moment lang starrte Ian sie mit offenem Mund an, dann drehte er sich kurz zu Mario und dann wieder zur Frau Wenninger, als würden seine Gedanken Tennis spielen und der Hauptpreis wäre die Erkenntnis, was hier vorgefallen war.

Schließlich schlug er sich mit der flachen Hand vor den Mund und ein unterdrücktes Kichern kroch zwischen seinen Fingern hervor.

»Was ist denn hier so witzig?«, fragte Frau Wenninger, die Hände in die Hüften gestemmt.

Er kniff sich selbst, um das Lachen zu bremsen, und atmete schließlich dreimal tief durch, bevor er antwortete.

»Kennen Sie das das indonesische Wort ›jayus‹?«, fragte Ian.

»Wie bitte?«

»Das bezeichnet einen Witz, der unfreiwillig komisch ist, weil er so schlecht erzählt wird«, erklärte Ian.

»Wo ist denn hier ein Witz?«

Frau Wenninger machte einen verärgerten Eindruck. Diese Situation würde es ganz offensichtlich nicht in die Top Ten ihrer persönlichen Lieblingssituationen der letzten zehn Jahre schaffen.

»Entschuldigen Sie, aber das ist einfach ein wenig absurd.«

Ian zeigte mit dem Finger zwischen Frau Wenninger und Mario hin und her.

»Das finden Sie absurd?«

Sie atmete zischend aus und bewarf ihn mit einem Blick aus Eis.

»Ich finde ja eher absurd, wenn jemand auf einer Schaumparty mit seiner eigenen Schwester rumknutscht.«

Es dauerte einen Moment, bis Ian verstand, was sie meinte.

»Das war nicht meine Schwester«, protestierte er.

»Es ist mir egal, Sie können machen, was Sie wollen. Ich bin raus.«

Frau Wenninger griff in ihre hellbraune Lederhandtasche und fischte zwei Fünfzig-Euro-Scheine heraus. Sie musterte Mario von oben bis unten, legte dann einen der

Scheine auf den Tisch und steckte den anderen wieder ein. Schließlich drehte sie sich um und ging wieder ins Badezimmer. Nach einer Sekunde kam sie wieder heraus.

»Falsche Tür«, murmelte sie. Und fügte mit einem Seitenblick auf die beiden Männer hinzu: »Perverse Bande.«

Mit diesen Worten durchquerte sie den Raum an den beiden vorbei und verschwand endgültig durch die richtige Tür.

Ian war von ihrem Auftritt so in den Bann gezogen, dass das Schließgeräusch der Tür ihn regelrecht aufweckte. Er sah zu Mario rüber, der seinerseits den Geldschein auf dem Tisch anstarrte. Als er jedoch bemerkte, dass Ian ihn ansah, drehte er seinen Kopf zu ihm und ihre Blicke trafen sich. Gleichzeitig brachen sie in schallendes Gelächter aus.

**

»Ich bin doch nicht ihr Stricher.«

Ian drehte die Kaffeetasse zwischen seinen Händen wie ein Karussell aus Wachmachern. Dabei betrachtete er fasziniert die Kräuselungen in der dunklen Flüssigkeit.

»Ich bin doch nicht ihr Stricher«, sagte Mario nochmal.

Inzwischen hatte er diesen Satz so oft wiederholt, dass Ian das letzte Wort mitsprechen konnte. Was er dann auch tat.

»... Stricher!«

Mario sah ihn tadelnd an.

»Guck nicht mich an«, sagte Ian. »Ich hab dir nicht nen Fuffi auf den Tresen geknallt, Kollege.«

Er zuckte mit den Schultern und Mario schüttelte den Kopf.

»Mann, ich dachte halt, vielleicht kann ich nach der Party die Wogen glätten, indem ich mich mal privat mit ihr treffe.«

»Indem du dich ›mal privat mit ihr triffst‹.«

Ian zeigte die Anführungszeichen mit zwei Fingern in der Luft. »So nennt ihr jungen Leute das also heute.«

Als Antwort erhielt er nur eine abfällige Geste. Er grinste.

»Das mit dem Wogenglätten hat wohl auch nur teilweise geklappt.«

Schon wieder sah Mario ihn tadelnd an.

»Du musst das positiv sehen, du hast dir immerhin ein bisschen was dazu verdient«, lachte Ian ihn an.

»Sehr witzig.«

Beide nahmen einen Schluck aus ihrer jeweiligen Kaffeetasse und Ian musterte seinen Freund.

»Komm schon! Denk immer an die schlauen Finnen! Das finnische Wort ›Sisu‹ bedeutet ›nicht aufgeben, nicht meckern, weitermachen‹. Ganz ehrlich, ich wünschte, ich hätte deine Probleme.«

»Was soll das denn heißen? Was soll denn schlimmer sein als das? Ist deine Mutter von einem Trecker überfahren worden? Hast du jemanden erwürgt? Bist du erwürgt worden und nur der *Geist* von Ian, der gekommen ist, um sich an mir zu rächen?«

»Alles richtig«, entgegnete Ian.

»Und seit wann kannst du überhaupt Finnisch?«, fragte Mario weiter.

»Zu viele Fragen auf einmal.«

Mario setzte die Kaffeetasse ab, ohne einen Schluck getrunken zu haben. Dass Ian noch immer etwas wurmte, war deutlich in dessen Blick abzulesen.

»Also sag schon, was ist los?«

»Grob zusammengefasst? Ich bin gefeuert worden, habe meinen Chef mit einem Eimer Farbe übergossen, habe herausgefunden, dass meine Freundin nur mit meinem Gefühlen spielt, habe dann herausgefunden, dass sie doch nicht nur mit meinen Gefühlen spielt, habe zugesehen, wie sie festgenommen wurde, und bin dabei fast von einem Polizisten erschossen worden.«

»Aha«, sagte Mario, »und was gab es zum Mittagessen?«

»Das ist mein Ernst, Mario.«

»Heilige Scheiße.«

»Eher unheilig, die Scheiße.«

»Und jetzt?«, fragte Mario.

Ian sah ihn fragend an. Wenn er das nur wüsste. Ihm fielen stattdessen nur weitere fremde Wörter ein.

»Nun, auf Portugiesisch gibt es ein Wort, das ›Desenrascanço‹ heißt. Es bezeichnet die Fähigkeit, auf die Schnelle eine Lösung zu improvisieren.«

»Das klingt super.«

»Stimmt. Allerdings geht mir genau diese Fähigkeit völlig ab.«

Mario hielt ihm die fünfzig Euro hin.

»Vielleicht hilft dir das hier. Du hast das nötiger als ich.«

Ian musste lachen, nahm dann aber den Geldschein trotzdem an.

»Haha, vielen Dank.«

»Vielleicht hilft dir ein Spaziergang eher als fünfzig Euro«, nickte Mario.

»Lagom – genau richtig.«

***

Auf dem Weg nach draußen hatte Mario mehrfach signalisiert, dass Ian damit aufhören sollte, diese schrägen, ausländischen Worte zu sagen, da er ihm erstens nicht glaubte, dass diese wirklich existierende Worte waren. Zweitens war Mario sich sicher, dass es sich bei diesen Lauten viel eher um Anzeichen einer fortgeschrittenen Entwicklung in Richtung Geisteskrankheit handelte.

Das fand Ian ein bisschen schade, zumal hier draußen im Park am frühen Abend ein beachtlicher »Komoreb« zu sehen war. Das war das japanische Wort für Sonnenlicht, das durch das Blätterdach eines Waldes fiel. Ein wunderschönes Wort für eine wunderschöne Sache, dachte Ian. Aber Mario würde es wohl verpassen, da es zu breit für seine enge Stirn war.

Und er konnte es selbst auch kaum genießen, weil jetzt, da der Stress mit Mario vorbei war, die Sorge um Luise noch mächtiger in den Vordergrund drückte. Da fiel ein »Komoreb« leider nicht mehr so ins Gewicht, weil man vorm Ende der Planke mit dem Säbel im Rücken halt nicht den Himmel bewundert, sondern ins dunkle Wasser unter sich starrt und überlegt, wie viele Haie da wohl unterwegs sind.

Hätte Ian nicht nur bildlich auf der Planke gestanden, hätte er in der Situation höchstens noch Trost in der Statistik finden können, dass pro Jahr im Schnitt etwa fünf Menschen durch Haiangriffe sterben, aber 150 durch herabfallende Kokosnüsse und eine atemberaubend schrecklich hohe Zahl durch die Anopheles-Mücke, die Malaria überträgt.

Aber gut, unter Wasser gibt es keine Kokosnüsse und keine Mücken.

Dort lebten nur Tiere wie der sogenannte Düstere Hai, ein vier Meter langes Ungetüm aus der Gruppe der Requiemhaie. Wer denkt sich solche Namen aus? Ian gruselte sich schon, wenn er nur an die Namen der Tiere dachte. Einer Kokosnuss hingegen konnte er mutig ins Auge sehen. Mit ein wenig Glück konnte Mario ihm dabei helfen, eine Kokosnuss aus seiner Situation zu machen.

»Vielleicht könnte ich mal mit Herrn Hagens reden«, schlug Mario in diesem Moment vor und kickte einen kleinen Stock vom Wanderpfad.

»Willst du dir noch einen Fünfziger verdienen?«, fragte Ian.

»Also für jemanden, der gerade noch den Eindruck vermittelte, dass er am Tiefpunkt seines Lebens ist, klopfst du ganz schön Sprüche hier.«

»Humor speist sich nicht nur aus Heiterkeit, Kollege. Das Pendel schlägt immer in beide Richtungen aus.«

Mario sah ihn an, als habe er behauptet, dass eine Kokosnuss gefährlicher als ein Hai sei.

»Ich meinte das ernst, Ian. Ich könnte mit Herrn Hagens reden.«

»Ach, der Job war doch eh Mist. Herr Hagens ist ein echter Otto.«

»Otto Hagens?«

»Vergiss es, Mario. Ich mache mir eigentlich nur Sorgen um Luise.«

»Was ist denn jetzt genau mit dieser Luise?«

Ian holte den Brief aus seiner rechten Hosentasche, faltete ihn in einen Umschlag und frankierte diesen. Marios Kopf verwandelte sich für einen Moment in einen Briefkasten, in den Ian den Brief hineinsteckte.

Es raschelte, als der Brief ankam.

»Verstehe«, sagte Mario und verstand tatsächlich.

»Und jetzt haben die Bullen sie mitgenommen, weil sie angeblich Graffiti auf Züge gesprüht hat.«

»Sachbeschädigung«, murmelte Mario.

An ihm vorbeischauend entdeckte Ian ein Eichhörnchen, aber bevor er Mario darauf hinweisen konnte, war das Tier hinter dem breiten Stamm eines Baumes verschwunden.

»Echt? Das ist Sachbeschädigung? Ist das nicht eher Kunst?«, fragte er daher lieber.

»Da gibt es keinen Unterschied.«

Ian runzelte die Stirn. Beim Laufen schliffen seine Füße über den aufgeweichten Boden und hinterließen Streifen zwischen seinen Fußabdrücken.

»Es gibt keinen Unterschied zwischen Kunst und Sachbeschädigung?«

Mario schüttelte den Kopf.

»Aus juristischer Sicht nicht. Und mit einem Blick in die Museen moderner Kunst halte ich das mittlerweile für eine universell anwendbare Regel ...«

Die schleifenden Schritte neben ihm verstummten. Ian hatte angehalten, also blieb auch Mario stehen. Er sah sich um, sie standen mitten zwischen Birken, an einem beliebigen Pfad im Stadtwald. Mario sah Ian fragend an. Dieser atmete tief ein, als sammelte er seine Worte aus der Luft, bevor er sie in die richtige Reihenfolge brachte.

»Hör mal, Mario. Ich weiß, du bist nicht so der Fan von Kriminalität und Kunst und irgendwie auch nicht so richtig von Luise. Aber ich brauche deine Hilfe. Wir müssen Luise da rausholen. Kannst du die Lagepläne für die Justizvollzugsanstalt besorgen, damit wir einen Tunnel graben können?«

»Was?«

»Das war nur ein Witz, Herr im Himmel, Mario. Ich will doch nicht in den Scheißknast einbrechen.«

Mario sah ihn ratlos an, sein belämmertes Gesicht war zum Schießen komisch gewesen. Wenn die Situation eine andere gewesen wäre, hätte Ian laut gelacht.

Stattdessen versuchte er es nochmal langsamer.

»Du stehst heute auch ein bisschen auf dem Schlauch, oder? Du sollst sie als Anwalt vertreten und sie da irgendwie rausboxen.«

Marios Gesichtsausdruck änderte sich nicht und Ian begann sich zu fragen, ob sein Arbeitsspeicher vielleicht überlastet war oder der Prozessor sich aufgehängt hatte.

»Mario?«

Ein Ruck ging durch seine Mimik.

»Ich weiß nicht, Ian.«

»Du musst uns helfen, ich liebe dieses Mädchen.«

»Ich weiß.«

»Also, was gibt es da noch zu überlegen?«

Mario öffnete den Mund, um etwas zu sagen, aber Ian unterbrach ihn und streckte ihm einen Schein entgegen.

»Hier sind 50 Euro im Voraus für deine Dienste.«

Sein Gegenüber grinste schief.

»Okay, okay, ich kümmere mich sofort darum. Aber nimm diesen schrecklichen Schein aus meinem Gesicht.«

Tatsächlich riss Ian den Schein zur Seite und umarmte den völlig überrumpelten Mario. Damit erhöhte er, statistisch gesehen, die Anzahl der Umarmungen in ihrer Freundschaft auf den Wert Eins.

20. Bienenstich und Scooter

Die kleine Glasschale auf dem Sockel hätte niemals ausgereicht, deswegen hatte Ian die größte Salatschüssel genommen, die in seiner Küche zu finden war. Sie war nun randvoll mit Sahne gefüllt und diese Sahne stand wie eine gefangene Wolke in der Mitte des gedeckten Küchentisches.

Darum gruppiert standen fünf kleine Teller, Kuchengabeln und Löffel mit verzierten Griffen und die Sonntagstassen mit dem Goldrand. Der Tisch selbst glänzte, denn Ian hatte ihn für diesen Tag nicht nur poliert, sondern sogar extra frisch eingeölt. Aus dem neuen Küchenradio ragte ein kleiner USB-Stick, der randvoll mit der Musik war, die er ausgewählt hatte. Grade lief das Lied »How much is the fish?« von Scooter.

Seine Mutter sah ihn irritiert an.

»Keine Sorge«, sagte Ian, der ihren Blick bemerkte.

»Das ist nach wie vor nicht mein Musikgeschmack. Falls man überhaupt Musik dazu sagen sollte. Selbst wenn man anerkennen muss, dass die Gruppe ›Scooter‹ seit den frühen Neunzigern international erfolgreich ist und in über 50 Ländern über 30 Millionen Tonträger verkauft hat. Das ist Rekord.«

»Nach der Logik müssten wir die Bibel als Hörbuch hören«, entgegnete seine Mutter.

»Treffer, versenkt«, rief Luise.

»Sehr witzig, ihr beiden«, schüttelte Ian den Kopf.

Er schraubte weiter an seiner Espressokanne herum, als wäre sie die Spieluhr, aus der ein besserer Soundtrack zu erwarten wäre.

»Ian und ich haben uns das als Kompromiss überlegt«, sagte Mario, der am Tisch saß und gerade eine der Servierten entfaltete, um sie auf seinen Schoß zu legen.

»Genau«, erklärte Ian.

»Bienenstich und feines Porzellan für einen feinen Hauch Spießigkeit und Scooter für die Street Credibility. Sozusagen das Beste zweier Welten.«

»Scooter für die Street Credibility?«, lachte Luise laut auf. »Habt ihr Lack gesoffen?«

Mario und Ian sahen sich an und zuckten mit den Schultern. Wie eine perfekte Choreografie der Ahnungslosigkeit drehten sie sich synchron zu Luise um.

»Scooter hat doch keine Street Credibility! Die haben als Soundtrack höchstens Kirmeskarussell-Credibility.«

»Aber im Moonways lief das doch auch – und alle Kids haben das voll abgefeiert«, protestierte Ian.

»Nun ja, Kollege, das lief da aber nur, weil die Kids das heute ironisch hören. Eigentlich findet das keiner gut.«

»Wie bitte?«, fragte Mario mit einem geschlossenem Auge.

»Die hören Musik, die sie scheiße finden, weil sie das ironisch abfeiern?«

Sie nickte und konnte sich ein Grinsen nicht verkneifen. Mario und Ian waren wirklich süß in ihrem Bemühen, aber derartig daneben, dass es schon wieder mitten ins Schwarze traf. *Lagom*, wie Ian ihr beigebracht hatte.

»Und sag mal«, begann Ian, »essen die dann auch ironisch Graupensuppe? Und wenn die sich mögen, geben die sich ironisch eine Ohrfeige?«

Luise zuckte die Schultern.

»Kann ich bitte ironisch einen Kaffee bekommen?«, fragte Rose, die neben Mario saß und ihre Tasse in die Luft hielt.

»Ich beeil mich ja schon, Mutter.«

»Vielleicht könntet ihr als weiterer Kompromiss neben der Espressokanne auch noch die Maschine anmachen. Filterkaffee geht schneller«, schlug Luise vor.

Ian sah sie mit hochgezogener Augenbraue an und würdigte den Vorschlag nicht mal mit einer Antwort.

Stattdessen stellte er entschlossen die Kanne zum zweiten Mal auf den Herd.

Rose war schon wieder einen Schritt weiter und bewunderte die Sahneschüssel.

»Das ist sehr, sehr viel Sahne«, nickte sie anerkennend.

»Danke«, entgegnete Ian, auch wenn das nicht unbedingt Sinn ergab.

Damit keine unangenehme Stille entstand, in der sich die Gäste fragen konnte, ob er sich gerade tatsächlich für ein Lob bezüglich der in seiner Wohnung vorhandenen Sahnemenge bedankt hatte, redete er einfach weiter.

»In Deutschland werden pro Kopf und Jahr 5,5 Kilogramm Sahne verbraucht. Das klingt viel, aber in Schweden sind es mit 13 Kilogramm mehr als doppelt so viel.«

»Wahnsinnig interessant«, kommentierte Luise.

»Das war jetzt auch ironisch, oder?«, fragte Mario ein bisschen zu enthusiastisch, als habe er die Antwort auf eine Quizfrage gegeben. Luise nickte grinsend. Ian hielt sich die Hand wie einen Telefonhörer ans Ohr.

»Hier, für dich«, sagte er zu Luise.

Dabei streckte er Luise die Hörerhand entgegen und drehte diese in einer fließenden Bewegung zu einem ausgestreckten Mittelfinger.

Luise zeigte ihm ihre Faust und drehte mit der anderen Hand daneben an einer imaginären Kurbel. Langsam klappte sich aus der Faust der Mittelfinger aus.

»Toll«, kommentierte Mario.

»Ich freu mich richtig, auf eurem zwölften Geburtstag dabei zu sein.«

Luise und Ian drehten sich gleichzeitig zu ihm und zeigten ihm synchron ihre Mittelfinger. Er musste spontan auflachen.

»Ihr mich auch«, rief er.

»Hört mal«, ergriff Rose wieder das Wort, »ich freu mich ja, dass ihr gut drauf seid. Aber haben wir für diese Menge Sahne nicht viel zu wenig Bienenstich? Oder eher gesagt: Haben wir nicht irgendwie überhaupt keinen Bienenstich?«

Sie sah die anderen drei der Reihe nach an.

»Nicht, dass mich das stören würde«, ergänzte sie. »Ich esse die Sahne auch so. Aber ich finde, der rituelle Wille zählt.«

»Soll ich noch schnell welchen holen?«, bot Luise an.

»Nein, nein«, entgegnete Ian.

»Für wen ist denn eigentlich der fünfte Teller?«, erkundigte sich Luise, die den Zusammenhang zwischen dieser Antwort und dem Gedeck richtig erkannte.

Ian zögerte einen Moment und sah Luise an. Der Blick reichte ihr schon als Antwort.

»Nicht im Ernst, oder? Du hast Caro eingeladen?«

»Ich dachte, es ist vielleicht ganz gut, wenn ihr mal redet.«

»Worüber denn? Wie sie mich durch ihre Dummheit in den Knast gebracht hat? Oder wie sie sonst mein Leben sabotiert und kaputtmacht?«

»Jetzt mach mal halblang ... Du warst einen halben Tag in Polizeigewahrsam und Mario ist sich sicher, dass du höchstens ein paar Sozialstunden oder eine kleine Geldstrafe kriegst.«

Er sah Mario an, der bekräftigend nickte.

»Und die Schaumparty fand ich persönlich richtig nice«, ergänzte Ian.

Luise verwandelte ihre Stirn in eine Faust und ballte sie.

»Ich hab keinen Bock auf ...«, sagte sie mit schmalen Lippen.

Das Klingeln an der Wohnungstür unterbrach sie.

»Na toll«, kommentierte Luise, während Ian aufstand und schulterzuckend Richtung Tür eilte.

»Wir können sie ja rauswerfen«, stellte Rose klar. »Aber erst, nachdem wir den Bienenstich haben!«

»Pfff ...«, machte Luise nur.

***

Als Ian mit Caro ins Zimmer gelaufen kann, versuchte diese ihr Bestes, sich hinter dem riesigen Päckchen mit Bienenstich zu verstecken. Da sie jedoch wesentlich größer war als Bienenstich, gelang ihr das nur sehr eingeschränkt.

»Da ist ja mein Kuchen«, rief Rose glücklich.

»Her damit!«

Als Caro unschlüssig stehenblieb, mischte sich Luise ein.

»Ich kann dich sowieso sehen.«

»Ach«, sagte Caro unsicher.

Langsam und vorsichtig stellte sie den Kuchen auf den Tisch und vermied dabei jeden Blickkontakt. Rose begann sofort, den Bienenstich aus dem Papier zu wickeln, und kümmerte sich kein Stück um die beiden jungen Frauen. Mario und Ian hingegen gingen rückwärts nebeneinander einen Schritt Richtung Küche, um sich aus dem Schussfeld zu bringen. Dabei blieben sie allerdings in Sicht- und Hörweite, was Luise aber nicht störte. Die symbolische Geste, den Raum verlassen zu haben, reichte hier völlig aus.

»Was willst du hier?«, fragte sie Caro.

Dabei war sie darum bemüht, eine Strenge in ihre Stimme zu bringen, die ihr jedoch einfach nicht lag.

»Ich wollte mich entschuldigen und dir etwas zeigen.«

»Den Kuchen?«

»Nein, schau mal hier.«

Sie streckte Luise ihren linken Unterarm entgegen.

Unter einer schützenden Plastikfolie war dort ein frisches Tattoo zu sehen. Ian erkannte sofort, dass es exakt die krakelige Form hatte, die Caro bei ihrem Gespräch auf der Bürgersteigkante mit dem Kugelschreiber gemalt hatte.

»Was ist das?«, fragte Luise.

»Das ist dein Unterarm. Du hast die Wette gewonnen.«

»So sieht mein Unterarm doch nicht aus! Wer bin ich denn? Daisy Duck?«

Sie wollte weiterhin wütend klingen, aber Caro entging der Anflug eines Grinsens nicht, der sich durch die Hintertür in Luises Gesicht geschlichen hatte.

»Das ist ein Symbolbild«, erklärte Caro.

»Du bist auch so ein Symbolbild.«

Luise griff in ihre Handtasche, wühlte einen Moment und holte schließlich ihren Kate-Moss-Sweater hervor.

»Hier, zieh dir lieber das drüber.«

Caro fing den Sweater und sah ihr Gegenüber ungläubig an.

»Im Ernst?«

»Ja. Sagen wir unentschieden. Scooter und Bienenstich.«

Caro verstand nicht ganz, schlüpfte aber in den Pullover und lächelte erleichtert.

»Besser so.«

Diesmal erwiderte Luise ihr Lächeln offen. Caro konnte sich nicht zurückhalten, machte einen Satz auf sie zu und nahm sie in den Arm. Damit erhöhte sie, statistisch gesehen, die Anzahl der Umarmungen in ihrer Freundschaft auf den Wert Tausend. Wobei sie natürlich nicht mitgezählt hatten.

»Ja, viel besser so«, sagte Luise.

»Viel, viel besser so«, ergänzte Rose mit vollem Mund.

Hinter Ian und Mario begann auf dem Herd die Kanne zu blubbern.

»Kaffee ist fertig«, rief Ian.

***

Ian sah seine Mutter zweifelnd an und der Rest der Runde, die mittlerweile rund um den Tisch saß, war ebenfalls erstaunt.

»Findest du nicht, dass du ein bisschen übertreibst, Mutter?«, fragte Ian.

Sie hatte einen derartig überdimensionierten Berg Sahne auf ihren Teller gehäuft, als ginge es darum, noch heute ins Guinnessbuch der Weltrekorde zu kommen.

»Ich esse uns heute im Alleingang sahnemäßig auf Schwedenlevel«, erklärte Rose.

»Vielleicht sollten wir beim nächsten Mal einfach den Kuchen kleinbröseln und in die Schüssel werfen und dann alle gemeinsam daraus essen, wie an einem Schweinetrog.«

»Sehr gute Idee. Könnte von mir sein.«

Ian schüttelte den Kopf und Caro nutzte die Stille, um sich an Mario zu wenden.

»Und du vertrittst Luise vor Gericht?«

»Genau.«

»Ian meinte, dass du sicher bist, dass es am Ende nur eine Geldstrafe wird.«

»Und vielleicht noch ein paar Sozialstunden. Das wird hinhauen, es ist ja ihre erste Straftat, da sind die Richter nicht so streng. Der Paragraf 303 StGB sieht bei Sachbeschädigung zwar auch eine Freiheitsstrafe bis zu zwei Jahren vor, aber davon wird man in dem Fall niemals Gebrauch machen. Dazu kommt dann halt der Schadenersatzanspruch der Bahn gem. §823 BGB. Aber auch da werde ich schon etwas Bezahlbares aushandeln.«

Caro verstand wieder nicht so ganz, nickte aber und aß ein kleines Stück Bienenstich, ohne Extrasahne. Obwohl trotz der Errichtung des Sahnebergs auf Roses Teller durchaus noch ein bisschen Sahne für die anderen übrig war.

»Könnte Luise ihre Strafe mildern, indem ich mich stelle?«

»Das wirst du auf gar keinen Fall«, protestierte Luise, bevor Mario antworten konnte.

»Wieso nicht?«

»Ich meine, ich weiß die Geste zu schätzen, Kollege. Aber es ist doch Quatsch, dass wir dich da mit reinziehen. Wenn ich 'ne Geldstrafe kriege, kannst du mir ja helfen, die Kohle zusammenzukriegen. Und statt Sozialstunden kannst du einfach so in der Suppenküche aushelfen. Dazu brauchst du keinen Staat.«

Caro nickte mit etwas gequältem Gesichtsausdruck und Ian entschloss sich, das Thema zu wechseln.

»Kommt ihr eigentlich nachher alle mit ins Moonways?«

»Klar«, rief Luise.

»Bin dabei«, ergänzte Caro.

Rose lachte auf.

»Ich bleibe heute eher mal zuhause. Sonst ja immer gerne«, sagte sie.

Dann widmete sie sich wieder der Errichtung eines brandneuen Achttausenders aus Sahne auf ihrem Kuchenteller. Ian war sich bei der Beobachtung dieses Vorgangs ziemlich sicher, dass irgendwo, in den massiven Gletscherspalten dieses Berges versteckt, auch ein paar Sahne-Yetis lebten.

Er sah zu Mario rüber.

»Was ist mit dir?«

Mario lächelte spöttisch.

»Im Ernst?«, fragte er.

»Warum denn nicht?«

»Kannst du dir das vorstellen, wie ich in einem solchen Club aussehe?«

»Ja, ziemlich gut sogar«, entgegnete Ian.

Mario musterte ihn und erkannte, dass sein Freund das offensichtlich alles ganz ernst meinte. Er schüttelte den Kopf.

»Ich muss morgen früh arbeiten und dann bin ich auch noch nachmittags mit meiner Mutter zum Kuchenessen verabredet.«

»Guter Junge«, hörte man Rose hinter ihrem Berg, der mittlerweile fast bis an die Zimmerdecke reichte.

Caro und Luise warfen sich einen Blick zu.

»Ach Quatsch, Mario«, sagte Ian.

»Komm einfach mal mit, es wird Zeit für dich. Ich hör schon die Weihnachtsglöckchen läuten.«

»Nein, danke«, entgegnete Mario.

Also zog Ian aus seiner Hosentasche einen zerknitterten Schein.

»Ich gebe dir fünfzig Euro, wenn du mitkommst.«

Mario grinste schief.

»Okay, okay, ich komme mit. Und gib mir endlich diesen schrecklichen Schein, damit ich ihn verbrennen kann.«

»Lagom«, sagte Ian.

Bei Lektora erschienen

Sebastian 23

Hinfallen ist wie Anlehnen, nur später (2016)

Sebastians Texte sind bunt gemischt wie ein Poetry Slam: mal lustig, mal ernst, mal wild, mal albern, mal nachdenklich. Geschichten, Gedichte, Dialoge und Dinge, die sich jeglicher Einordnung verweigern. Außerdem fördert das Buch mit Hilfe von teils beißender Ironie und radikalem, aber zugleich hintersinnigem Humor viel Kritik an der Gesellschaft zu Tage. Sebastian 23 hat hier seine besten 56 Texte der letzten Jahre versammelt. Im Buch trifft man auf die absurdesten Charaktere – zum Beispiel in der Geschichte der drei ungewöhnlichen Männer, die sich offenkundig als Neonazis bezeichnen und bei denen schnell klar wird, dass sie nicht gerade »die hellsten Kerzen auf der Torte« sind.

»Sebastian 23 spielt mit der Sprache wie ein Finne Scrabble: Er punktet mit jedem Wort.«
3sat

»Großartiger Wortakrobat und scharf-züngiger Denker«
zeit.de

232 S. / Klappenbroschur
ISBN 978-3-95461-081-5
9,90 Euro

www.lektora.de/shop

Bei Lektora erschienen

Sebastian 23

Ein Kopf verpflichtet uns zu nichts (2008)

Sebastian 23 ist einer der bekanntesten und erfolgreichsten Poetry Slammer Deutschlands und trägt eine Mütze.

Seit 2003 hat er sich dieser Form der live vorgetragenen Literatur verschrieben und ist damit im gesamten deutschsprachigen Gebiet aufgetreten, u. a. bei der Frankfurter Buchmesse, im Schauspielhaus Hamburg und im Berliner Admiralspalast.

2008 wurde er deutschsprachiger Meister und Vizeweltmeister im Poetry Slam, gewann die renommierte St. Ingberter Pfanne und den Prix Pantheon, trat bei TVTotal, Nightwash und im QuatschComedyClub auf und ist zudem nominiert für den Literaturpreis des Landes NRW. Außerdem erlangte er bei einer Aral-Tankstelle in der Nähe von Büttelborn vier Bonuspunkte beim Erwerb eines Schokoriegels.

Seine Texte sind in zahlreichen Anthologien veröffentlicht (u. a. bei Reclam und S. Fischer) und sein Debüt-Buch »Ein Kopf verpflichtet uns zu nichts« erschien Ende 2008. Und seit 2009 geht er mit seinem ersten Solo-Programm auf Tour. Es heißt »Gude Laune hier!« und es handelt von den Tücken, mit denen man als Dichter und Philosoph so im Alltag zu kämpfen hat.

Zum Beispiel Kaffee.

Und Mützen.

Und Wiederholungen.

174 S. / Klappenbroschur
ISBN 3-938470-20-8
12,80 Euro

www.lektora-verlag.de/shop

Bei Lektora erschienen

Sebastian 23

Das Schiff auf dem Berg (2013)

Sebastian 23 ist heute ein recht bekannter Poetry-Slammer, Autor und Komiker. Das war aber nicht immer so. Es wird viele überraschen, aber früher war er sogar einmal ein Kind.

Sein neues Buch »Das Schiff auf dem Berg« handelt von dieser Zeit. Genauer gesagt, von einem rätselhaften Traum, den er als Kind immer wieder hatte. Mit nichts als einem Lächeln im Gepäck macht sich Sebastian 23 auf die Suche nach dem Ursprung dieses Traumes und entdeckt einen kleinen Jungen mit dem Kopf voller Flausen und den Händen voller Nutella-Brote.

In zwölf Episoden umtanzt Sebastian 23 in »Das Schiff auf dem Berg« die lustigen, tragischen und schlicht verrückten Dinge, die eine Kindheit so ausmachen: Vom Sandkasten über das Klettergerüst direkt in den ersten Liebeskummer und zurück. Und hinter allem steht die große Frage, was unsere Träume für unser Leben bedeuten. Entlang des Weges finden sich dabei überraschende Antworten auf weitere wichtige Fragen: Wieso klettert jemand auf ein Dach, um nicht im Regen zu stehen? Wie doof sind eigentlich Deutschlehrer? Wie isst man unter Wasser Schokolade?

92 S./broschiert
ISBN 978-3-938470-96-1
€ 6,00

www.lektora-verlag.de/shop